Arena-Taschenbuch
Band 50741

W0381269

Ebenfalls von der Autorin im Arena Verlag erschienen:

Vergiss mein nicht!

Bleib mir treu!

Die Nacht der gestohlenen Küsse

Kasie West

lebt mit ihrer Familie in Kalifornien, wo sie die meiste Zeit des Sommers damit verbringt, der dortigen Hitze auf einem Wakeboard zu entkommen. Wenn sie nicht gerade auf dem Wasser läuft, arbeitet Kasie West leidenschaftlich gerne als Schriftstellerin.

Kasie West

Blaubeertage

Aus dem Amerikanischen
von Anne Markus

Arena

FSC
www.fsc.org
MIX
Papier aus verantwortungsvollen Quellen
FSC® C110508

1. Auflage als Limitierte Sonderausgabe im Arena-Taschenbuch 2015
© 2014 Arena Verlag GmbH, Würzburg
Copyright © 2013 by Kasie West
Die Originalausgabe erschien 2013 unter dem Titel
The Distance Between Us
bei HarperCollins Children's Books,
a division of HarperCollins Publishers, New York.
Für die deutschsprachige Ausgabe:
© 2014 Arena Verlag GmbH, Würzburg
Alle Rechte vorbehalten
Aus dem Amerikanischen von Anne Markus
Umschlaggestaltung: Frauke Schneider
Umschlagtypografie: KCS GmbH · Verlagsservice & Medienproduktion, Stelle/Hamburg
Sondergestaltung: komm Design/achkomm.com/Würzburg
Gesamtherstellung: Westermann Druck Zwickau GmbH
ISSN 0518-4002
ISBN 978-3-401-50741-5

www.arena-verlag.de
Mitreden unter forum.arena-verlag.de

1.

Mein Blick brennt ein Loch in das Papier. Ich kann das doch! Normalerweise nehme ich Mathegleichungen ohne Probleme auseinander, aber diesmal will mir die Lösung einfach nicht einfallen. Die Ladenglocke klingelt. Ich stopfe meine Hausaufgaben schnell unter den Tresen und schaue hoch. Ein Typ kommt rein, er telefoniert.

Das ist mal was Neues.

Nicht die Tatsache, dass jemand telefonierend den Laden betritt, sondern dass dieser Jemand ein Typ ist. Es ist nicht so, dass niemals Männer in den Puppenladen kämen ... okay, okay, es *ist* so. Es kommen *niemals* Männer in den Laden. Wenn überhaupt, werden sie von ihren Frauen regelrecht reingezogen und wirken peinlich berührt ... oder gelangweilt. Auf den hier trifft weder das eine noch das andere zu. Er ist ganz allein und wirkt ausgesprochen selbstbewusst. Die Art von Selbstbewusstsein, die einem nur Reichtum und Geld verleihen. Viel Geld.

Ich lächele. In unserem kleinen Küstenort gibt es zwei Sorten von Menschen: die Reichen und die Leute, die den Reichen irgendwelches Zeug verkaufen. Geld zu haben, verpflichtet anscheinend dazu, nutzloses Zeug – zum Beispiel Porzellanpuppen – zu kaufen (allerdings sollte man die Worte »nutzloses Zeug« im Zusammenhang mit Puppen in der Gegenwart meiner Mutter vermeiden). Die Reichen dienen unserer tagtäglichen Unterhaltung.

»Was meinst du damit, dass *ich* sie aussuchen soll?«, fragt Mr Rich in sein Handy. »Hat dir Grandma nicht gesagt, welche sie haben wollte?« Er stößt einen langen Seufzer aus.

»Schon gut. Ich kümmere mich darum.« Er steckt sein Handy in die Hosentasche und winkt mich zu sich heran. Richtig. Er *winkt* mich heran. Es ist der einzige Begriff, mit dem sich seine Handbewegung beschreiben lässt. Er hat mich nicht einmal mit einem kurzen Blick gewürdigt, sondern nur seine Hand hochgehalten und zwei Finger in seine Richtung bewegt. Mit der anderen Hand streicht er sich übers Kinn und beäugt kritisch die Puppen im Regal.

Während ich zu ihm gehe, mustere ich ihn von Kopf bis Fuß. Ein Ungeübter erkennt vielleicht nicht die Kohle, die diesem Typen förmlich aus jeder Pore trieft, aber mit Reichen kenne ich mich aus, und der hier stinkt vor Geld. Sein Outfit kostet wahrscheinlich mehr als alle Klamotten in meinem winzigen Schrank zusammen. Nicht, dass es teuer aussieht. Er macht einen auf Understatement: Cargohose, rosa Button-Down-Hemd mit hochgekrempelten Ärmeln. Aber die Kleider stammen eindeutig aus einem Geschäft, in dem man sich auf eine hohe Fadenzahl und dreifache Nähte spezialisiert hat. Es ist klar zu erkennen, dass er den gesamten Laden kaufen kann, wenn er will. Na gut, nicht er, seine Eltern. Es ist mir eben gar nicht aufgefallen, weil sein selbstbewusstes Auftreten ihn älter erscheinen lässt, aber jetzt, wo ich vor ihm stehe, stelle ich fest, dass er noch jung ist. Möglicherweise mein Alter? Siebzehn. Vielleicht ein Jahr älter. Wie kann jemand in meinem Alter schon so perfekt Leute zu sich heranwinken? Durch ein Leben voller Privilegien, so viel steht fest.

»Kann ich Ihnen behilflich sein, Sir?« Nur meine Mom hätte den sarkastischen Unterton heraushören können.

»Ja, ich brauche eine Puppe.«

»Tut mir leid, die sind alle ausverkauft.« Viele kapieren meinen Humor nicht. Meine Mom nennt ihn trocken, was vermutlich das Gleiche bedeuten soll wie »unlustig«. Heißt aber auch, dass ich die Einzige bin, die weiß, dass ich einen Witz mache. Wenn ich anschließend lachen würde wie meine Mom, während sie Kunden bedient, würden vielleicht mehr Leute mitlachen – aus reiner Höflichkeit –, aber dazu kann ich mich nicht überwinden.

»Sehr lustig«, sagt er, aber nicht so, als fände er es tatsächlich lustig, mehr so, als wünschte er sich, ich würde überhaupt nicht sprechen. Angesehen hat er mich immer noch nicht. »Also, was glauben Sie, welche von denen könnten einer älteren Dame vielleicht gefallen?«

»Alle.«

Sein Kiefermuskel arbeitet und dann dreht er sich zu mir um. Für den Bruchteil einer Sekunde sieht er überrascht aus, als hätte er irgendeine ältere Dame erwartet – ich schiebe die Schuld auf meine Stimme, die tiefer als der Durchschnitt ist –, was ihn aber nicht davon abhält, den Satz auszusprechen, der ihm bereits auf den Lippen liegt: »Welche gefällt Ihnen?«

Darf ich »keine« sagen? Mal abgesehen von der Tatsache, dass der Laden ein Bestandteil meines Lebens und meiner Zukunft ist, den ich nun mal nicht ändern kann, liebt meine Mom ihn, nicht ich. »Ich neige zu den ewigen Schreihälsen.«

»Wie bitte?«

Ich zeige auf die Porzellanversion eines brüllenden Babys; den Mund hat es zu einem stummen Schrei weit geöffnet, die Augen fest zusammengekniffen. »Ich hab's lieber, wenn ich ihnen nicht in die Augen sehen muss. Augen können viel ausdrücken. Die da zum Beispiel: ›Ich will deine Seele, kehr mir ja nicht den Rücken zu.‹«

Ich werde mit einem Lächeln belohnt, das all die harten, arroganten Kanten aus seinem Gesicht nimmt und ihn ausgesprochen attraktiv erscheinen lässt. Das Lächeln sollte er sich angewöhnen. Aber bevor ich den Gedanken überhaupt zu Ende gedacht habe, ist es verschwunden.

»Der Geburtstag meiner Grandma steht an und ich soll für sie eine Puppe aussuchen.«

»Da kann man nichts falsch machen. Wenn sie Porzellanpuppen mag, werden ihr die hier alle gefallen.«

Er schaut wieder auf die Regale voller Puppen. »Warum denn die Schreihälse? Warum nicht die Schläfer?« Er zeigt auf ein friedlich schlafendes Baby; eine rosa Schleife hält die blonden Locken zusammen, seine Hände hat es unters Kinn gesteckt, das Gesicht ist entspannt.

Ich betrachte es und vergleiche es mit dem Schreihals neben ihm. Das Baby mit den geballten Fäusten, den zusammengekrallten Zehen und den Wangen, die vor Zorn rosa angelaufen sind.

»Weil das mein Leben ist: Schreien, ohne einen Laut von mir zu geben.« Okay, das sage ich natürlich nicht laut. Ich denke es. In Wirklichkeit antworte ich: »Beide gehen.« Denn wenn es eins gibt, was ich von Kunden gelernt habe, dann dass sie nicht wirklich deine Meinung hören wollen. Sie wollen nur Bestätigung. Wenn Mr Rich das schlafende Baby für *Grandma* haben möchte, warum sollte ausgerechnet ich ihn davon abhalten?

Er schüttelt seinen Kopf, als wollte er einen Gedanken vertreiben, und zeigt auf ein völlig anderes Regal, das mit den Puppen der Sorte Seelenfresser. Das Mädchen, auf das er zeigt, steckt in einer karierten Schuluniform und hält einen schwarzen Scottish Terrier an der Leine. »Ich schätze mal, die hier wird passen. Sie mag Hunde.«

»Wer? Deine Großmutter oder« – ich kneife die Augen zusammen, um das Namenschild der Puppe zu lesen, – »Peggy?«

»Dass Peggy Hunde mag, ist ja wohl offensichtlich«, sagt er und ein kleines Lächeln erscheint auf seinen Lippen. »Ich meinte meine Großmutter.«

Ich öffne den unteren Schrank, um nach dem Karton der Puppe zu suchen. Ich ziehe ihn heraus, nehme vorsichtig das Mädchen und seinen Hund mitsamt seinem Namenschild aus dem Regal und bringe alles zur Kasse. Während ich die Puppe behutsam einpacke, zeigt Mr Rich auf sie. »Warum hat der Hund keinen Namen?« Er zitiert die Aufschrift auf dem Karton: »Peggy *und Hund.*«

»Weil Leute Tiere gerne nach ihren geliebten Haustieren benennen.«

»Echt jetzt?«

»Nein. Keine Ahnung. Ich kann dir die Telefonnummer von Peggys Schöpferin geben, falls du dich erkundigen möchtest.«

»Du hast wirklich die Telefonnummer von ihr?«

»Nein.« Ich tippe den Preis in die Kasse ein und drücke auf Summe.

»Du bist nicht leicht zu durchschauen«, sagt er.

Warum will er *mich* durchschauen? Wir unterhalten uns über Puppen!

Er reicht mir eine Kreditkarte und ich ziehe sie durch den Scanner. »Xander Spence« steht auf der Karte. Wird Xander wie »S-ander« oder wie »Ks-ander« ausgesprochen? Ich werde ihn nicht fragen. Es ist mir egal. Ich bin schon freundlich genug gewesen. Mit unserem Wortwechsel hätte ich mir nicht mal eine Mom-Predigt eingehandelt, wäre sie im Laden gewesen. Meine Mom ist viel besser als ich darin, ihre Abneigungen zu verstecken. Sie versteckt sie sogar vor mir. Jahrelange Übung eben.

Sein Handy klingelt und er zieht es aus der Hosentasche. »Hallo?«

Während ich darauf warte, dass das Kreditkartenlesegerät den Beleg ausdruckt, öffne ich die Schublade unter der Kasse und lege das Namensschild zu den anderen, die wir in diesem Monat verkauft haben. Das ist unser System für die Nachbestellungen.

»Ja. Ich habe eine gefunden. Mit Hund.« Er hört eine Minute zu. »Nein. *Sie* ist kein Hund. Sie *hat* einen Hund. Die Puppe hat einen Hund.« Er dreht den Karton um und schaut auf das Bild von Peggy, weil die echte Peggy schon eingepackt ist. »Vermutlich ist sie süß.« Er schaut mich an und zieht die Schultern hoch, als wollte er fragen, ob ich zustimme. Ich nicke. Peggy ist definitiv süß.

»Ja, das Mädel hinter der Kasse hat es bestätigt. *Sie* ist süß.«

Mir ist schon klar, dass er nicht mich damit meinte, aber die Art, wie er das »sie« betont hat, klang so, als fände er mich süß. Ich schaue nach unten, reiße den Kassenzettel ab und halte ihm dann einen Stift hin, damit er unterschreiben kann. Er erledigt es mit einer Hand. Ich vergleiche die Unterschrift mit der auf der Karte und gebe sie ihm dann zurück.

»Nein, nicht das ... ich meine, *sie* auch, aber ... ach, du weißt schon, was ich meine. Alles bestens. Bin gleich wieder zu Hause.« Er seufzt. »Ja, ich meine, *nachdem* ich beim Bäcker war. Erinnere mich daran, dass ich das nächste Mal flüchte, wenn deine Assistentin ihren freien Tag hat.« Er kneift seine Augen zu. »So hab ich das nicht gemeint. Ja, natürlich weiß ich so mehr zu schätzen, was ich hab. Okay, Mom, wir sehen uns gleich. Bye.«

Ich gebe ihm die Tüte mit der Puppe.

»Danke für deine Hilfe.«

»Kein Problem.«

Er nimmt sich eine Visitenkarte aus der Box neben der Kasse und beäugt sie für einen Moment kritisch. »Und mehr?«

Unser Laden heißt »Puppen und mehr«. Er stellt die gleiche Frage wie alle anderen, die in den Laden kommen und nur Puppen sehen. Ich nicke. »Puppen und *mehr* Puppen.«

Er schaut mich fragend an.

»Wir haben früher auch Armbänder mit Anhängern und Stofftiere verkauft, aber die Puppen sind eifersüchtig geworden.«

Er wirft mir einen Blick zu nach dem Motto *Ist das dein Ernst?* Anscheinend ist er bei noch keinem seiner »Schau mal beim gemeinen Volk vorbei, um das Leben mehr zu schätzen«-Ausflüge auf jemanden wie mich getroffen. »Lass mich raten, die Puppen haben damit gedroht, dir deine Seele zu stehlen, wenn du dich ihren Wünschen nicht fügst.«

»Nein, sie haben damit gedroht, die Seelen unserer ehemaligen Kunden wieder freizulassen. Das konnten wir nicht riskieren.«

Er lacht, was mich überrascht. Ich habe das Gefühl, als wäre mir etwas gelungen, was nicht viele schaffen, und ich muss gegen meinen Willen lächeln.

Ich deute mit dem Kopf auf die Visitenkarte. »Meine Mom mag die Puppen am liebsten. Sie hatte die Nase voll von Stoffmäusen.« Außerdem konnten wir es uns nicht mehr leisten. Irgendetwas von dem Zeug hatte verschwinden müssen und die Puppen waren es natürlich nicht. Und weil wir ewig pleite sind (sprich, wir verdienen kaum genug, um uns über Wasser zu halten), änderten wir den Namen des Ladens ebenso wenig wie die Visitenkarten.

Er drückt seinen Zeigefinger auf die Karte. »Susan? Ist das deine Mom?«

Das ist auch schon alles, was draufsteht – ihr Vorname mit ihrer Telefonnummer, als wäre sie eine Stripperin oder so. Ich zucke jedes Mal zusammen, wenn sie jemandem außerhalb des Ladens eine Visitenkarte gibt. »Ja, richtig.«

»Und du bist?« Er schaut mir in die Augen.

»Ihre Tochter.« Mir ist klar, dass er nach meinem Namen gefragt hat, aber den will ich ihm nicht verraten. Das Erste, was ich über die Reichen gelernt habe, ist, dass sie das gemeine Volk für eine angenehme Ablenkung halten, sich aber niemals, *niemals* auf irgendetwas Echtes mit seinen Vertretern einlassen würden. Und das ist mir nur recht. Die Reichen gehören einer anderen Spezies an, die ich mir nur aus sicherer Entfernung ansehe. Ich verkehre nicht mit ihnen.

Er legt die Karte wieder zurück und geht ein paar Schritte rückwärts. »Weißt du, wo Eddie's Bakery ist?«

»Zwei Blöcke die Straße runter. Aber pass auf. In ihre Blaubeermuffins mischen sie irgendeine Substanz, die süchtig macht.«

Er nickt. »Hab's mir notiert.«

2.

Nein, wir haben keine Barbiepuppen im Sortiment, nur Porzellanpuppen«, sage ich zum fünften Mal ins Telefon. Die Frau hört mir nicht zu. Sie regt sich gerade wahnsinnig auf, dass ihre Tochter sterben wird, wenn sie es nicht schafft, die Feenkönigin aufzutreiben. »Verstehe. Vielleicht sollten Sie's bei Walmart versuchen.«

»Hab ich schon. Sie sind ausverkauft.« Sie nuschelt irgendetwas von wegen, dass sie dachte, wir seien ein Puppengeschäft, und beendet das Gespräch dann einfach.

Ich lege das Telefon weg und schaue Skye mit rollenden Augen an. Sie hat nichts mitbekommen, weil sie auf dem Fußboden liegt, ihre Kette in die Luft hält und zusieht, wie sie hin- und herschwingt.

Skye Lockwood ist meine einzige richtige Freundin. Nicht, weil die anderen an meiner Highschool gemein wären oder so. Sie merken einfach nicht, dass es mich gibt. Wenn man schon vor der Mittagspause die Schule verlässt und nie bei irgendeiner ihrer Veranstaltungen auftaucht, ist das auch nicht besonders schwer.

Skye ist ein paar Jahre älter als ich und arbeitet nebenan in einem Laden, der von dem »mehr« jede Menge verkauft. Es ist ein Antiquitätengeschäft, das sich »Die Schatzgrube« nennt und das ich »Die Müllhalde« getauft habe. Aber die Leute lieben diesen Laden.

Rein biologisch könnte man es so beschreiben: Skye ist der Wirt und ich ihr Parasit. Sie hat ein Leben. Ich tue so, als wäre es meins. Anders gesagt: Sie hat Stil – sie steht auf bestimmte Musik und ausgewählte Vintage-Klamotten und schräge Frisuren – und ich gebe vor, all das genauso toll zu finden. Nicht, dass ich die Sachen nicht mag; sie sind mir nur einfach egal. Aber ich mag Skye, warum also nicht einfach mitmachen? Ganz besonders, weil ich keine Ahnung habe, was mir wirklich gefällt.

Ich seufze und mache einen Schritt über sie drüber. »Hast du schon den Sinn des Lebens entdeckt?« Skye benutzt oft den Fußboden unseres Ladens für ihre philosophischen Betrachtungen (eine elegante Umschreibung für: Selbstgespräche).

Sie stöhnt und legt ihre Hand auf ihre Stirn. »Wenn ich denn zum College gehen würde – was soll ich überhaupt studieren?« Skye würde am liebsten für immer in dem Souvenirladen arbeiten, aber das Collegestudium ist ihrem Hat-nie-studiert-und-ist-deswegen-jetzt-Leiter-eines-Beerdigungsinstituts-Vater wichtig.

»Jammern?«

»Haha.« Sie setzt sich auf. »Was willst du denn studieren, wenn du fertig bist?«

Keine Ahnung. »Die Langzeitwirkung philosophischer Betrachtungen.«

»Wie wär's mit ›Die Kunst des Sarkasmus‹?«

»Ich bin mir ziemlich sicher, dass ich in diesem Fach schon so etwas wie ein Diplom erworben habe.«

»Aber mal im Ernst, was willst du studieren?«

Diese Worte höre ich ständig: »Aber mal im Ernst«, oder: »Ganz ernsthaft«, oder: »Spaß beiseite.« So etwas sagt jemand, der eine klare Antwort haben will. Und die will ich nicht geben.

»Ich hab mir noch nicht so Gedanken darüber gemacht. Wahrscheinlich werde ich mein Hauptfach erst später wählen.«

Sie legt sich wieder hin. »Ja, das ist vielleicht eine gute

Idee. Dann finden wir das Richtige, wenn wir in den Vorlesungen sitzen.« Unvermittelt richtet sie sich auf und schnappt nach Luft.

»Was denn?«

»Wir sollten zusammen studieren! Nächstes Jahr. Du und ich. Das wäre doch super!«

Ich hab ihr eine Million Mal gesagt, dass ich nächstes Jahr nicht aufs College gehen werde. Meine Mutter wird zwar absolut dagegen sein (weshalb ich ihr nichts davon gesagt habe), aber ich werde ein oder zwei Jahre aussetzen, damit ich ganztägig im Laden aushelfen kann. Aber Skye sieht so glücklich aus, dass ich einfach nur lächele und ihr unverbindlich zunicke.

Sie fängt an, ein spontan gedichtetes Lied zu singen: »Caymen und ich – gehen aufs College! Finden das Richtige ...« Ihre Stimme wird leiser und geht in ein fröhliches Summen über, als sie sich wieder zurücksinken lässt.

Ein paar kleine Mädchen, die vorhin den Laden verlassen haben, haben alles durcheinandergebracht. Meine Mom lässt sich nicht von der Theorie abbringen, dass Kunden sich schneller in die Puppen verlieben, wenn sie ihren Namen wissen. Deshalb steht vor jeder Puppe ein Namensschild. Und die sind jetzt vertauscht oder liegen verkehrt herum. Es ist wirklich traurig, dass ich weiß, dass Bethanys Namensschild vor Susie steht. Wirklich. Wirklich. Traurig.

Skyes Handy klingelt. »Hallo? ... Nein. Ich bin im ›Kleinen Horrorladen‹.« So nennt sie unser Geschäft.

Für eine Weile ist es still, dann sagt sie: »Ich wusste nicht, dass du vorbeikommen wolltest.« Sie richtet sich auf und lehnt sich an die Ladentheke. »Hast du? Wann?« Sie wickelt eine Haarsträhne um ihren Finger. »Na ja, während des Konzerts bin ich irgendwie abgedriftet.« Skyes Stimme passt zu ihrem Namen, leicht und luftig, was alles, das aus ihrem

Mund kommt, süß und unschuldig klingen lässt. »Du bist also immer noch hier?« Sie läuft um Puppenwiegen und die mit Stoff überzogenen Tische herum zum Schaufenster und späht hinaus. »Ich kann dich sehen ... ich bin nebenan im Puppenladen. Komm rüber.« Sie steckt das Handy ein.

»Wer war das?«

»Mein Freund.«

»Dein Freund. Bedeutet das, dass ich ihn endlich kennenlernen darf?«

Sie lächelt. »Ja, und gleich wirst du sehen, warum ich keine Sekunde gezögert habe, als er mich letzte Woche gefragt hat, ob wir ausgehen wollen.« Sie reißt die Ladentür auf und die Glocke fliegt praktisch aus ihrer Halterung. »Hey, Baby.«

Er umarmt sie und dann stellt sie sich neben ihn. »Caymen, das ist Henry. Henry, Caymen.«

Ich hab keine Ahnung, ob ich nicht genau genug hinsehe, aber ich kann definitiv nichts Besonderes an ihm feststellen. Er ist hager, hat lange, fettige Haare und eine spitze Nase. Eine Sonnenbrille hängt im Ausschnitt seines T-Shirts mit Bandlogo und eine lange Kette, die an seiner Gürtelschnalle befestigt ist, baumelt an seinem Bein herunter und verschwindet in der Gesäßtasche. Ohne es zu wollen, rechne ich aus, wie viele Schritte er gebraucht hat, um von Skyes Laden zu unserem zu kommen, und wie oft ihm diese Kette wohl gegen das Bein geknallt sein muss.

»Ey, was geht?«, sagt er. Im Ernst. Das sagt er wirklich.

»Äh ... nichts?«

Skye grinst mich breit mit einem Lächeln der Sorte *Siehst du, ich wusste doch, dass du ihn toll finden würdest* an. Skye schafft es, auch noch einer ertrunkenen Ratte etwas Positives abzugewinnen, aber ich versuche immer noch zu begreifen, wie das hier passieren konnte. Skye ist schön.

Nicht auf herkömmliche Weise schön. Tatsächlich bleiben die Leute stehen, um sie anzustarren, erst wegen ihrer zerzausten blonden Haare mit rosa Spitzen, dem Diamantenstecker in ihrem Kinn und ihrer verrückten Klamotten, aber dann, weil sie schön ist mit ihren unglaublich blauen Augen und diesem zierlichen Körperbau.

Henry geht jetzt durch den Laden und schaut sich alle Puppen an. »Mann, echt schräg.«

»Ich weiß. Beim ersten Mal ist das ein bisschen viel.«

Ich schaue mich um. Viel trifft es. Überall sind Puppen, ein Meer von Farben und Gesichtsausdrücken. Sie alle starren uns an.

Die Puppen stehen und sitzen nicht nur in den Regalen an den Wänden, auch der Rest des Ladens ist ein Labyrinth aus Tischen und Wiegen und Kinderwagen und noch mehr Puppen. Im Brandfall gibt es keinen direkten Weg nach draußen. Ich würde auf meiner Flucht ins Freie Babys aus dem Weg schubsen müssen. Babys aus Porzellan, aber immerhin.

Henry geht auf eine Puppe zu, die einen Schottenrock trägt. »Aislyn«, sagt er, während er ihr Namensschild liest. »So ein Outfit habe ich auch. Diese Puppe sollte ich kaufen, dann können wir gemeinsam auf Tournee gehen.«

»Und Dudelsack spielen?«, frage ich.

Er wirft mir einen verwirrten Blick zu. »Nee. Ich bin Gitarrist bei den Crusty Toads.«

Den Muffelkröten? Wie passend. Allerdings erklärt das, warum Skye sich mit ihm abgibt. Sie hat eine Schwäche für Musiker. Aber sie könnte sich ganz andere Typen angeln, nicht jemanden, der aussieht, als hätte er als Inspiration für den Namen seiner Band gedient.

»Cry, bist du so weit?«

»Jup.«

Cry? Ich werde sie später danach fragen.

»Wir sehen uns, Caveman«, sagt er mit einem schallenden Lachen, als hätte er sich den Witz bis jetzt aufgespart.

Jedenfalls konnte ich es mir sparen, wegen *Cry* nachzufragen. Er gehört zu dieser Sorte von Typen, die einen sofort mit einem Spitznamen beglücken.

»Tschüss« – Muffelkröte – »Henry.«

Meine Mom kommt durch die Hintertür, als die beiden gerade vorne hinausgehen. Sie trägt in beiden Händen Einkaufstüten. »Caymen, ich hab noch ein paar Tüten im Auto, kannst du sie bitte reinholen?« Sie steuert direkt auf die Treppe zu.

»Du willst, dass ich den Laden verlasse?« Die Frage klingt merkwürdig, aber mit dem Verlassen des Verkaufsraums nimmt sie es sehr genau. Erstens, weil unsere Puppen teuer sind. Falls irgendeine von ihnen je gestohlen werden sollte, gäbe es ein Riesendrama. Wir haben weder Videoüberwachung noch Alarmanlage im Laden – das wäre zu teuer. Zweitens ist der Kunde für Mom König. Wenn jemand reinkommt, muss er sofort begrüßt werden.

»Ja. Bitte.« Sie klingt außer Atem. Meine Mom, die Yoga-Queen, ist außer Atem? Ist sie joggen gewesen?

»Okay.« Ich werfe einen Blick auf die Tür, um mich zu vergewissern, dass gerade niemand kommt, und gehe dann durch die Hintertür nach draußen, um die restlichen Tüten zu holen. Ich bringe sie nach oben, steige über die Taschen, die Mom gleich hinter der Tür abgestellt hat, und lege alles auf die Küchentheke unserer Puppenstubenküche. Wirklich, sie sind unser Lebensinhalt: Puppen. Wir verkaufen sie. Wir leben in ihrem Haus ... jedenfalls was die Größe betrifft: drei winzige Zimmer, ein Badezimmer, Miniaturküche. Und ich bin überzeugt, dass die Größe der Wohnung der Hauptgrund dafür ist, dass meine Mom und ich uns so nahestehen. Ich schiele um die Wand herum und sehe, wie meine Mom sich auf dem Sofa ausgestreckt hat.

»Alles okay, Mom?«

Sie richtet sich etwas auf, bleibt aber liegen. »Bloß erschöpft. Bin heute Morgen besonders früh aufgestanden.«

Ich fange an, die Einkaufstüten auszupacken, und stelle das Fleisch und das gefrorene Apfelsaftkonzentrat in den Kühlschrank. Vor Jahren hab ich meine Mom mal gefragt, ob wir nicht richtigen Apfelsaft kaufen können, und sie hat gemeint, dass er zu teuer sei. Ich war sechs. Damals wurde mir zum ersten Mal klar, dass wir arm sind. Es war definitiv nicht das letzte Mal.

»Ach Süße, kümmere dich nicht ums Auspacken. Ich mach das gleich. Kannst du wieder runter in den Laden gehen?«

»Klar.« Auf dem Weg zur Tür schnappe ich mir die restlichen Tüten, stelle sie ebenfalls auf die Küchentheke und gehe runter. Mein Gehirn braucht den ganzen Weg die Treppe hinunter, um sich daran zu erinnern, dass meine Mom heute Morgen, als ich zur Schule gegangen bin, immer noch im Bett lag. Und das sollte »sehr frühes« Aufstehen gewesen sein? Ich werfe einen Blick über die Schulter die Treppe hoch und bin versucht, umzudrehen und sie zur Rede zu stellen. Aber ich lasse es. Ich nehme meinen Platz hinter der Ladentheke ein, hole meine Englischlektüre heraus und hebe meinen Blick erst wieder, als die Glocke an der Ladentür bimmelt.

3.

Eine meiner absoluten Lieblingskundinnen kommt durch die Tür. Sie ist schon älter, aber witzig und scharfsinnig. Ihre Haare sind tiefrot oder gehen ins Lilafarbene, je nachdem wie lange die letzte Tönung zurückliegt. Und immer trägt sie einen Schal, egal wie heiß es draußen ist. Jetzt allerdings, im Herbst, ist der Schal sogar passend; der von heute ist knallorange mit lilafarbenen Blumen.

»Caymen«, sagt sie mit einem Lächeln.

»Hi Mrs Dalton.«

»Süße, ist deine Mom heute da?«

»Sie ist oben. Soll ich sie holen oder kann ich Ihnen weiterhelfen?«

»Ich hatte eine Sonderbestellung aufgegeben und wüsste gerne, ob sie schon eingetroffen ist.«

»Ich schaue mal eben nach.« Ich nehme einen Ordner aus der Schublade unter der Kasse, in dem die Bestellungen aufgelistet sind. Mrs Daltons Name ist einfach zu finden, weil es nur wenige Einträge gibt, und die meisten davon sind ihre. »Sieht so aus, als sollte die Puppe morgen eintreffen, aber lassen Sie mich kurz nachfragen, damit Sie nicht umsonst kommen.« Ich greife zum Telefon und erfahre, dass die Bestellung nicht vor morgen Nachmittag kommen wird.

»Es tut mir leid, dass ich dich damit behelligt habe. Das hatte mir deine Mutter auch gesagt. Ich hatte bloß gehofft, die Puppe wäre schon da.« Sie lächelt. »Sie ist für meine Enkeltochter. Sie hat in ein paar Wochen Geburtstag.«

»Wie schön. Ich bin sicher, dass sie die Puppe toll finden wird. Wie alt wird die glückliche Kleine denn?«

»Sechzehn.«

»Oh. Die glückliche ... Große.« Ich weiß nicht, was ich sonst sagen soll, ohne unhöflich zu klingen.

Mrs. Dalton lacht. »Keine Sorge, Caymen, sie bekommt noch etwas anderes. Dieses Geschenk ist mehr dazu gedacht, ihrer Grandma Spaß zu machen. Seit sie ein Jahr alt geworden ist, hat sie jedes Jahr von mir eine Puppe bekommen. Es fällt mir schwer, mit einer Tradition zu brechen, egal wie alt die Kinder werden.«

»Meine Mutter dankt es Ihnen.«

Mrs Dalton lacht. Sie versteht meine Witze. Vielleicht, weil ihr Humor genauso trocken ist.

»Sie ist das einzige Mädchen, deswegen verwöhne ich sie nach Strich und Faden.«

»Gibt es bei den Jungs auch eine Tradition?«

»Einen Tritt in den Hintern.«

»Großartige Tradition. Ich finde, Sie sollten ihnen auch eine Puppe zum Geburtstag schenken. Wahrscheinlich fühlen sie sich übergangen.«

Sie lacht. »Das müsste ich mal ausprobieren.« Sie wirft dem Ordner auf der Ladentheke einen sehnsüchtigen Blick zu, als wünschte sie, das Datum würde plötzlich umspringen und ihre Puppe herbeizaubern. Sie öffnet ihre Handtasche und wühlt darin herum. »Wie geht's Susan?«

Ich schiele kurz nach hinten, als würde meine Mom bei der bloßen Erwähnung ihres Namen die Treppe herunterkommen. »Ihr geht's gut.«

Sie holt ein kleines rotes Büchlein heraus und blättert darin. »Morgen Nachmittag hast du gesagt?« Ich nicke.

»Oh nein, das klappt nicht. Da habe ich einen Termin beim Friseur.«

»Das ist schon in Ordnung. Wir legen sie für Sie zurück, bis Sie kommen. Sie können sie Mittwoch oder auch an jedem anderen Tag diese Woche abholen. Wie es Ihnen am besten passt.«

Sie nimmt sich den schwarzen Kuli von der Ladentheke und notiert sich etwas in ihrem Büchlein. »Vielleicht schicke ich jemanden vorbei, der sie für mich abholt. Wäre das möglich?«

»Selbstverständlich.«

»Sein Name ist Alex.«

Ich notiere mir den Namen auf dem Bestellschein. »Alles klar.«

Sie greift nach meiner Hand und drückt sie mit beiden Händen. »Du bist so ein tüchtiges Mädchen, Caymen. Ich bin froh, dass du für deine Mom da bist.«

Manchmal frage ich mich, wie viel meine Mom eigentlich unseren Kunden erzählt. Was wissen sie über uns? Wussten sie von meinem Vater? Als verwöhnter Sohn aus reichem Elternhaus hatte er sich schneller aus dem Staub gemacht, als meine Mom sagen konnte: »Ich bin schwanger, was nun?« Seine Eltern hatten sie genötigt, eine Vereinbarung zu unterschreiben, deren Inhalt sie nicht verstand und in der praktisch stand, dass sie auf jegliche Unterhaltszahlungen verzichtete. Sie hatten ihr Schweigegeld gegeben, aus dem dann irgendwann das Startkapital für den Laden wurde. Und das ist der Grund, warum ich nicht das geringste Bedürfnis habe, mit dieser Perle von einem Vater Kontakt aufzunehmen. Nicht, dass er es je versucht hätte.

Okay, vielleicht habe ich doch dieses Bedürfnis. Aber nachdem, was er meiner Mutter angetan hat, fühlt es sich falsch an.

Ich drücke Mrs Daltons Hand. »Ach, Sie kennen mich doch. Ich will den Preis für die beste Tochter im Universum gewinnen. Ich hab gehört, dass dieses Jahr eine Tasse drin sein soll.«

Sie lächelt. »Ich glaub, den Preis hast du schon längst gewonnen.«

Ich verdrehe die Augen. Sie streichelt mir über die Hand und verlässt den Laden, nicht ohne jedoch vorher noch ein bisschen herumgestöbert zu haben.

Ich mache es mir wieder auf dem Hocker bequem und lese weiter. Als es sieben wird, wandert mein Blick zum gefühlten hunderttausendsten Mal zur Treppe. Meine Mom ist nicht nach unten gekommen. Das passiert selten. Wenn sie zu Hause ist, lässt sie mich fast nie hier unten allein. Nachdem ich abgeschlossen, die Jalousien runtergelassen und das Licht ausgemacht habe, schnappe ich mir den Stapel mit der Post und gehe nach oben.

Im Haus riecht es köstlich. Nach süßen gekochten Karotten und Kartoffelbrei mit Soße.

Meine Mom steht am Herd und rührt die Soße. Als ich sie begrüßen will, sagt sie: »Ich weiß. Und das ist das Problem.«

Sie telefoniert. Ich gehe in mein Zimmer, um meine Schuhe auszuziehen. Auf halbem Weg durch den Flur höre ich sie sagen: »Ach bitte. Die leben doch nicht hier, um sich unter das Volk zu mischen.«

Bestimmt unterhält sie sich mit ihrer besten Freundin. Sie hat keine Ahnung, dass ich schon jede Menge solcher Gespräche mitbekommen habe. In meinem Zimmer schleudere ich die Schuhe von den Füßen und gehe zurück in die Küche.

»Riecht lecker, Mom«, sage ich.

Sie zuckt zusammen. »Na gut, Caymen ist gerade reingekommen«, sagt sie. »Ich muss Schluss machen.« Sie lacht über irgendetwas, was ihre Freundin gesagt hat. Ihr Lachen klingt melodiös.

Die Küche mag es nicht, wenn sich zwei Menschen auf einmal in ihr aufhalten und stößt mir deshalb ständig die

Kanten der Küchentheke und Schubladengriffe in die Hüften und den Po. Weil wir beide sowieso nicht gleichzeitig hier hineinpassen, gehe ich um die Küchentheke herum in die kleine Essecke.

»Tut mir leid, dass ich nicht nach unten gekommen bin«, sagt Mom, nachdem sie aufgelegt hat. »Ich dachte, ich koche uns was. Das hab ich schon lange nicht mehr gemacht.«

Ich setze mich und blättere die Post durch, die ich mit nach oben gebracht habe. »Irgendein Anlass?«

»Nein. Einfach nur so.«

»Danke, Mom!« Ich halte die Stromrechnung im rosa Umschlag hoch. Warum nimmt man für Mahnungen die Farbe Rosa? Ist das wirklich die Farbe, die aller Welt (oder wenigstens dem Postboten) verkündet: Das hier sind totale Versager? Ich könnte mir vorstellen, dass Kotzgelb diese Ankündigung besser rüberbringen würde. »Achtundvierzig Stunden Frist.«

»Mist. Ist das die einzige?«

»Sieht so aus.«

»Okay. Ich erledige später die Online-Überweisung. Leg sie einfach auf die Küchentheke.«

Ich brauche nicht einmal aufzustehen, um an die Küchentheke zu kommen. Sie ist weniger als einen halben Meter vom Tisch entfernt. Meine Mom bringt zwei dampfende Teller und stellt einen davon vor mir ab. Beim Essen unterhalten wir uns.

»Ach Mom, ich hab total vergessen, dir von dem Typen zu erzählen, der vor ein paar Tagen in den Laden gekommen ist.«

»Ach ja?«

»Er hat mich herangewinkt.«

»Mit Sicherheit hat er bloß versucht, auf sich aufmerksam zu machen.«

Ich erzähle weiter. »Wie man lächelt, hat ihm auch niemand beigebracht, und an einer Stelle hat er verächtlich den Mund verzogen.«

»Ich hoffe ja, dass du das für dich behalten hast.« Sie nimmt einen Happen Kartoffelbrei.

»Nein, ich hab ihm gesagt, dass du nachmittags Kurse im Lachen unterrichtest. Ich glaube, er wollte morgen vorbeikommen.«

Ihre Augen blitzen auf, aber dann merkt sie, dass ich nur einen Witz gemacht habe, denn sie stößt einen Seufzer aus, auch wenn ich sehen kann, wie sie versucht, sich das Lachen zu verkneifen.

»Mrs Dalton war heute wieder da.«

Bei dieser Nachricht lächelt sie wirklich. »Letzte Woche auch schon. Sie ist immer ganz aufgeregt, wenn sie auf eine Puppe wartet.«

»Ich weiß. Ich finde es süß.« Ich räuspere mich und ziehe mit der Gabel lauter Furchen in meinen Kartoffelbrei, bevor ich meine Mom anschaue.

»Tut mir leid, dass ich dich heute unten im Stich gelassen habe. Der Schreibtischkram hat mich oben aufgehalten.«

»Ist schon okay.«

»Du weißt doch, wie sehr ich deine Hilfe schätze, oder?«

Ich zucke mit den Schultern. »Ist doch nichts dabei.«

»Für mich schon. Ich weiß nicht, was ich ohne dich machen sollte.«

»Ich glaube, du würdest dir jede Menge Katzen anschaffen.«

»Im Ernst? Du glaubst, ich wäre eine von diesen Frauen, die mit tausend Katzen zusammenleben?«

Ich nicke langsam. »Ja, Katzen oder Nussknacker.«

»Was? Nussknacker? Ich mag noch nicht einmal Nüsse.«

»Man braucht keine Nüsse zu mögen, um jede Menge Holzfiguren mit weit aufgeklappten Mündern zu sammeln.«

»Du glaubst, dass ich ohne dich ein völlig anderer Mensch wäre und eine Schwäche für Katzen und/oder Nussknacker hätte?«

Ohne mich würde sie ein völlig anderes Leben führen. Wahrscheinlich wäre sie aufs College gegangen und hätte geheiratet und wäre nicht von ihren Eltern auf die Straße gesetzt worden. »Aber klar. Hallo?! Ohne mich hättest du weder Spaß noch Liebe in deinem Leben. Du wärst ein gaaanz trauriger Fall.«

Sie lacht wieder. »Wie wahr.« Sie legt die Gabel auf ihren Teller und steht auf. »Bist du fertig?«

»Ja.«

Sie nimmt meinen Teller und stellt ihn auf ihren. Mir ist nicht entgangen, dass sie kaum etwas gegessen hat. Sie wäscht die Teller kurz in der Spüle ab.

»Mom, du hast gekocht. Ich kümmer mich um den Abwasch.«

»Okay, danke, Liebes. Ich glaube, ich gehe ins Bett und lese.«

Der Abwasch kostet mich gerade mal zwanzig Minuten. Auf dem Weg in mein Zimmer schaue ich bei meiner Mom vorbei, um Gute Nacht zu sagen. Auf ihrer Brust liegt ein aufgeschlagenes Buch und sie schläft tief und fest. Sie war heute also tatsächlich müde. Vielleicht ist sie doch früh aufgestanden, um Sport zu machen oder so, und ist dann wieder schlafen gegangen. Ich schließe das Buch, lege es auf ihren Nachttisch und lösche das Licht.

4.

Als ich am nächsten Tag nach der Schule in den Laden komme, sehe ich zu meinem großen Erstaunen einen Mann am Tresen. Er ist dunkel gekleidet, hat einen dunklen kurz rasierten Bart und seine Haut ist dunkelbraun. »Dunkel« scheint hier das Motto zu sein, ja, er scheint Dunkelheit geradezu auszuströmen und trotzdem sind die Wangen meiner Mom rosa angelaufen und sie lächelt. Als die Glocke an der Tür bimmelt, schauen beide hoch.

»Hi Caymen«, sagt meine Mom.

»Hi.«

»Okay, wir sehen uns, Susan«, sagt der fremde Mann.

Meine Mom nickt.

Er verlässt den Laden und ich frage: »Wer war das?« Ich verstaue meinen Rucksack unter der Kasse. »Alex?«

»Wer ist Alex?«

»Der Typ, der die Puppe für Mrs Dalton abholen soll.«

»Oh nein, das war bloß ein Kunde.«

Na klar. Mein Blick folgt ihm, als er am Fenster vorbeiläuft. Ein Single um die vierzig soll ein Kunde sein. Beinahe mache ich eine entsprechende Bemerkung, als meine Mom sagt: »Gut, dass du hier bist. Ich muss noch vor eins ein paar Sachen zur Post bringen.« Sie schnappt sich zwei Pakete und einen Stapel Briefumschläge und geht zur Hintertür. »Oh, und Mrs Daltons Puppe liegt hinten.«

»Okay, bis später.«

Die Ladentür geht auf. Ich schaue hoch und erwarte schon fast den »Kunden« meiner Mom, der zurückgekommen ist, werde aber von einem schlecht gelaunten Henry begrüßt. Ich hab keine Ahnung, ob er geduscht hat oder ob es einen Typen tatsächlich attraktiver macht, wenn er mit einem Gitarrenkoffer herumläuft, jedenfalls kann ich plötzlich ein bisschen besser nachvollziehen, was Skye an ihm findet.

»Hey Caveman.«

Würg. Wahrscheinlich hat er meinen richtigen Namen vergessen. »Hi Kröte. Skye ist nicht hier.«

»Ich weiß. Ich wollte dir eigentlich auch nur ein Lied vorspielen, das ich für sie geschrieben habe. Vielleicht kannst du mir sagen, ob es ihr gefallen wird.«

»Okay. Klar doch.«

Er setzt sich auf den Boden und nimmt seine Gitarre aus dem Koffer. Mit dem Rücken lehnt er sich an ein Schränkchen, streckt sich und hockt sich dann in den Schneidersitz. Die Puppen in den beleuchteten Regalen und die Holzkrippe neben ihm lassen das Ganze wie eine Kulisse für ein schräges Musikvideo aussehen. Er schlägt ein paar Akkorde an, dann räuspert er sich und singt los.

Der Song ist ziemlich gut, wenn auch ein bisschen kitschig. Die Stelle, an der er singt, dass er ohne Skye sterben würde, bringt mich beinahe zum Lachen, aber ich schaffe es, ernst zu bleiben. Als der Song zu Ende ist, kann ich dann plötzlich wirklich verstehen, warum Skye ihn mag. Ich bin mir sogar ziemlich sicher, dass ich ihn selbst ganz verträumt ansehe. Als dann ein Klatschen die Stille unterbricht, werde ich schlagartig rot.

Xander steht an der Ladentür. Heute sieht er sogar noch reicher aus. Perfekt gestyltes Haar, Designerklamotten und Gucci-Lederschuhe ohne Socken.

»Super Song«, sagt er zu Henry.

»Danke.« Henry schaut mich an.

»Ja, richtig toll«, bestätige ich.

Er atmet erleichtert auf und packt dann seine Gitarre ein. Ich wende mich Xander zu.

»Ich bin wieder auf einen Botengang geschickt worden«, sagt er.

»Wieder einer der Tage, an dem du dich unter die einfachen Leute mischst, um das Leben schätzen zu lernen?« Ich hätte schwören können, dass ich beim letzen Mal etwas Ähnliches gesagt habe, aber der verletzte Ausdruck in seinem Gesicht zeigt mir, dass ich es damals wohl bloß gedacht hatte. Na gut, war ja sowieso nur ein Witz (mehr oder weniger). Wenn er keinen Spaß versteht, ist das sein Problem.

»So in der Art«, murmelt er.

Henry steht auf. »Die schottische Puppe gehört mir, also lass die Finger davon.«

Xander hebt die Hände. »Kein Interesse.« Ich hab das Gefühl, dass Xander bei Henrys Bemerkung nicht nur an die Puppe im Schottenrock gedacht hat. Aber da Xander ja *kein Interesse* hat, spielt es sowieso keine Rolle.

Henry macht sich auf den Weg zur Tür. »Ich singe den Song am Freitagabend auf unserem Konzert. Kommt doch. Wir treten im Scream Shout auf. Zehn Uhr.« Das Scream Shout ist eine Kneipe, ungefähr fünf Blocks entfernt, in der einheimische Bands vor kleinem, meist betrunkenem Publikum gegen wenig oder gar keine Bezahlung auftreten. Gelegentlich schließe ich mich Skye an, aber es ist nicht wirklich mein Ding.

Xander schaut Henry nach. Dann dreht er sich wieder zu mir und macht ganz auf Geschäftsmann: »Meine Großmutter hat mich gebeten, eine Puppe abzuholen, die sie bestellt hat.«

»Deine Großmutter?« Ich schlage den Ordner auf und frage mich, ob ich eine Bestellung übersehen habe.

»Katherine Dalton.«

»Mrs Dalton ist deine Großmutter?«

»Warum überrascht dich das so sehr?«

Ich klappe meinen Mund wieder zu. *Weil Mrs Dalton so lieb ist und so natürlich und ganz großartig und … Du dagegen nimmst dich so dermaßen wichtig, hast perfekt manikürte Nägel und deine Klamotten sind mit Geldscheinen* gefüttert (oder wenigstens ist das die Ausrede, die ich ihm für seine gute Körperhaltung zugestehe). »Ich hatte einfach nur keine Ahnung.«

»Sie spricht also nie über ihren genialen Enkelsohn?«

»Ich hatte gedacht, sie würde Alex schicken.«

»Ich bin Alex.«

Ach so. Wie dämlich kann man nur sein? Beides steht natürlich für Alexander. »Nennst du dich jetzt Alex oder Xander?«

Ein arrogantes Grinsen breitet sich auf seinem Gesicht aus, als hätte ich ihn gegoogelt oder so.

»Deine Kreditkarte«, erkläre ich und erinnere ihn, dass er sie das letzte Mal, als er hier war, benutzt hat.

»Ach so. Ja, ich werde Xander genannt, aber meine Großeltern bevorzugen Alex. Ich wurde nach meinem Großvater benannt, du weißt ja, wie das ist.«

Ich weiß nicht mal ansatzweise, wie das ist. »Ja, natürlich.«

»Na gut, Susans Tochter …« Er stützt seine Ellenbogen auf der Ladentheke ab, betrachtet einen kleinen Holzapfel, den uns ein Kunde vor Jahren geschenkt hat, und dreht ihn wie einen Kreisel. »Hast du meine Puppe?«

Ich lache ein bisschen über seine Ausdrucksweise. »Ja, hab ich. Moment.« Ich schnappe mir den Karton aus dem Hinterzimmer und bringe ihn nach vorn zur Ladentheke. Ich bin überrascht, dass meine Mom ihn noch nicht geöffnet hat, um die Lieferung zu überprüfen. Manchmal haben die

Puppen Risse oder sind zerbrochen. Der Lieferdienst, den wir beauftragen, haftet dafür. Ich greife mir das Teppichmesser aus dem silbernen Becher neben der Kasse und schneide das Klebeband auf. »Lass mich eben kurz nachschauen, dass ihr nicht auf der Reise irgendwelche Glieder amputiert wurden.«

»Okay.«

Ich nehme die Schachtel mit der Puppe aus dem Versandkarton, wobei ein paar Styroporkügelchen herausfallen, und öffne sie vorsichtig.

»Mandy«, liest er ihren Namen laut vom Deckel ab.

»Mandy ist in bester Verfassung. Deine Großmutter wird sich freuen. Ist sie für deine Schwester?«

»Nein. Meine Cousine. Scarlett. Diese Puppe sieht ihr ganz schön ähnlich. Fast ein bisschen unheimlich.«

»Deine Cousine trägt Spitzensocken und Strickkleider?«

»Äh, nein. Aber die Haare ... und meine Cousine hat definitiv diesen hinterhältigen Blick.«

»Deine Cousine trägt also einen schwarzen Bob und macht Schwierigkeiten?«

»Genau.«

Ich schiebe ihm die Schachtel zu. »Richte deiner Großmutter schöne Grüße von mir aus.«

»Und sie weiß, wer ›mir‹ ist?«

»Tun das nicht alle?«

»Scheinbar alle außer mir.« Er zieht sein Handy aus der Tasche und drückt auf ein paar Tasten.

»Was machst du da?«, frage ich.

»Ich richte meiner Großmutter aus, dass du sie grüßen lässt.«

Ich verdrehe die Augen. »Du schummelst.«

»Mir war nicht klar, dass wir hier ein Spiel spielen.« Zum ersten Mal heute schenkt er mir ein Lächeln und plötzlich bin ich froh, dass er dieses Lächeln meistens verbirgt. Denn es setzt einen schneller außer Gefecht als jede Waffe. »Hi Grammy. Ich hab deine Puppe ... Ja, eine junge Dame im Laden hat mich bedient. Sie hat mich gebeten, dich zu grüßen ... Nein, nicht Susan.«

Ich muss laut lachen.

»Ihre Tochter. Dunkles Haar, grüne Augen.«

Verblüfft senke ich den Blick, weil er meine Augenfarbe kennt. Seine Augen sind braun mit goldenen Sprenkeln darin. Nicht, dass mir das aufgefallen wäre.

»So um die sechzehn?« Er schaut mich mit fragendem Blick an, ob er richtig geraten hat. Ich schüttele den Kopf. »Siebzehn?«

Siebzehneinhalb.

»Caymen?« Er zieht fragend eine Augenbraue hoch. Ich zucke mit den Schultern. »Also schön, Caymen lässt grüßen ... Süß? Von süß weiß ich nichts, aber sie ist ein ziemlicher Sturkopf.« Er schweigt einen Moment. »Ich *bin* nett. Du solltest ihr mal sagen, dass *sie* nett sein soll. Sie hat mir nicht einmal ihren Namen verraten ... Nein, nicht weil ich gemein bin.«

Mrs Dalton ist einfach großartig.

Ich notiere Datum und Uhrzeit der Abholzeit in den Bestellordner. Dann hänge ich aus irgendeinem Grund das »ander« an Alex, den Namen, den ich erst aufgeschrieben hatte. Ich schlage den Ordner zu und schiebe ihn unter den Tresen. Er hört immer noch aufmerksam seiner Großmutter zu. Dann treffen sich unsere Blicke und er hebt den Zeigefinger. Er greift in die Hosentasche, zieht seine Brieftasche und Kreditkarte heraus und schaut dabei nicht mal richtig hin.

»Sie hat bereits bezahlt«, flüstere ich.

Er nickt und steckt alles wieder ein.

Seine Großmutter sagt irgendetwas, das ihn zum Lächeln bringt. Dieses Lächeln. Was ist eigentlich so besonders an diesem Lächeln? Vielleicht liegt es an seinen perfekten Zähnen, schneeweiß und gerade, dass es so umwerfend ist. Aber das ist nicht alles. Es ist ein bisschen schief, der eine Mundwinkel ist weiter nach oben gezogen als der andere. Und ab und zu knabbert er mit den Zähnen an der Unterlippe. Es ist ein Lächeln, das ganz frei ist, im Gegensatz zum Rest seiner Erscheinung, die einer Festung gleicht.

»Na gut, Grammy, ich muss weiter. Caymen starrt mich gerade an und fragt sich wahrscheinlich, ob ich irgendwann gedenke zu verschwinden, damit sie weiterarbeiten kann.«

Es ist komisch, ihn meinen Namen sagen zu hören. Er scheint dadurch mehr als nur irgendein Kunde zu sein. Fast, als würden wir uns kennen.

Er steckt sein Handy in die Hosentasche. »Caymen.«

»Xander.«

»Heißt das, dass ich gewonnen habe?«

»Mir war nicht klar, dass wir hier ein Spiel spielen.«

Er nimmt die Puppe, macht rückwärts einen Schritt Richtung Tür, dabei lächelt er und knabbert an der Unterlippe. »Doch, ich glaube schon.«

5.

Vor ungefähr einem Jahr hat meine Mom angefangen, im Hinterzimmer des Ladens Geburtstagspartys für kleine Mädchen zu organisieren. Schon damals war das eine alberne Idee (und ist es immer noch); sie wollte Rohmodelle von Puppen bestellen. Die Mädchen sollten dann im Laden die Details selbst aussuchen – Kleidung, Haarfarbe, Augenfarbe –, damit jedes von ihnen mit seiner ganz individuellen Puppe nach Hause gehen konnte. Anfangs erlaubte meine Mom den Mädchen, die Augen selber aufzumalen, aber das wurde zur absoluten Horrorshow. Deswegen sitze ich jetzt an der Kasse und male die Augen auf, während meine Mom mit den Mädchen hinten bleibt und ihnen dabei hilft, die Outfits und Frisuren auszusuchen. An einem guten Tag nehmen wir unterm Strich hundert Dollar ein. An den meisten Samstagen können wir uns glücklich schätzen, wenn wir keinen Verlust gemacht haben (meine Mom ist viel zu gutherzig und erlaubt den Kindern, sich mehr als die drei Kleidungsstücke, die ihnen zustehen, auszusuchen).

Heute haben wir zwanzig Dollar eingenommen, glaube ich, und ich wünsche mir nichts sehnlicher, als dass wir mit diesen Samstagspartys aufhörten. Aber es macht meine Mom glücklich – von wegen Kinderlachen und solcher Quatsch – und deswegen beschwere ich mich nicht. Auf dem Weg nach draußen laufen die Mädchen kichernd durch den Laden und halten dabei ihre neu eingekleideten Puppen fest umklammert und grabbeln alles an. Meine Mom wird die nächsten zwei Stunden damit verbringen, den »Partyraum« zu putzen (den wir früher mal Pausenraum genannt haben).

Ich blicke auf, als Skye mit Henry im Schlepptau hereinkommt. »Wir haben dich gestern Abend vermisst«, sagt sie.

Ich krame erfolglos in meinem Gedächtnis. »Was war gestern Abend?«

»Das Konzert unserer Band – wir haben doch im Scream Shout gespielt«, sagt Henry, ein »Du Schusselchen« schwingt zwischen den Zeilen mit.

»Ach ja. Wie war's denn?«

Skye lächelt. »Er hat einen Song für mich geschrieben.«

Henry stellt seine Gitarre ab und lässt sich neben sie auf den Boden fallen. »Wir dachten, wir wiederholen den Abend noch einmal.«

»Super«, sage ich und lasse meinen Blick über Moms Liste mit den Puppenkleidern wandern, die langsam ausgehen, und hake diejenigen ab, die ich bereits bestellt habe.

»Sie klingt zwar nicht begeistert, aber sie ist es«, sagt Skye zu Henry.

»Sehr«, versichere ich trocken.

Er schlägt ein paar Akkorde an. »Cavemen hat kein Leben«, singt er. Ich bewerfe ihn mit meinem Stift, aber weil ich ihn brauche, bücke ich mich und hebe ihn wieder auf.

Skye lacht. »Sie hat ein Leben, Henry. Bloß ein langweiliges.«

»Wenn man bedenkt, dass ich die Hälfte meines Lebens mir dir verbringe, Skye, solltest du aufpassen, was du sagst.«

»Caveman hat ein fades Leben«, singt er. »Sollte mehr nach Action streben.«

»Nein danke, Langeweile reicht mir völlig.« Tatsache ist, dass ich mich an mein monotones Leben ganz gut gewöhnt habe und im Moment nur noch ungefähr einmal pro Woche das dringende Bedürfnis habe, mir die Haare zu raufen.

Skye rückt eine Puppe im Regal neben sich zurecht. »Mal

im Ernst, Caymen, du hättest gestern Abend kommen sollen. Warum warst du nicht da?«

»Um wie viel Uhr seid ihr zu Hause gewesen?«, frage ich.

»Keine Ahnung ... gegen zwei.«

»Da hast du deinen Grund. Ich musste heute Morgen arbeiten.«

»Das klingt ja, als wäre sie schon erwachsen«, sagt Henry.

Wer hat dich um deine Meinung gebeten?

»Spiel ihr ein Lied vor, Henry. Ein richtiges.«

»Okay.«

Als er anfängt zu spielen, nimmt mir Skye die Liste aus der Hand und legt sie auf die Ladentheke. »Gönn dir mal eine kleine Pause.« Sie zieht mich auf den Fußboden gegenüber von Henry. Während er singt, wirft sie mir einen Blick zu. »Oh, jemand hat gestern Abend nach dir gefragt.«

»Wo?«

»Im Scream Shout.«

»Wer?«

»Keine Ahnung, irgendein Typ. Er sah aus, als hätte ihm die ganze Kneipe gehören können. Schickimicki-Klamotten. Superweiße Zähne.«

Aus irgendeinem Grund jagt mir diese Nachricht einen Schrecken ein. »Xander?«

Sie zuckt mit den Schultern. »Keine Ahnung. Seinen Namen hat er nicht gesagt.«

»Was *hat* er denn gesagt?«

»Na ja, ich hab mitgehört, wie er einen Typen hinter mir angesprochen hat. Kennst du ein Mädchen namens Caymen, hat er gefragt. Der Typ hat verneint. Als ich mich umgedreht habe, um ihm zu sagen, dass ich dich kenne, war er schon weg.«

»Und, hat er die Kneipe verlassen?«

»Nein, er ist noch eine Weile geblieben, hat Henry und

den anderen zugehört, sich eine Cola bestellt. Dann ist er gegangen.«

Xander hat nach mir gesucht. Nicht gut. Mr Rich und sein total überspannter Lebensstil sollen mir vom Hals bleiben. »War er allein?«

»Nein. Ein Mädel war bei ihm. Kurzes dunkles Haar. Sie sah gelangweilt aus.«

Seine Cousine vielleicht? Ich zucke mit den Schultern.

»Wer ist er denn?«

»Nur der Enkelsohn einer Kundin.«

»Der reiche Enkelsohn einer reichen Kundin?«

»Ja.«

»Wir sollten uns mehr reiche Freunde zulegen. Das würde unser Unterhaltungsniveau auf ein neues Level bringen.«

»Was redest du da?« Ich zeige auf Henry. »Das ist doch absolut erstklassig. Wir haben unseren eigenen Privatmusiker.«

»Ihr hört mir überhaupt nicht zu«, beschwert sich Henry.

»Entschuldige. Klingt super, Babe.«

Er beendet den Song und packt seine Gitarre zurück in den Koffer. »Caveman, ich werde dir einen Gefallen tun.«

»Bitte nicht.«

»Lass mich ausreden. Ich werde dich mit einem Freund verkuppeln. Dann können wir zu viert ausgehen.« Er wirft Skye einen Blick zu. »Tic. Der Sänger der Crusty Toads.«

Ein gigantisches Lächeln hellt Skyes Gesicht auf. »Oh ja, der ist so cool. Du wirst ihn toll finden, Caymen.«

»Tick? Ist damit sein Dachschaden gemeint?«

»Nein, nervöse Zuckungen. Ein Tic.« Henry blinzelt angestrengt und demonstriert mir etwas, von dem ich annehme, dass es eine nervöse Zuckung sein soll. »Das ist nicht sein echter Name.«

»Ach nee«, sage ich.

»Ist wahr. Seinen richtigen Namen vergesse ich immer. Mal im Ernst, ihr beiden seid wie füreinander geschaffen. Du wirst ihn mögen.«

Ich stehe auf und schnappe mir wieder meine Liste. »Nein. Ich will nicht ausgehen.« Und ich will definitiv nicht jemandem zu einem Blind Date treffen, der Tic heißt und von dem *Henry* denkt, dass er für mich wie geschaffen sei.

»Bitte, bitte, bitte«, bettelt Skye und zerrt an meinem Arm.

»Ich kenne den Typen noch nicht einmal. Ich komme mir total bescheuert vor.«

»Das können wir ändern. Ich werde ihn irgendwann nächste Woche vorbeischicken, damit er Hallo sagen kann«, meint Henry.

Ich wirbele herum. »Wage es ja nicht.«

»Klingt ganz nach einer Herausforderung«, sagt Henry grinsend.

»Nein, ist es nicht, Kröte. Wag es ja nicht.« Wäre es verwerflich, wenn ich eine der Puppen auf ihn hetzen würde?

»Mach dir keine Sorgen. Ich werde das schlau einfädeln. Ich werde ihm nicht verraten, dass du mit ihm ausgehen willst oder so.«

»Ausgesprochen schlau angesichts der Tatsache, dass ich *nicht* mit ihm ausgehen möchte.«

Skye singt: »Angsthase, Angsthase!«

Henry lacht wieder und steht auf. »Keine Sorge, Caveman, du schaffst das schon. Sei einfach nur du selbst.«

Nicht schon wieder dieses »Sei ganz du selbst«. Ich hasse diesen Spruch. Als hätten mein Selbst und Tic sich schon mal getroffen und glänzend verstanden, sodass ich nur noch sicherstellen muss, dass mein Selbst auch diesmal wieder mit dabei ist. Wie unlogisch.

»Bist du so weit, *Cry?*«

»Ja. Bis später.« Sie wirft mir ein vielsagendes Lächeln zu

und ich stöhne. Das ist ja wohl das Letzte! Die schicken mir hier irgendeinen Typen namens Tic in den Laden und es gibt nichts, was ich dagegen tun kann.

6.

Nachdem ich eine Woche lang jedes Mal, wenn die Ladenglocke gebimmelt hat, nervös hochgeschaut habe, fange ich an zu hoffen, dass Skye Henry die Drohung, Tic in unseren Laden vorbeizuschicken, vielleicht ausgeredet hat. Aber dann passiert es an einem Montagnachmittag. Ein Junge mit einem Stapel Flyern in der Hand kommt in den Puppenladen.

Er hat kurze, schwarz gelockte Haare und moccafarbene Haut. Ein Lippenring betont seine ohnehin schon großen Lippen noch mehr. Er trägt Jeans, Springerstiefel und ein T-Shirt, auf dem steht: *Unsere Band ist cooler als eure.* Auf eine schräge Art ist er tatsächlich ziemlich attraktiv. Und *viel* zu cool für mich. Ich frage mich, warum Skye nicht mit *ihm* ausgeht. Er würde wesentlich besser zu ihr passen.

»Hey«, sagt er. Seine Stimme klingt kratzig, als wäre er eben gerade aufgestanden oder als müsste er sich räuspern. »Henry hat mir gesagt, dass wir ein paar Flugblätter für unser nächstes Konzert in eurem Laden auslegen dürfen.« Er sieht sich um.

»Ich bin mir sicher, die alten Damen werden richtig abgehen auf eurem Konzert«, erwidere ich.

Er runzelt die Stirn. »Ja, Henry dachte anscheinend ...« Er verstummt, als er ein Porzellanbaby in einer Korbwiege beäugt. »Vielleicht hab ich den falschen Laden erwischt.«

»Nein. Schon gut. Leg sie einfach hier hin.«

Er kommt heran und platziert einen kleinen Stapel auf der Ladentheke. Dann mustert er mich kurz. Was er sieht, scheint ihm zu gefallen, denn er zeigt auf das Flugblatt und sagt: »Komm doch einfach vorbei.«

Auf dem Flugblatt ist das Bild einer Kröte abgedruckt, die aussieht, als wäre sie eben gegen den Kühlergrill eines Kleinlasters geknallt. Wer hat dieses Ding bloß entworfen? Quer über ihrem Bauch steht: »Crusty Toads«. Und darunter: »Freitag, 22 Uhr, Scream Shout.«

Mir liegt schon irgendeine sarkastische Bemerkung zu den Flugblättern auf der Zunge, aber ich kann mich gerade noch beherrschen. »Ja, ich werd's versuchen.«

»Klingt eher, als würdest du das Gegenteil meinen.« Er blinzelt heftig, was mich daran erinnert, wie er zu seinem Spitznamen gekommen ist. »Ich bin der Sänger der Band. Würdest du jetzt eher kommen oder eher nicht?«

Ich lächele. »Vielleicht ein bisschen eher.«

»Ich heiße Mason.« Sehr viel besser als Tic.

»Caymen.«

Bitte kein Spitzname.

»Nett, dich kennenzulernen, Caymen.«

Der Kandidat erhält fünf Punkte.

»Und wie stehen meine Chancen, dass ich dich tatsächlich am Freitagabend sehen werde?«

Ich werfe noch einmal einen Blick auf das Flugblatt und dann wieder auf ihn: »Nicht schlecht.«

Er fingert an seinem Lippenring herum. »Richte den alten Damen aus, dass es bei uns rockt.«

»Werde ich machen.«

Gerade als er den Laden verlassen will, kommt meine Mom durch die Hintertür und er bleibt stehen.

»Hi«, sagt sie.

»Mom, das ist Mason. Mason, das ist meine Mom, Susan.«

»Hi Susan. Schön, Sie kennenzulernen.«

»Gleichfalls.« Sie zeigt zur Decke. »Caymen, ich bin oben und erledige ein paar Telefonate, falls du mich brauchst.« Sie greift nach dem Treppengeländer.

»Alles okay?«

»Ja ... ich ... ja, alles bestens.«

Ich schaue ihr nach, wie sie die Treppe hochgeht, und wende mich dann wieder Mason zu.

Er klopft auf den Stapel mit Flugblättern. »Bis Freitag.« Während er aus der Tür geht, winkt er mir noch einmal zu.

Ich beiße mir auf die Lippe und starre die Kröte auf dem Zettel an. Ich brauche entweder neue Klamotten oder eine neue Frisur. Irgendetwas Neues. Ich vergewissere mich, dass niemand durch die Ladentür kommt, und gehe dann in Moms Büro, um nachzusehen, ob sie mir schon meinen Gehaltsscheck ausgestellt hat. Normalerweise legt sie ihn in einem Umschlag auf ihren Schreibtisch. Es ist nicht viel und ich habe ihr schon eine Million Mal gesagt, dass ich mir blöd vorkomme, wenn sie mich bezahlt, aber sie besteht darauf.

In der Schublade auf der rechten Seite liegt das Rechnungsbuch, das vor lauter Quittungen und losen Zetteln überquillt. Ich ziehe es heraus und blättere es durch. Ich hab schon mehrmals gesehen, wie sie dort meinen Gehaltsscheck herausgeholt hat. Nichts. Ich will das Buch schon wieder zuschlagen, aber etwas Rotes blitzt mir entgegen. Als ich die letzte Seite überfliege, bleibt mein Blick an der letzten Zahl hängen, eine rote »2.253.00«. Das ist mehr, als wir in einem Monat ausgeben, wie ich weiß. Ich kümmere mich manchmal um die Rechnungen.

Mein Herz schlägt mir bis zum Hals und Schuldgefühle schnüren mir den Atem ab. Ich wühle nach meinem Gehaltsscheck und meine Mom kann es sich gar nicht leisten, mich zu bezahlen. Wir sind mehr als bankrott. Kein Wunder, dass meine Mom in letzter Zeit so gestresst scheint. Heißt das, dass wir den Laden aufgeben müssen? Für nur eine Sekunde stelle ich mir ein Leben ohne den Puppenladen vor.

Und in dieser einen Sekunde fühle ich mich frei.

7.

Ich starre in den Spiegel, der in meinem Zimmer hängt. Selbst wenn ich so weit wie möglich Richtung Tür gehe, schaffe ich es nicht, mich komplett darin zu sehen. Mein Zimmer ist zu klein. Ich habe meine Haare glatt geföhnt, meine beste Jeans und ein schwarzes T-Shirt angezogen und meine lilafarbenen Stiefel zugeschnürt. Nichts Neues.

Stattdessen habe ich hin und her gegrübelt, ob das hier überhaupt eine gute Idee ist. Auf die Minute genau in acht Stunden muss ich aufstehen und mich für die Arbeit fertig machen. Weil ich weiß, wie schlecht es um den Laden steht, habe ich Schuldgefühle. Als hätte ich nicht genug getan. Zum hundertsten Male rede ich mir ein, dass ich ja nicht lange bleiben muss. Mich bloß einmal kurz blicken lassen und wieder gehen.

Meine Mom läuft an meinem Zimmer vorbei und kommt wieder zurück. »Ich dachte, du wärst schon weg.«

»Nein, und ich muss auch nicht gehen, falls du mich brauchst.«

»Caymen, ich komme bestens klar. Jetzt ab mit dir. Du siehst toll aus.«

Als ich die fünf Blöcke zum Scream Shout gehe, schaue ich mich um. Dieser Teil der Stadt sieht aus wie aus einem Western. Die Ladenfronten sind mit Holz und roten Ziegelsteinen verkleidet. Einige Läden haben sogar Schwingtüren wie Saloons und die Bürgersteige sind mit Kopfstein gepflastert. Das Einzige, was noch fehlt, sind die Querbalken, um die Pferde vor den Läden anzubinden. Dafür gibt es eine breite Straße mit diagonalen Parkboxen. Das Meer ist ein paar Blöcke entfernt, aber an ruhigen Abenden kann ich es hören und sein Geruch ist immer da. Ich atme tief ein.

Zwei Häuser neben unserem Laden ist ein Tanzstudio und ich bin überrascht, dass noch so spät am Abend alle Lichter brennen. Die unverhängten Fenster lassen den Innenraum in der Dunkelheit so deutlich wie auf einer Kinoleinwand erscheinen. Ein Mädchen, wohl in meinem Alter, tanzt vor einer Spiegelwand. Vermutlich nimmt sie seit Jahren Unterricht, so anmutig sind ihre Bewegungen. Ich frage mich, warum einige Menschen schon von Geburt an zu wissen scheinen, was sie mit ihrem Leben anfangen wollen, und andere – hauptsächlich ich – nicht die leiseste Ahnung haben. Ich seufze und setze meinen Weg zum Club fort.

Das Scream Shout platzt an diesem Abend aus allen Nähten. Ich erkenne ein paar Mitschüler und nicke ihnen kurz zu. Die Bühne kann man kaum als solche bezeichnen, sie ähnelt mehr einem wackligen Podium. Bunt zusammengewürfelte Tische stehen davor und eine Wand nimmt komplett die Bar ein. Es ist so voll, dass ich nach Skye suchen muss.

»Hey«, sagt sie, als ich mich zu ihr stelle. Ihre Haare schimmern heute Abend besonders rosa und neben ihr komme ich mir langweilig vor.

»Hi. Ganz schön voll heute Abend.«

»Ich weiß, total cool. Du musst einen guten Eindruck auf Tic gemacht haben. Gerade eben hat er gefragt, ob du noch kommen würdest.« Sie deutet mit dem Kopf auf eine Tür an der Seite der Bühne, hinter der sich vermutlich die Band fertig macht.

»Müssen wir ihn so nennen?« So ganz war ich mir noch nicht im Klaren darüber, was ich von Mason halten sollte. Aber irgendeinen Eindruck muss er hinterlassen haben, denn sonst würde ich nicht hier stehen und meine wenigen Stunden Schlaf opfern.

»Ja, das müssen wir, Caveman.«

»Bitte. Nicht du auch noch, Cry.«

Sie lacht. »Die Spitznamen sind furchtbar, oder? Ich finde es aber irre komisch, dass du Henry Kröte nennst.«

»Wie läuft's mit Kröte eigentlich so?«

»Ganz gut.« Skye ist extrem treu. Henry müsste schon ein ausgesprochenes Schwerverbrechen begehen, dass sie mit ihm zu diesem Zeitpunkt Schluss machen würde. Nicht, dass er das tun würde. Abgesehen von seiner Angewohnheit, sich grausame Spitznamen auszudenken, ist Henry gar nicht so übel.

Ich schaue wieder zur Bühne und warte auf den Auftritt der Band. »Vermutlich wirst du ihn heute Abend sehnsüchtig anhimmeln, weil er gleich für dich die totale Rockstar-Nummer abziehen wird.«

»Da kannst du Gift drauf nehmen.« Sie lächelt. »Und du wirst dich unsterblich in Tic verlieben, weil er eine Stimme wie Honig hat.«

Sie hat recht. Zumindest was das mit dem Honig angeht. Als Mason anfängt zu singen, kann ich meinen Blick nicht von ihm lösen. Seine Reibeisenstimme hat auch etwas Samtiges und ich kann nicht anders, ich wiege mich im Takt. Als ich Skye neben mir kichern höre, schrecke ich endlich aus meiner Trance auf.

»Ich hab's ja gesagt«, sagte sie grinsend, als ich sie anschaue.

»Was? Ich hab bloß zugehört. Zeugt nicht gerade von guter Kinderstube, wenn man nicht zuhört.«

Sie lacht wieder.

Nachdem der letzte Song vorbei ist, springt Mason von der Bühne und verschwindet mit den anderen Jungs im Raum dahinter. Henry kommt als Erster wieder und knutscht dann erst mal hemmungslos mit Skye direkt vor meiner Nase herum. Igitt. Wie kommt's, dass ich mir plötzlich wünsche, ich hätte auch jemanden zum Knutschen? Alleinsein macht mir normalerweise überhaupt nichts aus, ich beherrsche es ziemlich perfekt. Was ist jetzt anders? Xanders Lächeln, wenn er sich auf die Lippe beißt, schießt mir durch den Kopf. Nein. Ich schüttele das Bild ab.

Als ich mir ziemlich sicher bin, dass ich mit einer DNA-Probe aus Skyes Mund – würde ich einen Abstrich machen – Henrys DNA nachweisen könnte, sage ich: »Okay, es reicht.«

Skye löst sich lachend von ihm und Henry tut so, als hätte er erst jetzt bemerkt, dass ich auch noch da bin. Na klar.

»Was geht?«, sagt er und beugt sich dann zur Bar vor und fragt nach einem Glas Wasser mit Eiswürfeln. Er nimmt es und wir suchen nach einem Tisch. Weil alle belegt sind, stellen wir uns einfach in eine Ecke und unterhalten uns dort. Irgendwann kommt Mason dazu und legt seinen Arm um meine Schulter. Sein T-Shirt ist schweißnass und fast verfliegt dadurch der positive Effekt, den sein Gesang auf mich hatte. »Hey Caymen, du bist ja doch gekommen.«

»Hier bin ich.«

»Wie waren wir heute Abend?«

»Richtig gut.«

»Hast du ein paar der alten Damen mitgebracht?« Er schaut sich um, als rechne er wirklich damit.

»Beinahe ja, aber sie hat im letzten Moment abgesagt. Vermutlich tritt heute Abend in der Innenstadt irgendeine Metalhead-Band auf.«

»Welche denn?«, erkundigt sich Henry und Mason fängt an zu lachen.

»Das war ein Witz, du Idiot«, sagt er.

»Nenn mich nicht Idiot.«

»Dann benimm dich auch nicht wie einer.«

Henry schmollt und Skye sagt: »Du bist kein Idiot, Babe.« Dann fangen sie wieder an zu knutschen. Würg. Im Ernst.

»Willst du was trinken?«, fragt Mason und lotst mich an einen frei gewordenen Tisch.

»Ja, bitte.«

Ich setze mich hin und er kommt mit zwei Flaschen Bier zurück. Eine davon hält er mir hin.

Ich hebe meine Hände. »Äh, ich trinke nicht. Ich bin siebzehn.«

»Na und? Ich bin neunzehn.«

»Meine Mom hat mir gedroht, dass sie immer noch das Recht hat, mich umzubringen, solange ich nicht achtzehn bin.« In Wirklichkeit rät meine Mom mir immer, dass ich meine überaus strenge Mutter vorschieben soll, wenn ich mich in einer Situation wie dieser rechtfertigen muss. Scheint gut zu funktionieren.

Er lacht. »Okay, kein Problem.« Er setzt sich neben mich.

Ich schaue ihm eine Weile zu, wie er sein Bier trinkt, dann sage ich: »Ich geh mir ein Wasser holen.«

»Oh.« Er springt wieder auf. »Setz dich. Das mach ich.«

Ich schaue ihm hinterher und bin mir nicht sicher, ob ich so nervös bin, weil ich mich mit dem Sänger der Band unterhalte, oder ob es wegen Mason ist. Als zwei andere Mädel an der Bar auf ihn zusteuern und er sich umdreht, um sich mit ihnen zu unterhalten, wird mir klar, dass es wegen Ersterem ist. Schließlich kenne ich ihn kaum. Ich komme mir blöd vor.

Der Barkeeper gibt ihm mein Wasser mit Eiswürfeln, aber Mason redet weiter.

Abrupt stehe ich auf. Ich kann nicht länger bleiben. Morgen muss ich früh raus.

Ich gehe in die Ecke rüber, in der wir Henry und Skye

stehen gelassen haben, und tippe Skye auf die Schulter. »Hey, ich muss los.«

Sie löst sich von Henry. »Warte.« Sie schaut sich um und entdeckt Mason. »Nein, bitte geh noch nicht. Die Mädchen fallen ständig über ihn her. Er kann nichts dafür.«

»Damit hab ich kein Problem. Und deshalb will ich auch nicht gehen.« Wenigstens versuche ich, mir das einzureden. »Ich muss bloß morgen früh arbeiten. Wir sehen uns.«

Ich gehe, um mich von Mason zu verabschieden, und höre sie sagen: »Warte, wir bringen dich nach Hause.«

Als wir an Mason vorbeigehen, winke ich ihm zu und forme mit den Lippen ein stummes Tschüss. Aber Skye ruft laut: »Wir bringen Caymen nach Hause.«

Er gibt mir ein Handzeichen, dass ich warten soll, nickt dem Mädchen vor ihm höflich zu und beendet die Unterhaltung oder was immer sie zu bereden hatten. Er setzt das Glas mit Wasser, das er geordert hat, auf der Theke ab. »Ich komme mit.«

Henry und Skye laufen voran und unterhalten sich leise. Mason legt seinen Arm um meine Schulter. Ich hab schnell kapiert, dass er zu der Art von Jungs gehört, die ständig Körperkontakt suchen. Die ersten Meter schweigen wir.

»Ich wusste gar nicht, dass du so früh gehen musst«, sagt er schließlich.

»Ja. Ich muss morgen früh arbeiten.«

»Wir spielen nächste Woche wieder.«

Ich bin mir nicht sicher, ob das eine Einladung sein soll oder ob er bloß ein Gesprächsthema sucht. Ich nicke also nur.

»Danke«, sage ich, als wir beim Laden ankommen und ich die Schlüssel aus meiner Tasche ziehe.

Er beugt sich über mich, und weil ich nie auf die Idee gekommen wäre, dass er versuchen könnte, mich zu küssen, noch dazu vor Zeugen – egal wie sehr er Körperkontakt sucht –, springe ich nicht schnell genug zurück und bin völlig überrascht, als seine Lippen auf meinen landen. Sie fühlen sich überraschend weich an. »Oh, äh ... wow«, sage ich und löse mich von ihm.

Er weicht keinen Schritt zurück und unsere Blicke treffen sich.

»Danke, dass du heute Abend gekommen bist.« Seine rauchige Stimme lässt mein Herz auflodern und schon wieder fasse ich es nicht, was für eine Reaktion er in mir auslöst.

»Okay, bis bald.«

Skye grinst mich an, als sei das die Sensation des Jahres.

Ich will nur noch weg.

8.

Der Laden öffnet erst um neun, aber meine Augen klappen am Samstagmorgen ganz automatisch um sechs Uhr auf. Ich versuche, wieder einzuschlafen, doch mein Körper macht mir einen Strich durch die Rechnung. Also starre ich eine Weile an die Decke und denke über den gestrigen Abend nach. Was war passiert? Hat Mason mich wirklich küssen wollen? Habe ich mich tatsächlich zu ihm gedreht, als er mich umarmt hat? Mein Hirn hat das Bedürfnis, den Abend auseinanderzunehmen und so wieder zusammenzusetzen, dass es einen Sinn ergibt.

Es bietet mir zwei logische Schlussfolgerungen an: a) es war ein Versehen und er ist zu nett, um mir das ins Gesicht zu sagen, oder: b) er ist einfach nur nett und küsst alle. Jetzt, mit den zwei Erklärungen, die nachvollziehbar scheinen, fühle ich mich besser. Ich hoffe bloß, dass wir uns eine Weile nicht über den Weg laufen.

Nachdem ich eine Stunde erfolglos versucht habe, wieder einzuschlafen, wälze ich mich aus dem Bett und dusche, bevor meine Mom das Badezimmer in Beschlag nimmt. Ich ziehe eine Jeans an und ein T-Shirt und lasse meine Füße in ein paar flauschige schwarze Hausschuhe gleiten. Mit nassen Haaren hole ich mir die Liste mit Bestellungen von unten, die darauf warten, in den Computer eingegeben zu werden.

Ich muss sie mit der Liste vergleichen, die meine Mom erstellt hat. Bis der Laden öffnet, bleibt uns noch eine ganze Stunde, ich habe also jede Menge Zeit, um mich nachher in Ruhe fertig zu machen. Deshalb stopfe ich die Liste in die

Hosentasche und will wieder hoch zum Computer. Noch bevor ich die unterste Stufe erreicht habe, höre ich, dass es an der Ladentür klopft.

Kurz darauf klingelt das Telefon im Laden.

Mason hat doch nicht die Telefonnummer des Ladens, oder? Hat Skye sie ihm vielleicht gegeben? Ich hebe ab, bevor meine Mom die Gelegenheit hat, oben ans Telefon zu gehen. »Guten Tag, Puppen und mehr.«

»Letzte Woche hat mich jemand gewarnt, bloß nicht die Blaubeermuffins bei Eddie's Bakery zu kaufen, aber ich wollte ja nicht hören und hab es trotzdem getan. Und nun habe ich zu den seltsamsten Tageszeiten Heißhunger darauf.«

Ich bin so erleichtert darüber, wer am Apparat ist, dass mir so etwas zwischen einem Lachen und Seufzen entschlüpft, aber ich räuspere mich schnell. »Die mischen etwas drunter, das süchtig macht.«

»Jetzt glaube ich dir.«

Ich lächele.

»Also, lässt du mich rein? Hier draußen ist es ziemlich kalt. Ich geb dir auch was ab.«

Mein Blick schießt zur Tür.

»Ich glaube, auf einem dieser Muffins könnte sogar dein Name stehen ... Oh, sorry, doch nicht, das ist meiner.«

»Ich ...«

»Du willst doch nicht etwa, dass ich vor Kälte hier draußen sterbe, oder?«, sagt er.

»Ich glaube kaum, dass es hier kalt genug dafür wird.« Ich gehe in Hausschuhen zur Tür, um sie aufzuschließen und Xander hereinzulassen.

»Hi.« Seine Stimme hallt im Telefon wider, das ich immer noch am Ohr halte. Ich drücke auf Beenden.

Es ist so lange her, dass ich fast schon vergessen hatte,

wie gut aussehend ... und reich er ist. Und das ist ein Teil von ihm, der Reichtum haftet an ihm genau wie der Schwall kalter Luft, die er mit hereinbringt. Ich schließe die Tür wieder ab, drehe mich um und stehe ihm gegenüber. Er hält eine braune Papiertüte von Eddie's in der Hand, dazu zwei Styroporbecher mit Deckel. »Heiße Schokolade.« Er hebt den Becher in seiner rechten. »Oder Kaffee.« Er hebt den in seiner linken. »Ich hab nur einen winzigen Schluck aus beiden probiert, mir ist egal, welchen du nimmst.«

Wie nett. Vielleicht ist Reichsein ja eine ansteckende Krankheit. Ich zeige auf seine rechte Hand. »Heiße Schokolade.«

»Ich dachte mir schon, dass du zu den Mädchen gehörst, die auf heiße Schokolade stehen.«

Ich nehme ihm die heiße Schokolade ab und gebe mir dabei Mühe, das Zittern in meinen Händen zu ignorieren. Er soll bloß nicht mitbekommen, dass mich sein plötzliches Auftauchen völlig aus der Fassung bringt.

Ich mustere ihn von oben bis unten. Es ärgert mich, dass Xander so früh am Morgen schon so ... wach zu sein scheint. Wenn ich ihn mitten in der Nacht mit verwuschelten Haaren und verschlafenen Augen antreffen würde, sähe er dann immer noch so perfekt aus?

»Dein starrer Blick kann einen ganz schön verunsichern.«

»Ich habe keinen starren Blick. Ich betrachte dich.«

»Wo liegt da der Unterschied?«

»Der Zweck einer Betrachtung ist, Daten zu sammeln, eine Theorie aufzustellen oder zu einer Schlussfolgerung zu kommen.«

Er neigt seinen Kopf. »Und was für eine Theorie soll das sein?«

Dass du nicht gerade gewöhnlich bist. Ein fetter schwarzer Ring an seinem kleinen Finger stößt gegen einen Schaukelstuhl, als er sich umdreht, um sich im dunklen Laden umzusehen. Ich ziehe meine Augenbrauen hoch. *Vielleicht sogar alles andere als gewöhnlich.*

»Dass du ein Frühaufsteher bist.«

Er breitet seine Arme aus, als fühlte er sich ertappt. »Ich bin auch zu einer Feststellung gekommen.«

»Und die wäre?«

»Deine Haare sind extrem nass.«

Oh. Das stimmt. »Na ja, du hast mich ja auch nicht vorgewarnt. Ich wache nicht perfekt gestylt auf.« Wie einige andere unter uns.

So etwas wie eine Erkenntnis huscht über sein Gesicht und ich warte darauf, dass er sie ausspricht. Er schaut über die Schulter nach hinten. »Du *wohnst* hier?«

»Ja, unsere Wohnung ist oben.« Jetzt bin ich verwirrt. »Aber wenn du gar nicht wusstest, dass ich hier wohne, wieso hast du dann vor Ladenöffnung an die Tür geklopft?«

»Weil ich davon ausgegangen bin, dass du schon früher hier bist, um alles vorzubereiten.«

»Ein gewisses Maß an Beobachtungsgabe kann manchmal ganz nützlich sein.«

Er lacht.

»Du hast ja keine Ahnung, wie viele Albträume einem dieser Porzellanpuppenladen bescheren kann. Über all die Jahre bin ich schon von diversen engelsgleich lächelnden Puppen gekillt worden.«

»Das ist echt ... krank.«

Jetzt lache ich. »Was machst du eigentlich hier?«

»Ich hab Frühstück bei Eddie's geholt. Sieht man das nicht? Und da du mich überhaupt mit dieser Sucht angesteckt hast, dachte ich, geteiltes Leid ist halbes Leid.«

»Du magst die Puppen, gib's zu! Sie fehlen dir, wenn du nicht hier bist.«

Er schenkt mir eins seiner seltenen Lächeln. »Ja, ich vermisse den Laden furchtbar, wenn ich weg bin.«

Ich lege das Telefon auf die Ladentheke, umfasse mit beiden Händen den warmen Becher und gehe vor in den Lagerraum. Er folgt mir. Ich setze mich auf das alte Sofa und lege meine Füße auf den Couchtisch.

Er stellt die Eddie's-Tüte und seinen Kaffee neben meinen Füßen ab, zieht seine Jacke aus und setzt sich neben mich. »Also, Caymen ...«

»Also, Xander ...«

»Wie die Inselgruppe.«

»Was?«

»Dein Name. Caymen. Wie die Cayman Islands. Ist das der Lieblingsurlaubsort deiner Mom oder so?«

»Nein, dieser Ort kommt an dritter Stelle. Ich habe einen großen Bruder namens Paris und eine große Schwester, die Sydney heißt.«

»Wow.« Er macht die Tüte auf, nimmt einen Muffin mit glänzendem Zuckerguss heraus und reicht ihn mir. »Echt jetzt?«

Vorsichtig ziehe ich die Papierhülle ab. »Nein.«

»Moment. Was nun? Hast du keine älteren Geschwister oder heißen sie anders?«

»Ich bin Einzelkind.« Hauptsächlich, weil ich ein uneheliches Kind bin und keinen Kontakt zu meinem Vater habe. Würde dieser Kommentar ihn vergraulen? Wahrscheinlich. Warum habe ich es dann nicht laut ausgesprochen?

»Ich notiere: Caymens Sarkasmus ist nicht schlecht.«

»Falls das Notizen für einen offiziellen Bericht sein sollen, möchte ich die Worte ›nicht schlecht‹ durch ›brillant‹ ersetzt haben.«

Ein Lächeln lässt seine Augen aufleuchten. Es erreicht nicht ganz seine Lippen, aber offenbar findet er mich wirklich lustig. Meine Mutter hat mich immer gewarnt, dass ich Jungs mit meinem Sarkasmus abschrecken würde.

»Du bist dran«, sagt er.

»Womit?«

»Stell mir eine Frage.«

»Okay ... äh ... Zwingst du Mädchen öfter, dich bei sich zu Hause einzuladen?«

»Niemals. Normalerweise laden sie mich von selber ein.«

»Und wie sie das tun.«

Er lehnt sich zurück und beißt in seinen Muffin. »Okay, Mrs Beobachtungsgabe, was ist Ihr erster Eindruck von mir gewesen?«

»Als du in den Laden kamst?«

»Ja.«

Das ist einfach. »Arrogant.«

»Echt jetzt? Wieso denn das?«

Überrascht ihn das? »Ich dachte, ich bin mit der Frage dran.«

»Was?«

»Sind das nicht die Spielregeln? Jeder darf abwechselnd eine Frage stellen?«

Er schaut mich erwartungsvoll an. Mir wird klar, dass ich keine Fragen habe. Oder vielleicht habe ich zu viele. Warum zum Beispiel ist er hier? Wann wird er mitkriegen, dass ich nicht zu ihm und seinen Leuten passe? Wie kommt es eigentlich, dass er sich für mich interessiert? Warum genau scheint er sich für mich zu interessieren? ... Falls er das überhaupt tut. »Kann ich jetzt gehen und den Laden vorbereiten?«

9.

Nein. Okay, ich bin dran. Warum bin ich arrogant rübergekommen?«

Ich starre auf die Falte am Ärmel seines T-Shirts – ein klarer Beweis, dass es gebügelt wurde. Wer bügelt bitte T-Shirts? »Du hast mich herangewinkt«, sage ich.

Seine braunen Augen blitzen. Selbst seine Augen mit ihren goldenen Sprenkeln erinnern mich daran, wie viel Kohle er hat. »Ich habe bitte was?«

»Bleib, wo du bist. Ich bin jetzt du.« Ich gehe ganz nach hinten in den Lagerraum und tue so, als würde ich durch eine Tür kommen und dabei telefonieren. Wichtigtuerisch gehe ich ein paar Schritte, bleibe stehen und starre an die Wand, dann hebe ich die Hand und winke ihn heran. Ich warte darauf, dass er lacht, aber als ich zu ihm rüberschaue, wirkt er ehrlich erschrocken.

»Ich hab vielleicht ein kleines bisschen übertrieben«, sage ich, obwohl das nicht stimmt.

»So habe ich auf dich gewirkt?«

Ich räuspere mich und komme langsam wieder zurück zum Sofa. »Bist du eigentlich der Fußballspieler oder das Mathegenie?«

»Wie bitte?«

»Deine Großmutter gibt mit euch an. Ich frage mich, welcher ihrer Enkelsöhne du bist.«

»Der, der noch so ziemlich nichts auf die Reihe gebracht hat.«

Ich tippe mit meinem Hausschuh gegen das Tischbein. »Du weißt, mit wem du sprichst?«

»Ja doch. Caymen.«

Ich verdrehe die Augen. »Nein, ich meine, ich bin die Königin in Nichts-auf-die-Reihe-bringen. Deswegen bin ich mir sicher, dass du weitaus mehr geschafft hast.«

»Was hast du denn von dem, was du vorhattest, noch nicht geschafft?«

Ich zucke mit den Schultern. »Keine Ahnung. Ich versuche, mir nicht zu viele Gedanken darüber zu machen. Ich bin zufrieden mit meinem Leben. Man kann nur unglücklich werden, wenn man sich Hoffnungen macht, davon bin ich überzeugt.«

»Je weniger du dir also vom Leben erhoffst ...«

»Nein. So meine ich das nicht. Ich versuche einfach nur, glücklich zu sein und mir nicht noch zusätzlich etwas vom Leben zu wünschen.« Und darin bin ich tatsächlich immer besser geworden in der letzten Zeit. Wenn man Leute wie Xander um sich hat, wird man bloß daran erinnert, was man alles nicht hat.

Er isst seinen Muffin auf und wirft die Hülle in die Tüte. »Und funktioniert es? Bist du glücklich?«

»Meistens.«

Er hebt seinen Styroporbecher und prostet mir zu. »Das ist es letztendlich doch, worauf es ankommt, oder?«

Ich nicke und lege meinen Fuß auf den Couchtisch. Die Bestellliste in meiner Hosentasche knistert bei der Bewegung. Ich ziehe sie heraus. »Ich sollte mich an die Arbeit machen. Ich muss noch ein paar Sachen erledigen, bevor wir öffnen.«

»Richtig. Na gut, ich muss auch los.« Er zögert einen Moment, als wollte er noch etwas sagen.

Ich stehe auf. Er folgt meinem Beispiel und nimmt seine Jacke. Ich begleite ihn zur Ladentür und öffne sie.

Als er geht, wird mir bewusst, wie wenig uns die Unterhaltung eigentlich weitergebracht hat. Ich weiß nicht mal, wie alt er ist oder in welche Schule er geht oder was er in seiner Freizeit macht. Sind wir diesen Fragen mit Absicht ausgewichen? Vielleicht waren unsere Fragen so bedeutungslos gewesen, weil wir tief in uns drin über den anderen gar nichts wissen wollen?

Er drückt auf einen Knopf an seinem Schlüsselbund und der schicke silberfarbene Sportwagen vor dem Laden gibt einen Ton von sich. Dieses Auto allein beantwortet schon alle Fragen, die ich noch haben könnte. Kein weiterer Bedarf. Er öffnet die Tür und wirft mir *dieses* Lächeln zu und ich höre mich, wie ich ihm zurufe: »Bist du in der Zwölften?«

Er nickt. »Und du?«

»Auch.« Ich halte meinen Becher hoch. »Danke fürs Frühstück.«

»Kein Problem.«

Ich schließe die Tür und lehne mich dagegen. Warum ausgerechnet *er?*

Ich brauche mehrere Minuten, um mich von der Tür zu lösen und nach oben zu gehen. Meine Mom ist im Badezimmer, also ziehe ich mir einen Stuhl vor den alten Computer und fange an, online Bestellungen einzugeben.

»War das das Telefon?«, fragt meine Mom, als sie in die Essecke kommt und ihre nassen Haare mit einem Handtuch trocken rubbelt.

»Ja. Ich bin drangegangen.«

»Wer war es denn?«

»Bloß jemand, der gefragt hat, wann wir öffnen.« Und das ist das erste Mal in meinem Leben, dass ich meine Mom anlüge. Wir erzählen uns alles. Ich bin fassungslos. Ich hätte sagen sollen: »Dieser Junge namens Xander – ja, der nennt sich mit Absicht Xander –, der sich seine T-Shirts bügeln lässt und Schmuck trägt.« Wir hätten unseren Spaß gehabt. Meine Mom hätte versucht, so zu tun, als würde sie das auf die Palme bringen. Wir hätten darüber lästern können, dass er wahrscheinlich zweimal im Monat zum Friseur geht. Sie hätte ihre »Am besten geben wir uns gar nicht erst mit solchen Leuten ab«-Predigt gehalten. Ich hätte ihr zugestimmt. Ich stimme ihr zu.

Warum erzähle ich ihr also nicht von ihm?

»Kannst du diese Bestellung zu Ende eingeben, Mom? Wenn ich mich nicht sofort föhne, sind meine Haare trocken und meine Frisur ist total im Eimer.«

»Ja, klar.«

»Danke.«

Ich schließe mich im Badezimmer ein und presse die Hand vor meine Augen. Warum habe ich ihr nicht von ihm erzählt?

Loyalität.

Ich wollte nicht, dass meine Mom ihn unsympathisch findet. Irgendwie hat es dieser Kerl geschafft, aus der Schublade voller Menschen zu klettern, der ich mit fettem Edding das Etikett »Tabu« verpasst habe, und ist zu etwas anderem geworden. Und jetzt, sehr zu meinem Ärger, fühle ich mich Xander Spence gegenüber irgendwie verpflichtet.

Das muss sich auf der Stelle ändern.

10.

Am Montagmorgen winke ich meiner Mom zum Abschied und trete aus der Ladentür. Auf dem Weg Richtung Schule fällt mir ein Sportwagen auf, der genau wie Xanders aussieht und ein paar Häuser weiter geparkt ist. Ich beuge mich hinunter, um hineinzusehen, und als ich mich wieder aufrichte, steht Xander mir gegenüber. Ich zucke zusammen. Er reicht mir einen Becher mit heißer Schokolade und trinkt einen Schluck aus seinem.

Ich schaue auf den Becher – der gleiche wie gestern. »Ich trinke den nur, wenn du zuerst daraus getrunken hast«, sage ich und verkneife mir ein »Was machst du hier?«. Denn das könnte den Eindruck erwecken, dass es mir nicht egal ist.

Er nimmt den Becher aus meiner Hand, trinkt einen Schluck und gibt ihn mir dann zurück.

Ich bin so verblüfft, dass er meine ironische Aufforderung in die Tat umgesetzt hat, dass ich nicht anders kann und lachen muss. »Ich glaube, bei Luigis trifft sich am Donnerstagabend immer eine Selbsthilfegruppe für Menschen, die süchtig nach Eddies Muffins sind. Wenn das nicht hilft, gibt's Tabletten dagegen, hab ich gehört.«

»Ich fürchte, ich bin noch nicht bereit, meine Sucht schon aufzugeben«, sagt er.

Ich schaue ihn von der Seite an. Die Rede war immer noch von Muffins, oder? »Tut mir leid, das zu hören.«

»Wer ist eigentlich mit der nächsten Frage dran?«, erkundigt er sich.

»Ich«, sage ich, auch wenn ich mich nicht wirklich erinnern kann. Aber der Fragepart ist mir lieber als Antworten zu geben.

»Okay, was willst du wissen?«

»Hast du Brüder?« Von seiner Grandma weiß ich ja schon, dass sie nur eine Enkeltochter hat und er hat von einer Cousine gesprochen.

»Ja, ich habe zwei große Brüder. Samuel ist dreiundzwanzig und hat gerade seinen Abschluss in Jura gemacht.«

»Welche Uni?«

»Harvard.«

War ja klar.

»Lucas, mein anderer Bruder, ist zwanzig und geht aufs College.«

»Die Namen sind ja ziemlich normal.«

»Normal?«

»Keine Chets oder Wellingtons oder so was in der Richtung.«

Er zieht eine Augenbraue hoch. »Kennst du irgendeinen Wellington?«

»Natürlich nicht, aber du wahrscheinlich.«

»Nein, tatsächlich kenne ich keinen.«

»Hmm«, sage ich.

»Okay, ich bin dran.«

Ich lächele, bin aber eigentlich ziemlich nervös. Am liebsten würde ich bestimmen, welche Fragen er stellt. Dann könnte ich all denen aus dem Weg gehen, die ich nicht beantworten möchte.

»Trägst du Kontaktlinsen?«

»Wie bitte? Ist das deine Frage?«

»Ja.«

»Nein, tue ich nicht. Warum?«

»Ich hab bloß noch nie so grüne Augen wie deine gesehen, ich habe überlegt, ob es vielleicht farbige Kontaktlinsen sind.«

Ich drehe meinen Kopf zur Seite, sodass er nicht mitbekommt, wie ich lächele. Heimlich verfluche ich ihn, dass er mir das Gefühl gibt, etwas Besonderes zu sein. »Trägst du welche?«

»Natürlich trage ich keine Kontaktlinsen. Glaubst du, ich hab mir dieses langweilige Braun mit Absicht ausgesucht?«

»Die goldenen Sprenkel lassen sie eher bernsteinfarben aussehen.« Ich würde mir am liebsten in den Hintern treten, weil ich zugegeben habe, dass mir das aufgefallen ist, ganz besonders, als sein Grinsen breiter wird.

»Na gut, ich muss hier rein.« Ich zeige auf die alte Highschool rechts neben mir. Sie wurde vor fünfundsiebzig Jahren gebaut, und auch wenn sie von der Architektur her ganz hübsch ist, weil sie selten in der Stadt geworden ist, könnte der Bau definitiv eine Renovierung vertragen.

Er schaut sich das Gebäude genau an. Ich wippe unbehaglich hin und her und frage mich, was er denkt. Frage mich, warum es mir nicht egal ist, was er denkt. Wahrscheinlich geht er auf eine der beiden Privatschulen in der Stadt. Ja, so viele Reiche wohnen hier – genug, dass in einem kleinen Küstenort Bedarf für zwei private Highschools besteht.

Sein Blick schweift zu mir zurück. »Bis später dann.«

»Meinst du mit später, dass du um zwölf Uhr wieder hier stehst, um mich nach Hause zu begleiten? Weil ich mir nämlich nicht sicher bin, ob ich dich zweimal am Tag ertragen kann.«

Er seufzt tief. »Und meine Großmutter findet dich süß.« Dann legt er seine Stirn ein wenig in Falten. »Eure Schule ist schon um zwölf aus?«

»Na ja, nicht für alle, aber ja, ich darf um zwölf gehen.«

»Wieso das denn?«

»Äh …« Ich zeige mit meiner Hand in Richtung Laden. »Freistellung vom Unterricht, damit ich arbeiten kann.«

Seine Augen werden groß. »Du verpasst deinen halben Tag Schule, damit du im Laden arbeiten kannst?«

»Ist keine große Sache … war meine Idee … Es macht mir wirklich überhaupt nichts aus auszuhelfen.« Mir ist klar, dass ich Phrasen dresche, denn tief in mir drin macht es mir schon etwas aus – sehr viel sogar. Ich spare mir also eine Ausrede und sage stattdessen: »Ich geh dann mal lieber.«

»Okay. Tschau, Caymen.« Er dreht sich um und geht zurück zu seinem Auto, ohne sich noch einmal umzudrehen.

»Caymen«, sagt Mr Brown, als ich ein paar Minuten zu spät in die Chemiestunde komme.

»Tut mir leid, ich hab mich in einem Dornenzweig verheddert und musste mich erst befreien.« Was tatsächlich irgendwie wahr ist.

»Auch wenn deine Ausreden bei Weitem die kreativsten sind, ist das nicht der Grund, warum ich dich angesprochen habe.«

Der Rest der Klasse ist bereits mitten in einem Versuchsaufbau und mir juckt es in den Fingern. Es sieht so aus, als wären echte Chemikalien mit im Spiel.

Mr Brown muss mein Blick aufgefallen sein, denn er fügt hinzu: »Es dauert bloß eine Sekunde.«

Widerstrebend gehe ich zu seinem Pult.

Er schiebt mir mehrere Zettel über den Tisch zu. »Das hier ist das College, von dem ich dir erzählt habe. Es ist auf Mathe und Naturwissenschaften spezialisiert.«

Ich greife nach den Zetteln. »Ach ja, danke.« Gleich zu Beginn des Schuljahrs habe ich die Erfahrung gemacht, dass es einfacher ist, das Spielchen der Lehrer mitzuspielen, wenn es ums College geht, als zu versuchen, ihnen zu erklären, dass ich erst einmal nicht vorhabe, mich zu bewerben. Ich stopfe die Prospekte in den Rucksack und setze mich an meinen Labortisch. Am Anfang des Schuljahres hatten wir eine ungerade Zahl von Schülern in der Klasse. Mr Brown hatte gefragt, ob einer freiwillig alleine arbeiten möchte. Ich hatte meine Hand gehoben. Mir ist es viel lieber, die Versuche alleine zu machen, als dass mir jemand dazwischenpfuscht. Es ist viel einfacher, wenn man nicht von jemandem abhängig ist.

Am nächsten Morgen wartet Xander wieder draußen vor dem Laden und lehnt dabei lässig an einem Laternenpfahl, als wären wir unser ganzes Leben lang zusammen zur Schule gegangen. Er trinkt einen Schluck von meiner heißen Schokolade und reicht sie mir, während wir losmarschieren.

Ich nehme einen großen Schluck und verbrenne mir die Kehle. So kann das nicht weitergehen. Er muss unbedingt verschwinden, damit ich wieder in mein normales Leben zurückkehren und mich über Leute wie ihn lustig machen kann. Er sollte dringend damit aufhören, dass ich mich seinetwegen auf jeden Morgen freue. »Also gut, Mr Spence, Ihr ältester Bruder ist Anwalt, Ihr mittlerer geht auf irgendein Schickimicki-College. Was bringt Ihre Zukunft?«

»Mir geht's da irgendwie wie dir.«

»In welchem Universum?«

Er scheint das für einen Witz zu halten und lacht. »Von mir wird erwartet, dass ich das Familienunternehmen übernehme.«

»Wie kommst du darauf, dass das bei mir genauso ist?«

»Du arbeitest dort, du wohnst dort, du hilfst, das Geschäft zu führen ... Ich bin mir ziemlich sicher, dass deine Mom dich als ihre künftige Nachfolgerin betrachtet.«

Ich habe mich mit dieser Tatsache schon vor langer Zeit abgefunden, aber wenn es jemand anderes ausspricht, fühlt es sich anders an. »Ich werde nicht für immer den Puppenladen führen.«

»Dann solltest du das vielleicht auch mal klar sagen. Und zwar sofort.«

»So einfach ist das nicht.« Ich kann ihr nicht einfach den Rücken kehren und etwas anderes machen. Sie ist auf mich angewiesen.

»Das verstehe ich.«

Jetzt bin ich an der Reihe zu lachen. Überhaupt nichts versteht er. Wenn er dem »Familienunternehmen«, was immer sich dahinter verbergen mag, den Rücken kehrt, wird es das überleben, davon gehe ich jedenfalls aus, wenn ich ihn so ansehe. Die Familie wird weiterhin ihre Rechnungen bezahlen können und er hat eine Zukunft mit unendlichen Möglichkeiten vor sich.

»Was willst du denn stattdessen machen?«, fragt er.

»Keine Ahnung. Ich interessiere mich für Naturwissenschaften, aber was, bitte schön, soll ich damit machen?« Nur wenn ich in dem Wissen aufgewachsen wäre, dass ich eine Wahl hätte, würde ich diese Frage wohl beantworten können. »Und warum du?«

»Warum ich?«

»Ja, warum wird von dir erwartet, das Geschäft zu übernehmen? Warum nicht deine Brüder?«

»Weil ich bis jetzt einfach nichts gemacht habe. Nicht gezeigt habe, in was ich gut sein könnte. Deshalb hat das mein Dad für mich übernommen. Er behauptet, ich sei in vielen Gebieten begabt. Folglich müsste ich das Aushängeschild für die Firma sein. Und schwups haben sie mich hinaus in die Welt geschickt.«

»Was für ein Familienunternehmen habt ihr denn?«

Er legt seinen Kopf schief, als ob er noch nicht sicher wäre, ob die Frage ernst gemeint ist. »The Road's End Hotel.«

Ich versuche, aus dieser Antwort schlau zu werden. »Ihr habt ein Hotel?«

»So in der Art.«

»Was meinst du mit ›so in der Art‹? Entweder es gehört euch oder es gehört euch nicht.«

»Es gibt fünfhundert davon.«

»Okay.«

»Alle zusammengenommen.«

»Oh.« Langsam dämmert es mir. »Euch gehören alle ...« Ach, du Scheiße. Dieser Typ ist nicht nur reich, er ist REICH. Mein ganzer Körper wird steif.

»Ja. Und ich werde darauf vorbereitet, die Kette eines Tages zu übernehmen. Genau wie du.«

Genau wie ich. »Wir sind praktisch Zwillinge.« Mittlerweile stehen wir vor meiner Schule. Ist das etwa der Grund, warum er angefangen hat, Zeit mit mir zu verbringen? Am liebsten würde ich ihm sagen, dass er sich gewaltig irrt, wenn er sich einbildet, wir wären durch eine »ähnliche Situation« miteinander verbunden. Ich kann mich aber nicht dazu überwinden. Will ich damit ihn oder mich schonen?

»Bis dann ...« Diesmal gehe ich zuerst und drehe mich nicht um.

11.

Zum ersten Mal, seit ich denken kann, sind zwei Kunden gleichzeitig im Laden. Und damit sind Kunden gemeint, die nicht zusammen gekommen sind und die beide bedient werden müssen.

Ich kann nicht gut mit Kindern umgehen – wahrscheinlich der wahre Grund, warum ich bei den Kindergeburtstagen verbannt werde, am Tresen die Augen auszumalen. Also geht meine Mom, ohne zu zögern, auf die Mutter mit dem kleinen Mädchen zu, während ich die Dame mittleren Alters übernehme. »Hallo. Kann ich Ihnen helfen? Suchen Sie etwas Bestimmtes?«

»Ja. Ich war vor ein paar Monaten hier – möglicherweise auch vor einem halben Jahr, da bin ich mir grad nicht mehr so sicher – und da war diese Puppe.«

Als sie nicht fortfährt, sage ich: »Da werde ich mal nachforschen müssen. Wir haben es nicht gerne, wenn Puppen ungebeten in den Laden kommen.«

Sie gibt ein halbherziges Lachen von sich. Oder eher ein nervöses Glucksen. »Ich weiß, ich sollte mich wohl genauer ausdrücken.« Sie geht an der hinteren Wand entlang und schaut sich eingehend jede Puppe an.

Ich folge ihr. »Wenn Sie die Puppe beschreiben können, kann ich mit einer Aufstellung der Tatverdächtigen beginnen.«

»Dunkle Locken, ein Grübchen auf der linken Wange.«

Die Frau beschreibt sich selbst. Viele vergucken sich in Puppen, die aussehen wie sie. Ich betrachte die Frau also ein bisschen genauer und versuche, mir gleichzeitig alle unsere

Puppen ins Gedächtnis zu rufen. »Tina«, sage ich schließlich. »War es eine sitzende Puppe?«

»Ja.« Die Frau strahlt übers ganze Gesicht. »Ja, ich glaube, ihr Name war Tina.«

»Sie sollte hier irgendwo sein. Ich sehe mal nach.« Ich begebe mich in die Ecke des Ladens, wo die Puppe sein sollte, aber Tina ist nicht mehr dort. »Lassen Sie mich hinten nachschauen.« Wir bestellen fast immer die gleiche Puppe nach, wenn sie sich verkauft.

Regale füllen die Seitenwände des Lagerraums aus. Dort stehen die mit den Puppennamen beschrifteten Kartons. Sie sind gerade groß genug, dass eine einzelne Puppe hineinpasst. Willkommen in unserer höchstpersönlichen Porzellanpuppen-Gruft.

Mein Blick gleitet die Reihen entlang. Ungefähr in der Mitte des Regals entdecke ich den Namen Tina. Ich rücke die Leiter rüber und ziehe ihren Karton heraus, der sich ziemlich leicht anfühlt.

Auf dem Fußboden – nachdem ich in den Styroporkügelchen herumgewühlt habe – wird mir auch klar, warum. Es ist keine Puppe im Karton. Seltsam. Einen Moment lang stehe ich verwirrt da und bin mir nicht sicher, was ich tun soll. Dann gehe ich wieder in den Verkaufsraum zurück und unterbreche meine Mutter mitten im Satz.

»Tut mir leid, Mom, kann ich dich mal kurz sprechen?«

Sie hält ihren Zeigefinger hoch. Nachdem sie das Gespräch mit der Kundin beendet hat, geht sie mit mir hinter die Kasse. »Was gibt's?«

»Ich bin eben nach hinten gegangen, um Tina aus ihrer Box zu holen, nur sieht es so aus, als sei sie entführt worden.«

»Ach ja, tut mir leid. Ich habe sie vor einiger Zeit verkauft. Ich muss vergessen haben, ihr Namensschild in die Schublade zu legen.«

»Oh, okay. Ich war nur etwas irritiert. Ich werde der Kundin sagen, dass wir sie für sie bestellen können.« Ich will wieder losgehen.

»Caymen«, sagt meine Mom mit leiser Stimme.

»Ja?«

»Kannst du bitte versuchen, erst zu verkaufen, was wir im Laden haben, bevor du eine neue Puppe bestellst?«

Ich nicke. Natürlich. Das macht Sinn. Meine Mom möchte unser Inventar verkaufen, bevor wir weitere Bestellungen aufgeben. Eine gute Idee, um wieder aus den Miesen zu kommen. Tatsächlich fällt mir ein Stein vom Herzen, dass sie sich einen Plan für die fette rote Zahl in ihrem Buch überlegt hat.

»Es tut mir leid«, sage ich zu der Dame. »Tina hat bereits ein neues Zuhause gefunden, aber wir haben einige andere Puppen, die Tina ganz ähnlich sind. Sie werden sie mögen. Lassen Sie mich Ihnen meine Favoritin zeigen.« Da Favoritin ein weitläufiger Begriff ist, bedeutet das in diesem Fall, dass ich ihr die am wenigsten unangenehm auffallende Puppe zeige.

Aber die Kundin beißt nicht an. Nachdem ich ihr fünf Puppen gezeigt habe, die alle genauso wie Tina aussehen, fängt sie an, sich sichtlich aufzuregen. Ihre Stimme beginnt zu kippen, ihre Wangen färben sich eine Nuance dunkler. »Ich möchte wirklich nur Tina haben. Gibt es irgendeine Möglichkeit, sie zu bestellen? Haben Sie einen Katalog?«

Meine Mom, die sich eben von den anderen Kunden verabschiedet hat, stellt sich zu uns. »Kann ich irgendwie behilflich sein?«

»Sie hatten eine Puppe im Laden, die ich kaufen wollte, aber jetzt ist sie nicht mehr da.«

»Tina«, erinnere ich meine Mom.

»Hat Caymen Ihnen ein paar der anderen Puppen gezeigt?«

»Ja, aber die kommen nicht infrage.«

»Gibt es irgendetwas Bestimmtes an Tina, das die Puppe so besonders für Sie macht?«

»Ja. Mein Vater hatte mir eine Puppe gekauft, als ich noch ein Mädchen war. Als ich älter wurde, wurde die Puppe weggegeben. Inzwischen habe ich meinen Vater verloren. Als ich Tina vor ein paar Monaten sah, konnte ich gar nicht fassen, wie ähnlich sie meiner Puppe war. Damals bin ich gegangen, ohne sie zu kaufen, bekam sie aber nicht mehr aus dem Kopf. Ich möchte wirklich nur diese Puppe.« Ein paar Tränen kullern der Frau über die Wange, sie wischt sie hastig weg.

Ich schaue zur Seite, ihr Gefühlsausbruch ist mir unangenehm. Oder vielleicht ist es etwas anderes. Möglicherweise bin ich eifersüchtig, dass jemand eine so enge Beziehung zu seinem Vater haben kann, dass selbst nach seinem Tod der bloße Gedanke an ihn zu Tränen rührt. Wenn ich an meinen Vater denke, fühle ich nur Leere.

Meine Mom streichelt den Arm der Kundin und sagt: »Das kann ich in jeder Hinsicht verstehen.« Aber versteht sie das wirklich in jeder Hinsicht? Meine Mutter wurde von ihrem Vater auf die Straße gesetzt. Denkt sie gerade daran, während sie die Frau tröstet? Denkt sie oft daran? Oder versucht sie wie ich, diese Gedanken in die hinterste Ecke ihres Bewusstseins zu schieben und zu hoffen, dass sie sich niemals zurückmelden werden, ganz besonders nicht vor anderen Menschen?

Mom fährt fort. »Mein herzliches Beileid. Manchmal sind es die kleinen Dinge, die auf fast belanglose Weise diesen einen besonderen Menschen zurückbringen.« Sie winkt mit ihrer Hand in meine Richtung und sagt: »Caymen ist manchmal etwas sehr genau, aber wir können Ihnen definitiv die Puppe bestellen. Vielleicht kann ich Ihnen sogar einen Sonderpreis machen.«

So ist das also, mach mich ruhig zum Sündenbock. Ich kann damit leben, wenn mir die Schuld in die Schuhe geschoben wird. Aber die Tatsache, dass meine Mom mal wieder unsere finanziellen Probleme vergessen hat, macht mir Sorgen. Wäre dieser Laden vielleicht schon längst pleitegegangen, wenn es mich nicht gäbe, die sie davon abhält, Kunden zu viel Rabatt zu geben und Mädchen zu erlauben, sich zu viele Kleider für ihre Geburtstagspuppen auszusuchen …?

»Selbstverständlich«, sage ich. »Lassen Sie mich Ihnen den Katalog zeigen, um sicherzugehen, dass wir auch wirklich dieselbe Puppe meinen.« Ich gehe voran und füge hinzu: »Wir verlangen Vorauszahlung, bevor wir die Bestellung aufgeben können.« Das Letzte, was uns im Moment noch fehlt, ist eine Puppe, die wir bestellen, und eine Kundin, die sie nie abholen kommt.

Meine Mom dreht sich zu mir, als die Kundin den Laden verlässt. »Caymen.«

»Was?«

»Ich kann nicht glauben, dass du eine gute halbe Stunde mit dieser Frau verbracht hast, ohne herauszufinden, warum sie die Puppe haben wollte. Wir nehmen Menschen wichtig, Caymen. Ich habe mich mit zu vielen Menschen abgegeben, die nur sich selbst im Kopf haben. Und da hab ich doch hoffentlich keine Tochter großgezogen, die nicht an andere denkt, selbst wenn es sich um Fremde handelt.«

Moms unverhohlene Anspielung auf meinen Vater ist mir nicht entgangen, aber ihre Verallgemeinerung nervt. Vielleicht ist gar nicht Geld der Grund für all die schlechten Charaktereigenschaften der wenigen Stinkreichen, mit denen sie zu tun hatte? »Du wolltest, dass ich sie überrede, eine zu kaufen, die wir schon haben.«

»Aber nicht für den Preis, dass du sie verletzt.«

»Gefühle kosten nichts. Puppen schon.«

Sie lächelt ein bisschen und streichelt mir dann mit der Hand über die Wange. »Gefühle, meine liebe Tochter, können, wie du vielleicht eines Tages noch lernen wirst, das Kostbarste im ganzen Universum sein.«

Und genau diese Haltung ist es, die den finanziellen Ruin unseres Ladens bedeuten wird.

Als ich später in meinem Zimmer sitze, wiederholt sich ihr Satz in meinem Kopf gebetsmühlenartig. *Gefühle können das Kostbarste im ganzen Universum sein.* Was soll das heißen? Na gut, ich verstehe die Bedeutung, aber was meint meine Mom damit? Geht es ihr dabei um meinen Vater? Um ihren?

Ich ziehe ein Notizbuch mit der Überschrift *Organspender* aus dem obersten Fach meines Kleiderschrankes, schlage eine leere Seite auf und notiere mir Moms Satz über meinen Vater. In dem Buch bewahre ich alle Informationen auf, die ich über meinen Dad habe. Tatsächlich weiß ich eine ganze Menge: seinen Namen, wo er wohnt, selbst wie er aussieht. Aus Neugierde habe ich ihn über das Internet ausfindig gemacht. Er arbeitet für eine große Anwaltskanzlei in New York. Aber über jemanden *etwas* zu wissen, ist nicht dasselbe, wie ihn zu kennen. Deswegen schreibe ich in dieses Notizbuch all die Dinge, die meine Mom je über meinen Dad äußert. Es ist nicht viel. Sie lernte meinen Dad kennen, als sie noch sehr jung war; die Beziehung war kurz. Ich frage mich oft, ob sie ihn überhaupt richtig gekannt hat. Selten hat sie eine meiner Fragen überhaupt beantwortet und irgendwann habe ich aufgehört zu fragen. Aber hin und wieder macht sie beiläufige Bemerkungen, an die ich mich später erinnern möchte. Sie sagt Dinge, die mir dabei helfen könnten, etwas herauszufinden ... über ihn? Über mich?

Allein der Gedanke macht mich wütend. Als müsste er ein Mensch aus Fleisch und Blut für mich sein. Er hat meine Mutter im Stich gelassen. Wieso sollte ich irgendetwas mit ihm gemeinsam haben wollen? Aber ich bin nun mal ein praktisch veranlagter und logisch denkender Mensch, und falls ich ihn eines Tages ausfindig machen muss, möchte ich so viel wie möglich wissen. Ich schließe das Buch und unterstreiche noch einmal den Titel. Man kann nie wissen, ob man eines Tages nicht doch mal eine Niere braucht oder so. Deshalb habe ich dieses Notizbuch. Das ist der einzige Grund.

12.

Am nächsten Morgen hat sich meine Laune nicht wirklich gebessert. Über meinen Dad nachzudenken, sorgt bei mir immer für schlechte Laune. Und die Entdeckung des leeren Puppenkartons hinten im Lagerraum hat mir klargemacht, dass es um den Laden noch schlechter bestellt ist, als ich dachte. Ich hatte gehofft, dass wir immerhin schwarze Zahlen schreiben; jetzt weiß ich, dass dem nicht so ist. Aber die Tatsache, dass meine Mom dieser Kundin ihre Puppe bestellt und zum EINKAUFSPREIS verkauft hat, macht mir noch etwas anderes klar: Meine Mom hat vielleicht nicht genügend Geschäftssinn, um uns aus unserer finanziellen Misere zu befreien. Sind wir kurz davor, obdachlos zu werden? Ich spüre die Bürde auf meinen Schultern und habe keine Ahnung, wie ich mit der Extralast fertig werden soll.

Ich schnappe mir meinen Rucksack und verlasse den Laden. Als ich nach draußen trete, prickelt die kalte Luft auf meinen Wangen. Ich bin ein Stück gegangen, da taucht Xander an meiner Seite auf und reicht mir meine Schon-einmal-daraus-getrunkene-heiße-Schokolade. Ich genieße die Wärme, die sich in meinem Mund und in meiner Kehle ausbreitet. Ich kann nicht glauben, dass wir schon die ganze Woche zusammen zur Schule gegangen sind. Ich verberge mein Grinsen, indem ich noch einen langen Schluck nehme.

»Alles in Ordnung?«

Ich schaue ihn an. Er betrachtet mich kritisch.

»Was? Aber klar doch.«

»Normalerweise schießt du sofort mit irgendeiner sarkastischen Bemerkung los.«

Kennt er mich bereits so gut? »Brauchst du mich für deine essentielle Tagesration an Beleidigungen?«

»Schon besser.« Er hüstelt. »Okay, neues Spiel. Eine Herausforderung, wenn man so will.«

»Ich höre.«

»Du weißt nicht, was du mit deinem Leben anfangen sollst. Ich weiß nicht, was ich mit meinem anfangen soll. Wir beide wissen aber, dass wir die Finger von Puppen und Hotels lassen wollen.«

»So ausgedrückt klingt's echt drastisch, aber ich kann dir folgen.«

»Ich werde also herausfinden, was du wirklich willst, und du wirst das Gleiche für mich tun.«

»Äh, was?«

»Ich werde versuchen herauszufinden, was du später gerne mal machen möchtest.«

»Wie denn das?«

»Indem ich es austeste. Berufsinformationstage, wenn man so will. Ich werde den ersten vorbereiten. Morgen, dreizehn Uhr. Halte dich bereit.«

»Morgen ist Samstag. Musst du dir da nicht ein Tennisspiel anschauen oder so?«

»Was? Nein. Ich hasse Tennis.«

Ich sehe mich um. »Du solltest vielleicht lieber etwas leiser sprechen, wenn du so was von dir gibst. Du willst doch nicht aus dem Club geworfen werden.«

»Versuchst du dich gerade aus deinem ersten Berufsinformationstag zu schummeln?«

»Samstags arbeite ich.«

»Höchste Zeit, deiner Mom mal die Wahrheit zu sagen.«

Ich führe mir unseren großen Tischkalender, der auf der Arbeitsplatte hinter dem Tresen liegt, vors Auge. Rufe mir ins Gedächtnis, wie ich ihn mit meiner Mom am Anfang des

Monats ausgefüllt habe, so, wie wir es immer tun. »Wir haben eine Geburtstagsparty. Es ist völlig ausgeschlossen, dass ich sie damit alleine lasse.« Aber nach der Party vielleicht ...

Er sagt kein Wort, schaut mich bloß mit hochgezogener Augenbraue an. Die Last auf meinen Schultern wird schwerer und mich überkommt die Wut. Warum bin ich für den Laden meiner Mom verantwortlich? Warum habe ich keine Wahl, was meine Zukunft betrifft?

»Okay, dreizehn Uhr.«

Der Samstag kommt und ich habe meiner Mom immer noch nichts von meinem Vorhaben erzählt. Mein kurzer innerlicher Wutausbruch ist sofort verebbt und hat sich in Schuldgefühle verwandelt. Meine Mom ist gestresst und der Laden pleite. Nicht gerade der passende Moment, um zu rebellieren. Bloß, würde es je einen passenden Moment geben? Ein Nachmittag bedeutet ja nicht gleich den Untergang des Ladens ... wenigstens hoffe ich, dass es das nicht tut.

Laut Kalender haben wir wirklich eine Geburtstagsparty von zehn bis zwölf. Perfekt eigentlich, dass ich noch helfen und mich dann rechtzeitig fertig machen kann, um mit Xander loszufahren. Mit Xander loszufahren. Zu einem Date. Kann man das so bezeichnen? Ich versuche, mir ein Lächeln zu verkneifen, aber mein Gesicht scheint bei diesem Gedanken lächeln zu wollen. Ich weise mein Gesicht darauf hin, dass Xander es Berufsinformationstag genannt hat, und das scheint zu helfen.

Meine Mom ist im Hinterzimmer und bereitet die Party vor, während ich vorne im Laden sitze. Ich weiß, dass ich mit ihr reden muss, aber ich versuche, Zeit zu schinden. Diese Sache mit dem Schuldgefühl bereitet mir Bauchschmerzen. Der Laden ist leer. Ich schlendere also durch den kurzen

Flur und schaue meiner Mom zu, wie sie kleine Puppenkleider auf dem Tisch ausbreitet.

Sie dreht sich um, um sich noch einen Stapel zu nehmen und sieht mich. »Hey.« Sie wirft einen Blick über meine Schulter. »Wolltest du etwas von mir?«

»Nein. Ich wollte nur sichergehen, dass du nicht meine Hilfe brauchst.« *Du bist ein riesengroßer Angsthase, Caymen.*

»Nein, alles in Ordnung. Hast du vorne alle Farben für die Augen bereit?«

»Ja.«

»Dann sind wir fertig, glaube ich.«

»Okay.« Ich gehe nach vorne, zwinge mich aber dazu umzukehren. Sie hat sich wieder den Kleidern zugewendet. Ich finde es sehr viel einfacher, mit ihrem Hinterkopf zu sprechen. »Äh ... um eins bin ich verabredet, wenn das okay ist.«

Sie richtet sich auf und dreht sich um, um mich anzusehen. Sie wischt sich die Hände ab. Siebzehn Jahre lang habe ich mit allem immer bis nach Ladenschluss gewartet. Ich habe mein Leben um die Öffnungszeiten des Ladens herumgeplant. Alles bloß, um die Enttäuschung zu vermeiden, die ich auf meine Frage befürchtete.

Was ich jetzt sehe, bereitet mir noch mehr Schuldgefühle: Erschöpfung. Sie steckt in der Falte zwischen ihren Augen, dem Kinn, das nach unten zeigt. Aber nicht in ihrer Stimme, als sie sagt: »Aber sicher doch, Caymen. Amüsiere dich. Was hast du mit Skye denn vor?«

»Nein, ich treffe mich nicht mit Skye. Bloß mit einem ... Freund aus der Schule.« Ich bin noch nicht so weit, meiner Mom zu erklären, warum ich all die Überzeugungen, die ich mein ganzes Leben mit ihr geteilt habe, über den Haufen werfe, um mich mit Mr Rich persönlich zu verabreden. Im Moment kann sie den zusätzlichen Stress nicht gebrauchen.

Wozu auch, wenn Xander in ein paar Wochen sowieso genug davon haben wird zuzuschauen, wie die andere Hälfte lebt? Ich werde ihm langweilig werden und er wird weiterziehen und sich einen neuen Nervenkitzel suchen.

Sie macht sich wieder an ihre Arbeit. »Okay, dreizehn Uhr.«

13.

Als die zehn kleinen Mädchen in den Laden kommen, lotse ich sie nach hinten und sehe meine Mom erst wieder, als sie mir die Puppen nach vorne bringt und mir die jeweiligen Augenfarben durchgibt. Während ich mit grüner und schwarzer Farbe die Puppenaugen auf die Gesichter male, konzentriere ich mich ganz auf die vorgegebenen Linien im Porzellan.

Ein Mädchen hat um braune Augen gebeten, also trage ich eine dunkle Schicht braune Farbe auf. Dann drücke ich ein bisschen Goldfarbe auf die Plastikpalette und nehme mir den dünnsten Pinsel. Vorsichtig tupfe ich auf das Braun winzige goldene Sprenkel.

Die Glocke an der Ladentür bimmelt. Ich zucke zusammen und ziehe dabei einen goldenen Strich mitten durch die Pupille. »Mist«, fluche ich unterdrückt.

»Ich bin ein bisschen früh«, sagt Xander, als ich überrascht aufschaue.

Die Uhr an der Kasse zeigt halb eins. Die Party hätte vor einer halben Stunde zu Ende sein sollen. Ich habe gar nicht mitbekommen, dass es schon so spät ist. Hätte ich aufgepasst, wäre ich schon längst nach hinten gegangen, um meine Mom zur Eile anzutreiben, wie so oft.

Er kommt näher und reibt sich mit seinem Finger die Wange. »Du hast da etwas auf deinem Gesicht. Farbe?«

»Oh. Ja.« Ich wische mir über die Wange.

»Ist immer noch da.«

Er kommt noch näher und mir wird bewusst, dass ich nach wie vor den Pinsel mit der goldenen Farbe in der Hand halte; die Puppe mit den goldgesprenkelten Augen liegt direkt vor mir auf der Ladentheke. »Kannst du eine Sekunde auf den Laden aufpassen?«, platze ich heraus, springe von meinem Hocker auf, schnappe mir die Puppe und laufe nach hinten, ohne seine Antwort abzuwarten.

»Mom, du hast überzogen.«

»Was? Tatsächlich?« Sie klatscht in die Hände. »Ihr müsst jetzt fertig werden, Mädchen.« Sie wirft mir einen Blick über die Schulter zu – eine Mischung aus »Tut mir leid« und »Du kennst mich ja«. Ja, ich kenne sie und dieser Blick bringt mich zum Lachen.

»Bist du mit der Puppe fertig?« Sie nimmt den elektrischen Trockner von der Theke, um die Farbe auf den Augen zu trocken.

Ich schaue auf die Puppe in meinen Händen. »Ja. Oh, Moment. Nein. Bei der hab ich Mist gebaut.«

Sie untersucht die Augen der Puppe. »Das ist doch ganz hübsch«, sagt sie. Der goldene Streifen auf der Pupille sieht aus, als sei er Absicht – wie ein Schimmer. »Ich finde, das solltest du so lassen.«

»Okay.« Ich reiche ihr die Puppe. »Mein Freund aus der Schule ist hier.«

Bei der Ankündigung flackert ihr Blick.

»Ich gehe erst, wenn die Mädchen weg sind, aber lass ruhig alles liegen, bis ich wieder zurück bin. Ich helfe dir dann.«

»Klingt gut.«

Ich gehe zurück nach vorne. Hinter mir sagt meine Mom: »Okay, dann lasst uns dieses Püppchen hier mal anziehen.«

Xander studiert wieder eingehend die Geschäftskarte, als ich zurückkomme.

»Da ist keine geheime Botschaft drauf versteckt«, sage ich.

Er legt die Karte wieder hin. »Du hast kein Handy.«

»Stand das auf der Karte?« Ich packe die Farben zusammen, schließe die Deckel und wickele dann die Pinsel in Küchenpapier, um sie hinten abzuspülen. Ich werfe kurz einen Blick über die Schulter und hoffe, dass meine Mom nicht gerade jetzt nach vorne kommt. Gibt es einen Weg, wie ich Xander dazu bringen kann, den Laden zu verlassen, ohne dass der Grund zu offensichtlich wird?

»Du hast nie eins in der Hand, du hast keine viereckige Beule in der Hosentasche deiner Jeans und du hast mir deine Nummer nicht gegeben.«

»Deine Beobachtungsgabe wird besser. Obwohl ich nicht glaube, dass der letzte Grund deine Theorie bestätigt.« Ich räume die Farben in eine Plastikwanne. »Ich bin gleich wieder zurück. Warum wartest du nicht solange auf mich im Auto, okay?«

Er rührt sich nicht vom Fleck.

»Es dauert auch nicht lange. Ich bin sofort da.«

»Okay.«

Ich warte, bis er in Richtung Tür geht, dann bringe ich die Pinsel in die Spüle, reinige sie mit Wasser und Seife und stelle sie in ein Glas, damit sie trocknen können. Die Mädchen packen ihre Sachen zusammen und zeigen sich gegenseitig ihre Puppen. Ich gehe voran, und als ich um die Ecke biege, sehe ich Xander noch immer im Laden stehen. Ich bleibe wie angewurzelt stehen und die Kids drängeln sich um mich herum. Er lächelt, als die Mädchen an ihm vorbeilaufen. Ich wirbele herum, dränge mich durch die Mädchen wieder nach hinten und versperre meiner Mom die Sicht.

»Was fehlt?«, fragt sie.

»Ich glaube, eins der Mädchen hat seine Jacke da hinten vergessen.«

»Okay. Ich gehe sie eben holen.«

Ein kleines Mädchen bleibt vor Xander stehen. »Du siehst wie meine Ken-Puppe aus«, sagt sie und starrt an ihm hoch.

»Echt?«, fragt er.

Sie nickt.

»Weißt du, wie du aussiehst?« Er kniet sich neben sie und will gerade sein Handy aus der Tasche ziehen, aber in dem Moment bin ich auch schon bei ihm. Ich packe ihn am Arm und zerre ihn zur Tür hinaus.

»Wir müssen los.«

Er knurrt. »Caymen, ich hab gerade mit dem kleinen Mädchen gesprochen.«

»Das zweifellos unter Wahnvorstellungen leidet.«

»Na, schönen Dank auch.«

»Du kommst eindeutig eher nach Derek und nicht nach Ken – du weißt schon, der mit den braunen Haaren.« Ich bleibe den ganzen Weg bis zu seinem Auto an seiner Seite und sage dann: »Ich bin gleich wieder da.«

Meine Mom ist bereits vorne im Laden, als ich hineinkomme. »Ich hab dahinten keine Jacke gesehen.«

»Ich muss das Mädchen wohl falsch verstanden haben. Tut mir leid.«

»Okay.« Sie seufzt. »Was für eine schöne Party. Das Geburtstagskind konnte gar nicht aufhören, seine Puppe zu umarmen.«

»Klingt so, als hätten sie Spaß gehabt.« Ich trete nervös von einem Fuß auf den anderen. »Äh, mein Freund aus der Schule wartet. Bis später dann, ja?« Ich gehe schnell in Richtung Tür.

»Hey Picasso!«, ruft sie.

Ich bleibe stehen und befürchte, sie hat Xander draußen entdeckt und will mich jetzt deswegen zur Rede stellen. Ich drehe mich vorsichtig um.

»Da ist Farbe in deinem Gesicht.« Sie steckt ihren Daumen in den Mund und kommt damit dann auf mich zu.

»Wage es ja nicht.« Ich reibe mir die Wange.

Sie lacht. »Viel Spaß.«

»Danke Mom. Tut mir leid, dass ich dich allein lasse.«

»Kein Problem, Caymen.«

»Danke.«

Xander sitzt in seinem Auto und fummelt am Radio herum, als ich einsteige. Der Geruch nach neuem Leder überwältigt mich. Sein Auto hat mehr Knöpfe und Bildschirme, als ich je in meinem Leben in einem Auto gesehen habe.

Er schaltet das Radio aus, während ich mich anschnalle. »Du meintest also, dass du mir die Telefonnummer nicht geben würdest, selbst wenn du ein Handy hättest?«

Ich brauche einen Moment, bis ich kapiere, dass er unser Gespräch von vorhin aufgreift. »Das habe ich nicht gesagt. Ich hab nur gesagt, dass die Tatsache, dass ich dir meine Nummer nicht gegeben habe, nicht beweist, dass ich kein Handy besitze.«

Er zieht die Sonnenblende auf meiner Seite herunter und klappt den Spiegel auf. »Du hast immer noch Farbe im Gesicht.« Er fährt mit seinem Zeigefinger über meine Wange und zieht den Farbstrich nach. Für eine Sekunde bleibt mir die Luft weg, als sein Finger ein bisschen länger als nötig liegen zu bleiben scheint.

»Hartnäckige Farbe.« Ich drehe meinen Kopf, um den blauen Streifen besser sehen zu können. Ich reibe an ihm herum, bis er verschwunden ist.

Xander öffnet das Handschuhfach über meinen Knien und nimmt ein Paar Lederhandschuhe heraus. Als er sie anzieht, kann ich nicht anders und muss lachen.

»Was?«

»Du hast Autohandschuhe.«

»Und?«

»Und das ist lustig.«

»Lustig und dabei absolut hinreißend?«

Ich schüttele den Kopf. »Wenn du meinst.«

Er lässt den Motor ein paarmal aufheulen und biegt dann aus der Parklücke auf die Straße. »Wieso hab ich eigentlich das unbestimmte Gefühl, dass du vorhin nicht wolltest, dass ich deine Mom kennenlerne?«

Ich hatte gehofft, das sei ihm entgangen. Anscheinend nicht. »Weil ich es nicht wollte.«

»Na gut, das erklärt wenigstens mein unbestimmtes Gefühl.«

»Sie ist ... Lass uns einfach nur sagen, dass ich noch ein bisschen Zeit brauche, bevor ihr beide euch kennenlernen könnt.« Fünfzig Jahre würden vielleicht ausreichen.

»Ich bin mir sicher, dass ich sie mögen würde.«

Ich lache. »Du würdest sie bestimmt mögen.«

Er stoppt an einer Kreuzung und drei Frauen in grellroten Mänteln überqueren vor uns die Straße. »Moment, willst du damit andeuten, dass sie mich nicht mögen würde? Ich bin noch nie einer Mom begegnet, die mich nicht mochte.«

Mein Blick bleibt auf seinen Handschuhen hängen. »Irgendwann ist immer das erste Mal.« Ich schaue mir eine Weile die vorüberziehenden Ladenfronten an und dann frage ich: »Wo geht's eigentlich hin?«

»Warte ab.« Fünfzehn Minuten später fahren wir vor dem The Road's End Hotel vor.

14.

»Euer Hotel? Ich bin mir ziemlich sicher, dass ich kein Zimmermädchen werden will, wenn ich groß bin«, sage ich zu Xander, als er über den Parkplatz fährt.

»Selbst wenn du wolltest, glaube ich nicht, dass du das schaffen würdest. Das ist harte Arbeit.«

Mir liegt eine sarkastische Bemerkung auf der Zunge, ich bin aber zu verblüfft über seinen Kommentar, als dass mir auf die Schnelle etwas einfällt. Er parkt das Auto vor dem Eingang und steigt aus. Ich folge ihm.

»Das hier hat nichts mit Hotels zu tun. Außer, dass das Hotel als Kulisse dient.«

»Für REDRUM?«, frage ich mit krächzender Stimme.

»Was?«

»Hast du nie *The Shining* gesehen?«

»Nein.«

»Jack Nicholson? Wie er langsam verrückt wird?«

»Nein.«

»Wahrscheinlich keine schlechte Idee, da deiner Familie ja eine ganze Hotelkette gehört. Kann ich dir nicht empfehlen. Es ist ein Horrorfilm, der in einem Hotel spielt. *Richtig gruselig.«*

»Red Rum – wie roter Rum? Was soll das denn bedeuten?«

»Das heißt *Murder* – Mord – rückwärts geschrieben.« Ich beende meinen Satz mit drei warnenden Trommelschlägen: »Dum, dum, dum.«

Er schaut mich wieder mit einem seiner *Meinst-du-das-ernst?*-Blicke an. »Klingt grauenerregend.«

»Okay, du hast es nicht anders gewollt. Jetzt musst du dir

den Film anschauen. Es ist mir egal, ob du dann vielleicht nie wieder den Fuß über die Schwelle eines Hotels setzen kannst. Du wirst ihn dir anschauen.«

Er wirft seinen Autoschlüssel einem Hotelangestellten zu, der am Eingang steht, und zieht dann die Tür auf. Der Empfangsbereich ist der Hammer. Luxusmöbel, große Zimmerpflanzen, glänzende Bodenfliesen und ... größer als unsere gesamte Wohnung. Die Angestellten an der Rezeption lächeln, als wir durchs Foyer laufen. »Guten Tag, Mr Spence.«

Er nickt ihnen kurz zu und führt mich dann mit seiner Hand in meinem Rücken durch die Hotelhalle. Ich bekomme eine Gänsehaut. Wir halten vor einem goldenen Fahrstuhl mit zwei Türen, er drückt auf den Pfeil nach oben und nimmt seine Hand von meinem Rücken. In der Kabine steht ein echter Liftjunge, er trägt eine blaue Jacke mit goldenen Knöpfen. Er begrüßt uns und ich winke ihm zu. Er drückt auf den Knopf, daneben steht die Zahl Zwanzig. Der Fahrstuhl bewegt sich immer höher und höher, bis er endlich mit einem »Ping« stoppt.

Der Flur, in den wir treten, ist breit und führt zu einer einzigen Tür. Ich habe nicht den blassesten Schimmer, was hinter der Tür sein könnte, die ganz offensichtlich zur Penthouse Suite gehört, geschweige denn, wie die Suite dazu dienen soll herauszufinden, womit ich mal meinen Lebensunterhalt verdienen möchte.

Xander scheint irgendwie ganz aufgeregt zu sein, als er den Knauf dreht und die Tür öffnet. Ich bin total überwältigt von dem ganzen Chaos und dem Lärm, der mir entgegenschlägt. Große weiße, mit Schirmen abgedunkelte Lampen werden von mehreren Leuten aufgebaut. Ein paar Frauen rücken Kissen auf einem Sofa zurecht. Ein Mann mit einer großen Kamera, die um seinen Hals hängt, geht durch den Raum und begutachtet dabei kritisch verschiedene Perspektiven. Hin und wieder zieht er ein schwarzes längliches Gerät aus der Tasche und drückt auf einen Knopf.

»Was machen wir hier?«, frage ich Xander.

»Das ist ein Fotoshooting. Mein Dad möchte ein paar neue Fotos von der Suite für die Homepage machen lassen; und er will, dass ich die Sache beaufsichtige.« Er geht zu einer großen Kiste, die an der Wand steht, nimmt eine Kamera heraus und bringt ein Objektiv an. »Du läufst mit dem Fotografen mit. Du wirst so etwas wie sein Lehrling sein.«

»Hast du ihn vorgewarnt, dass irgendein Mädel, das nicht den geringsten Schimmer von Fotografie hat, ihm den ganzen Tag im Weg stehen wird?«

»Hab ich.« Er stellt sich vor mich und streift mir den Riemen der Kamera über den Kopf. Dann greift er nach meinen Haaren und zieht sie unter dem Riemen hervor. Ich bemühe mich, nicht aufzuseufzen. Er verströmt den Geruch nach teurer Seife und Waschpulver. »Er hat sich geschmeichelt gefühlt, dass jemand von ihm lernen will.«

»Wenn du meinst.«

Sein Handy klingelt und er dreht sich um, um den Anruf entgegenzunehmen. »Was meinst du, wo ich wohl bin?« Seine Stimme ist plötzlich eiskalt und schneidend. »Ja, beim Fotoshooting. Genau dort, wo du mich hinzitiert hast ... Ja, na gut, heute hab ich beschlossen ... Okay ... Ja ... Nein, heute Abend hab ich schon etwas anderes vor. Gut.« Er legt auf, ohne sich zu verabschieden.

Ich hebe die Augenbrauen und deute auf sein Handy.

»Mein Dad.« Er zuckt mit den Schultern, als wäre seine Kälte am Handy bloß Theater gewesen.

»Mr Spence«, ruft der Fotograf. »Wenn Sie so weit sind, können wir anfangen.«

»Ich gehe mich eben nur kurz umziehen.«

Umziehen?

Während er weg ist, ruft mich der Fotograf zu sich und zeigt mir ein paar Standardfunktionen der Kamera und wie und wann ich abdrücken soll. Xander kommt in einem Anzug wieder, in dem er unglaublich aussieht. Der Anzug und sein klassischer Haarschnitt machen ihn sehr viel älter als siebzehn. Er nimmt sich eine Zeitschrift vom Tisch und setzt sich auf das Sofa. Ganz im Ernst, ich habe noch nie jemanden gesehen, der so gut in einem Anzug aussieht. Der Fotograf macht ein paar Aufnahmen und fängt dann an, Xander Anweisungen zu geben. Nachdem er ungefähr ein Dutzend Aufnahmen gemacht hat, dreht er sich zu mir. »Warum schießt du nicht ein paar Fotos, während ich die nächste Szene vorbereite?« Und dann geht er in die Küche (das Hotelzimmer hat eine Küche!) und fängt an, dort umzuräumen.

»Du hast mir gar nicht verraten, dass du das Model bist.«

»Hab ich dir nicht erzählt, dass mein Dad vorhat, mich zum Aushängeschild der Firma zu machen?«, sagt er und senkt seinen Blick. Zum allerersten Mal, seit ich ihn kenne, sehe ich, wie er rot wird. »Es ist total peinlich, aber er ist zu der Überzeugung gekommen, dass in Werbefotos Leben sein muss.«

»Die Fotos erscheinen in Werbeprospekten und so?«

»Hauptsächlich auf unserer Website, aber ja, in Prospekten auch.«

Eine Website. Warum hatten wir eigentlich keine Website für den Puppenladen? Ich grinse und halte die Kamera vor mein Gesicht. »Okay, Mr Sexy. Zeig mir, was du draufhast.«

Xander durch die Kameralinse anzuschauen, lohnt sich. Ich kann hinsehen, ohne Angst zu haben, dass ich ihn anstarre. Im Laufe des Tages lerne ich, wie man mit dem Objektiv heranzoomt, wie ich mich auf sein Lächeln oder seine Augen konzentriere. Seine Haut ist makellos. Sein Haar glänzt und ist voll und dicht, genau richtig. Es ist nur ganz leicht gewellt, aber dadurch sieht seine Frisur – auch wenn sie ziemlich kurz geschnitten ist – perfekt aus.

Ich darf ein paar Aufnahmen vorbereiten. Ich experimentiere mit dem Licht. Erst belichte ich über, tauche sein Gesicht in die Sonne, die durchs Fenster hereinscheint. Danach kehre ich den Effekt um und nehme Xander im Gegenlicht auf, sodass man nur den dunklen Umriss mit seinen Kanten und Kurven erkennt. Ich schieße ein paar Fotos mit dem Meer im Hintergrund. Die Aussicht aus dem Hotelzimmer ist einfach perfekt.

»Nicht so verkrampft, Xander«, sage ich irgendwann.

»Was? Ich bin nicht verkrampft.«

»Du siehst viel zu förmlich aus. Sollst du auf diesen Fotos nicht gerade Urlaub machen? Dann zeig das auch.«

»Ich stecke in einem Anzug. Ich bin wahrscheinlich gerade auf einer Geschäftsreise oder so.«

»Eine Geschäftsreise für zugeknöpfte Angestellte?«

»Jetzt reicht's aber!« Er lacht, und sowohl der echte Fotograf als auch ich machen noch ein paar Schnappschüsse.

Gerade als ich denke, dass der Fotograf alle erdenklichen Fotos (und mehr als er brauchen kann) gemacht haben muss, öffnet sich die Tür zum Hotelzimmer und ein gut aussehender Mann mittleren Alters kommt herein. Xanders unterdrücktes Fluchen brauche ich gar nicht, um zu erkennen, dass es sein Vater ist. Die Ähnlichkeit ist offenkundig. Sie haben beide die braunen Augen und hellbraunen Haare, die hohen Wangenknochen und vollen Lippen. Und beide haben haargenau dieselbe Körperhaltung: als würde ihnen die ganze Welt gehören. Xanders Vater schaut sich im Raum um, dann bleibt sein Blick an mir hängen.

15.

Mr Spence nimmt mich volle dreißig Sekunden ins Visier, mustert mich kritisch von meiner sechs Monate alten und zu Hause geschnittenen Frisur bis zu meinen schäbigen Converse. Dann nickt er mir kurz zu, als Zeichen, dass er mich zur Kenntnis genommen hat. Ich ahne, dass er mich für die Assistentin des Fotografen hält, und wenn Xander es dabei belassen will, kann ich das bestens verstehen.

Xanders Blick wandert zwischen seinem Vater und mir hin und her. Wenn ich mich schon so anstelle, ihn meiner Mom vorzustellen, was muss das für ihn wohl für ein Gefühl sein, mich seinem Vater vorzustellen? Ich halte meinen Mund und die Kamera fest umklammert.

Mr Spence' Blick fällt auf den geöffneten Laptop in der Ecke. Der Fotograf, der höchstwahrscheinlich weiß, was gleich kommt, sagt: »Das sind erst die groben, unbearbeiteten Aufnahmen, aber Sie können sich gerne die Bilder anschauen, die ich bis jetzt gemacht habe.«

Xander steht auf. »Tja, wir sind aber sowieso fertig.« Er geht in Richtung Schlafzimmer, und kurz bevor er die Tür erreicht, dreht er sich nach mir um und sagt »Caymen«, fast als würde er von mir erwarten, dass ich ihm wie selbstverständlich folge. Ich werfe ihm einen *Bist-du-dir-sicher?*-Blick zu und er streckt seine Hand aus. Mein Herz macht einen Satz und ich hole tief Luft und gehe auf ihn zu, bin allerdings nicht so dumm, nach seiner Hand zu greifen, als ich bei ihm bin. Ich gehe einfach an ihm vorbei ins Schlafzimmer. Er folgt mir und schließt die Tür hinter uns.

Aus irgendeinem Grund bin ich außer Atem.

Die Klamotten, die er vorhin anhatte, hängen ordentlich über einem Stuhl in der Ecke und er steuert darauf zu, wobei er leise Flüche ausstößt, die ich nicht verstehen kann. Als er aus seiner Anzugjacke schlüpft und anfängt, das Hemd darunter aufzuknöpfen, wird mir plötzlich einiges klar. Was, wenn er mich nur dazu benutzt, um seinem Vater die Wahrheit klarzumachen: ein weiterer Hinweis für seinen Dad, dass er nicht Teil seiner Welt sein will? Eine bloße Schachfigur in seiner Rebellion? Ist das der Grund, warum er sich mit mir abgibt? Sich mit dem Aschenputtel trifft? Das würde seinen Vater mit Sicherheit treffen.

Ich drehe mich zur Wand, während Xander sich umzieht.

Die Kamera hängt noch um meinen Hals, ich streife sie ab und fahre mit meinem Zeigefinger über den silberfarbenen Auslöser.

»Keine Sorge«, sagt Xander, »ich ziehe mich nicht hier um. Ich gehe ins Badezimmer.«

Aber als ich mich umdrehe, überzeugt davon, dass er schon weg ist, ist sein Hemd bereits komplett aufgeknöpft. Obwohl seine Klamotten über seinem Arm hängen und er auf dem Weg ins Badezimmer ist, werde ich knallrot, als mein Blick auf seinen nackten, gut gebauten Oberkörper fällt.

Selbst nachdem die Badzimmertür bereits ins Schloss gefallen ist, schlägt mein Herz noch immer schneller. Ich wandere langsam im Zimmer auf und ab und versuche, mich zu beruhigen. Xander darf einfach nicht diese Wirkung auf mich haben. Ich werde es nicht zulassen.

Die Möbel und das Bettzeug sind schöner als alles bei uns zu Hause. Ich streiche mit meiner Hand über den teuren Stoff. Als er angezogen wieder aus dem Badezimmer kommt, frage ich: »Xander, gehört dir die Kamera oder gehört sie dem Fotografen?«

»Die gehört mir.«

»Glaubst du, ich könnte sie mir für ein paar Tage ausleihen?«

»Na klar. Wozu?«

»Ich habe einen Porzellanpuppen-Fetisch. Dachte mir, ich könnte mal ein paar richtig gute Fotos von ihnen machen.«

Er schüttelt den Kopf. »Und noch einmal von vorne: Na klar. Wozu?«

»Irgendwie gefällt mir die Idee mit der Website. Vielleicht ist es an der Zeit, dass unser Laden auch eine hat.« Möglicherweise könnte uns das sogar vor dem finanziellen Ruin bewahren.

»Hmm. Das klingt aber nicht gerade wie die beste Methode, deiner Mom klarzumachen, dass du kein Interesse am Laden hast.«

Ich zucke mit den Schultern. »Ich richte sie nur ein. Meine Mom kann sie dann verwalten. Führe sie sozusagen nur in die moderne Welt ein.« Vielleicht könnte eine Website irgendwann auch mal mich ersetzen. Die Kunden könnten eigenhändig bestellen, wir könnten mehr Geld verdienen ... und dann könnte meine Mom es sich leisten, eine Halbtagskraft einzustellen. Ich versuche, mir nicht allzu große Hoffnungen zu machen, das alles kann noch Monate dauern, aber mir gefällt die Idee.

Er antwortet nicht, nimmt mir aber die Kamera aus der Hand und deutet mit seinem Kopf auf die Tür, hinter der sich sein Vater befindet. Was für einen schlechten Eindruck wird das nur machen, wenn wir rauskommen und Xander vollständig umgezogen ist?

Er muss mein Zögern mitbekommen haben, denn er sagt: »Mir ist es egal, was er denkt, Caymen.«

Na klar ist es ihm egal, was er denkt. Wahrscheinlich möchte er sogar, dass sein Dad denkt, dass irgendetwas zwischen uns läuft.

»Wie auch immer.« Ich öffne die Tür und bemühe mich, so natürlich wie möglich aus dem Schlafzimmer zu gehen. Mein Gesicht allerdings hat von meinem Plan offenbar nichts mitbekommen, denn es läuft rot an. Xanders Dad schaut sich immer noch die Aufnahmen auf dem Bildschirm in der Ecke an.

Ich drehe mich zu Xander um. Und was jetzt? Er hält die Kamera hoch und drückt ab. Ich hebe die Hand. »Bitte nicht.«

»Na los, jetzt bist du mal auf der anderen Seite der Kamera. Mal sehen, ob Modeln etwas ist, was dir Spaß machen könnte.«

»Nicht im Traum!«

»Mit *den* Augen?« Er schießt noch ein Foto. »Definitiv doch.«

Vielleicht bilde ich mir das nur ein, aber er flirtet ziemlich auffällig. Ich schlucke den Kloß in meinem Hals hinunter. »Diese Augen sind kurz davor, ›Redrum‹ zu begehen.«

Er lacht lauter, als ich ihn je lachen gehört habe, und bestätigt damit meinen Verdacht, dass er diese Show nur für seinen Dad abzieht. »Nicht so verkrampft, Caymen«, zitiert er mich.

Ich verschränke die Arme vor der Brust und starre ihn wütend an. Lachend schießt er noch eine Aufnahme, packt dann die Kamera in eine Tasche und reicht sie mir. »Tob dich mit deinen Puppen aus.«

»Danke.«

Xanders Blick flackert, er schaut auf einen Punkt irgendwo über meiner Schulter. Ich bin verblüfft, als ich mich umdrehe und seinen Dad hinter mir stehen sehe. »Ich dachte, Sie gehörten mit zum Team hier. Mir war gar nicht klar, dass Sie mit meinem Sohn befreundet sind.« Er streckt seine Hand aus. »Blaine Spence.«

Ich nehme seine Hand. »Caymen Meyers«, stammele ich

mühsam. Ich stehe noch immer unter Schock, dass er sich überhaupt vorgestellt hat. Will er die Kamera wiederhaben?

»Nett, dich kennenzulernen«, sagt er und wirkt dabei sehr offen. Was soll das hier? Umgekehrte Psychologie? Dann dreht er sich wieder zu Xander um. »Alexander, eine ganze Menge dieser Fotos sind richtig gut geworden.«

Xanders Gesichtsausdruck verhärtet sich augenblicklich. »Gut. Dann bin ich also fertig.«

»Ich möchte, dass du mit dem Designer zusammen an einem Layout für die Homepage und einer Broschüre arbeitest.«

»Dazu hab ich nicht gerade viel Zeit, mit dem ganzen Schulkram und so, aber in ein paar Wochen lässt sich das vielleicht einrichten.« Er legt mir die Hand in den Rücken, als wollte er versuchen, mich schnell aus dem Raum zu schieben. Ich zucke zusammen, lasse mich dann aber von ihm in Richtung Tür lotsen.

»War schön, Sie kennenzulernen«, rufe ich über die Schulter.

»Alexander.«

Er bleibt stehen. »Jup?«

»Ja.« Mr Spence betont das Wort und Xanders Kiefermuskeln spannen sich an.

»Ja?« Xander legt noch mehr Betonung in seine Stimme.

»Die Benefizgala deiner Mutter findet in vier Wochen statt. Wir erwarten, dass du dort erscheinst. Und die Prospekte wirst du bis dahin fertig haben.«

Wir treten in den Flur und Xander sagt: »Ich hoffe, du machst dir Notizen. Ich bin viel besser als du, meine Familie vor den Kopf zu stoßen.«

»Ich mache mir Notizen.« Such dir den allerletzten Menschen auf der Welt aus, mit dem mich meine Mom (oder in seinem Fall, sein Dad) zusammen sehen will, und gib vor, ihr wärt ein Paar. Natürlich müsste ich meine Mom einweihen. In dem Punkt unterscheiden wir uns. Ich benutze Xander nicht. »Ausführliche Notizen. Wenn meine Mom mich um einen Gefallen bittet« – ich deute über meine Schulter hinweg auf die Tür, aus der wir gerade gekommen sind –, »schmolle ich und benehme mich wie ein verwöhntes Kleinkind.«

»Wie ungezogen von dir.« Er schenkt mir ein halbes Grinsen, was mich wütend macht, denn ich finde, dass diese kleine ironische Bemerkung ja wohl mindestens ein echtes Lächeln wert gewesen wäre.

Er ruft den Fahrstuhl, um nach unten zu fahren. »Und, Fotografie? Deine Zukunft?«

»Steht auf der Vielleicht-Liste.«

»Ich dachte, es könnte dir vielleicht Spaß machen. Naturwissenschaften liegen dir, hast du gesagt, und dazu braucht man Beobachtungsgabe und einen Sinn fürs Detail. Du hast beides und diese Talente sind ganz nützlich, wenn man durch einen Sucher guckt.«

Ich schaue ihn verblüfft an.

»Was?«, fragt er.

Mir wird bewusst, dass ich ihn fassungslos angestarrt haben muss. Ich drehe mich wieder um und richte meinen Blick auf das verschwommene Spiegelbild von uns in der goldenen Fahrstuhltür. »Ich ... Danke ... dass dir das aufgefallen ist.«

Er zuckt mit den Schultern. »Ich versuche, etwas zu finden, was dir wirklich Spaß macht. Und du bist als Nächstes an der Reihe.«

»Richtig. Und da wir ja diesen Berufsinformationstag auf unsere Talente abstimmen, sollte ich vermutlich einen Beruf für dich finden, bei dem es um das Bügeln von T-Shirts und die Benutzung jeder Menge Haargel geht.«

Er fährt sich mit der Hand durchs Haar. »Ich benutze nur sehr wenig Gel.« Wir fahren mit dem Fahrstuhl wieder nach unten. »Nächsten Samstag also, gleiche Zeit?«

Wieder rufe ich mir den Kalender hinter dem Tresen ins Gedächtnis. Ich kann mich nicht daran erinnern, ob eine Geburtstagsparty eingetragen ist. »Jup ... ja, gerne«, korrigiere ich mich und lächele ihm zu; er soll wissen, wie nervig ich die Kritik seines Dads fand. »Ich denke, das lässt sich einrichten.« Wir warten, während das Auto vorgefahren wird. »Oh, und zieh dir deine schäbigsten Klamotten an.«

16.

Am nächsten Samstag versuche ich, dem Schlamassel der Vorwoche aus dem Weg zu gehen, und warte am Straßenrand auf Xander. Meine Mom scheint mir die »Freund aus der Schule«-Nummer abzukaufen, und solange sie mich nicht dazu zwingt, ihr Xander vorzustellen, werde ich dabei bleiben. Er stellt den Motor aus und steigt aus dem Wagen, bevor er merkt, dass ich schon draußen stehe.

Er trägt teure Jeans, ein noch teureres T-Shirt und schicke Schuhe. Ich zeige auf seine Klamotten. »Im Ernst? Hab ich nicht gesagt, die schäbigsten Klamotten, die du hast?«

Er geht direkt auf mich zu. Normalerweise ist er einen ganzen Kopf größer als ich, aber da er sich auf der Straße befindet und ich immer noch auf dem Bordstein stehe, sind meine Augen auf gleicher Höhe mit seinem Kinn.

»Gleichfalls hallo.«

Ich habe ihn die ganze Woche lang nicht gesehen. Er war mit seinem Dad auf Reisen – irgendwas Geschäftliches. Für eine Sekunde denke ich, dass er mich umarmen will, und mir stockt kurz der Atem, aber dann schaut er an seinen Klamotten hinunter. »Das sind die schäbigsten Klamotten, die ich habe. Die waren praktisch schon im Müll.«

Ich gebe ihm einen Schubs und habe damit eine Ausrede, ihn zu berühren. »Und du *redest* nur Müll.« Aber mir ist natürlich klar, dass er das ernst meint. »Okay, dann müssen wir unterwegs mal kurz anhalten.«

Wir fahren mehrere Blocks die Straße hinunter und ich zeige auf den Parkplatz der Heilsarmee. »Erster Stopp – ein neues Outfit. Komm. Wir kleiden dich ein.«

Wir gehen hinein und der muffige Geruch alter Möbel schlägt mir entgegen. Er erinnert mich an Skye, weil wir so viel Zeit an solchen Orten wie diesem hier verbringen. »Schuhgröße?«, frage ich.

»Zwölf ... Moment ... wir kaufen hier Schuhe? Ich bin mir nicht sicher, ob ich Schuhe anziehen kann, die andere Leute schon getragen haben.«

»Ich hoffe, das war bloß ein philosophischer Kommentar. Mann, jetzt hab dich nicht so. Entweder du kaufst jetzt ein Paar oder du ruinierst dir deine hübschen Treter.«

»Ich hab keine Probleme damit, meine Schuhe zu ruinieren.«

»Moment. Hab ich dich vor eine Wahl gestellt? Wie dem auch sei, dir sollte man sowieso keine Entscheidungen überlassen. Wir kaufen dir hier Schuhe, basta.« Ich zerre ihn in die Schuhabteilung. Es gibt nur drei Paare in seiner Größe. Ich suche für ihn die allerhässlichsten aus – knöchelhohe Turnschuhe mit neonfarbenen Schnürsenkeln. Dann schicke ich ihn los, um Klamotten anzuprobieren.

Während er in der Umkleidekabine ist, stöbere ich in der Sweatshirtabteilung. Ich durchforste die Ware auf den Kleiderstangen – und stoppe. Zwischen einem grausam neonorangen Sweatshirt und einem blauen mit dem Logo eines Colleges hängt ein schwarzes Kleid. Es hat einen handgestickten Perlenbesatz, einen herzförmigen Ausschnitt und Flügelärmel. Ich checke die Größe. Es würde mir passen. Ich beiße mir auf die Lippe und schaue auf das Preisschild: Vierzig Dollar. Das ist teuer für einen Second-Hand-Laden, aber immer noch preisgünstig. Es scheint ein echtes Vintage-Kleid zu sein. Das beste Schnäppchen, auf das ich je gestoßen bin. Die Tatsache, dass es zwischen zwei Sweatshirts hängt, verrät mir, dass noch jemand ein Auge darauf geworfen und es versteckt hat, in der Hoffnung, es später zu kaufen. Aber vierzig Dollar sind weit über meinem Budget. Ich habe diesen Monat noch keinen Gehaltscheck bekommen und bin so oder so nicht sicher, ob ich ihn überhaupt einlösen soll. Meine Mom kann es sich nicht leisten, mich zu bezahlen. Das bisschen Geld würde zwar bei ihren Schulden keinen großen Unterschied machen, aber ich würde mich ein bisschen besser fühlen.

»Ich versuche gerade, nicht darüber nachzudenken, wer das hier wohl vor mir getragen hat«, brüllt Xander aus der Umkleidekabine.

»Brauchst du Taschentücher oder hörst du endlich mit deinem Geflenne auf? Komm raus und lass dich ansehen.«

Ich nehme das nächste Sweatshirt von der Stange und hänge es über das schwarze Kleid. Selbst wenn ich vierzig Dollar hätte, wo würde ich so ein Kleid überhaupt je tragen? Zu irgendeiner Schickimicki-Veranstaltung mit Xander? Ich hoffe, dass ich mich nicht in eins von *diesen* Mädchen verwandele, das von einem Jungen träumt, den es nie haben kann.

Der Vorhang der Umkleidekabine wird aufgezogen und Xander kommt heraus, während er noch dabei ist, sich die unteren paar Knöpfe des Flanellhemdes zuzuknöpfen. »Ich komme mir wie ein Vollidiot vor.«

»Sehr lehrreich, sich ab und zu mal wie ein Vollidiot zu fühlen. Jetzt brauchst du nur noch ein Sweatshirt.«

»Ich hab eine Jacke.«

»Meinst du deinen superteuren Trenchcoat? Keine Chance.« Ich ziehe ein graues Sweatshirt neben mir vom Bügel und werfe es ihm über zwei Kleiderständer zu.

»Okay, ich ziehe mir jetzt wieder meine Klamotten an.«

»Nein, die behältst du hier schön an. Also los, wir treffen uns an der Kasse.« Ich werfe einen letzten Blick auf das Kleid und gehe dann.

Die Dame an der Kasse wirft uns einen *Echt-jetzt?*-Blick zu.

»Hier«, sage ich und drehe Xander um. Ich ziehe das Preisschild von der hinteren Gürtelschlaufe. Dann greife ich nach dem Preisschild am Hemd, reiße es von Ärmel ab und reiche ihr das Sweatshirt und die Schuhe.

»Das macht fünfzehn Dollar«, sagt sie.

Xander reicht ihr einen Zwanzig-Dollar-Schein. »Fünfzehn Dollar? Für alles zusammen?«

Als wir zurück zum Auto gehen, ist Xander immer noch ganz überrascht. »Letzte Woche hab ich mir ein paar Socken für dreißig Dollar gekauft.«

»Weil du ein Idiot bist.«

»Schönen Dank auch.«

»Übrigens, schicke neue Schuhe.«

Er verdreht die Augen. »Falls sich demütigen zu lassen, ein Beruf sein soll, kann ich dir jetzt schon sagen, dass ich nicht daran interessiert bin.«

»Aber du bist so verdammt gut darin.«

Wir biegen beim Friedhof ein und Xander schaut mich an. »Was machen wir hier?«

»Ausloten, was in uns steckt.«

»Hier?«

»Ja. Schon vergessen? Ich bin morbide. Na komm schon.« Ich habe ihn aus verschiedenen Gründen hierhergebracht. Erstens, weil es umsonst ist. Mir fehlt das Geld, um für ihn etwas auf die Beine zu stellen, das sich mit irgendeinem Schickimicki-Fotoshooting vergleichen lässt. Und zweitens finde ich wirklich, dass sich Xander mal entspannen und die Hände schmutzig machen sollte. Bis jetzt hat er mitgespielt, aber er weiß ja noch nicht, was ich noch in petto habe.

»Hi Mr Lockwood«, sage ich, als wir zum Beerdigungsinstitut hochgehen, das etwas höher als die Grabfelder gelegen ist. Skyes Dad ist cool. Mit seinem langen weißen Haar und seiner Hakennase sieht er genauso aus wie jemand, der mitten auf einem Friedhof wohnt. Ich frage mich immer, ob er einen Friedhof besitzt, weil er so aussieht, oder ob er so aussieht, weil er einen Friedhof besitzt.

»Hey Caymen.« Er hält zwei Spaten in der Hand. »Bist du dir sicher, dass ihr das durchziehen wollt?«

»Klar doch.« Ich greife nach den Spaten.

»Okay, ich hab schon einmal angefangen, damit ihr wisst, wie groß es werden soll. Es ist hinter dieser Eiche da unten.« Er zieht ein Walkie-Talkie aus seiner Hosentasche und reicht es mir. »Sag Bescheid, falls du irgendwelche Fragen hast.«

Ich reiche Xander einen Spaten. »Okay.«

»Totengräber?«, fragt er, als wir auf die Eiche zugehen. »Wirklich? Du glaubst, das kommt ernsthaft infrage?«

»Es geht ja nicht nur darum, Gräber auszuschaufeln, Xander. Es geht um diesen Ort. Ein ruhiges Leben zu führen, umgeben vom Frieden des Todes.«

»Du *bist* morbide.«

Erde klebt in seinen Haaren und seine Wange ist mit Dreck verschmiert. Aber selbst das hier kann sein Selbstvertrauen und seine Lässigkeit nicht wirklich erschüttern. »Wir schaufeln hier nicht gerade unser eigenes Grab, oder?«

»Du hast es erfasst.«

»Du hast nicht geglaubt, dass ich das hier durchziehen würde, oder?«

Nicht in einer Million Jahre. »Ich hatte meine Zweifel.«

»Ich wünschte, ich hätte Handschuhe mitgebracht.« Er öffnet eine seiner Hände und ich erhasche einen flüchtigen Blick auf eine blutige Blase in seiner Handfläche.

Ich schnappe nach Luft. »Xander!«

»Was?«

Ich greife nach seiner Hand, schaue sie mir näher an und berühre dabei vorsichtig die verletzte Haut. »Es war nie die Rede davon, dass du dir die Hände dabei kaputt machen sollst.« Ich hatte beim Schaufeln die Ärmel meines Sweatshirts über meine Hände gezogen. Sein Sweatshirt hingegen ist ein bisschen zu klein geraten.

»Ist nicht so schlimm.«

Ich hole das Walkie-Talkie aus meiner Jeans. »Mr. Lockwood, ich glaube, wir sind fertig.«

»Das Loch hier ist nicht annähernd tief genug«, sagt Xander.

»Ich weiß. Ich meine damit bloß, dass *wir* fertig sind.«

Das Walkie-Talkie gibt ein Rauschen von sich, als würde es gleich explodieren, und dann sagt Mr. Lockwood: »Kann ich jetzt den Trecker rüberschicken?«

»Ja.«

»Moment«, sagt Xander. »Ein Traktor erledigt den Rest?«

»Klar, Gräber werden schon seit Jahren nicht mehr von Hand ausgehoben. Ich hatte bloß gedacht, dass es Spaß machen würde.«

»Ich bring dich um.«

»Hier wäre der perfekte Ort dafür.«

Er geht auf mich zu, reißt mich herum, fängt mich aber auf und lässt mich vorsichtig zu Boden gleiten. Ich lache und will mich befreien, doch er presst mit einer Hand meine Handgelenke auf den Boden und hält meine Beine mit seinen fest. Mit der anderen Hand greift er eine Handvoll Erde und pfeffert sie mir in die Haare.

Ich lache und kämpfe, aber dann merke ich, dass er sich nicht mehr rührt. Plötzlich wird mir jede Stelle, an der sein Körper meinen berührt, ungeheuer bewusst. Unsere Blicke treffen sich und sein Griff um meine Handgelenke wird locker. Panik erfasst mich und ich greife eine Handvoll Erde und werfe sie ihm gegen die Wange. Er stöhnt, rollt sich von mir weg auf die Seite und stützt sich auf seinem Ellenbogen auf.

Für einen Moment liege ich einfach nur auf der weichen Erde. Sie fühlt sich kühl in meinem Nacken an. Habe ich verhindert, dass etwas passiert, oder habe ich mir das alles nur eingebildet?

Xander stößt einen langen Seufzer aus. »Das war genau das, was ich gebraucht habe nach der Woche mit meinem Dad.«

»Ist er sehr streng mit dir?«

»Er ist mit jedem streng.«

»Das tut mir leid.«

»Braucht es nicht. Ich weiß, wie man mit ihm umgehen muss.«

Ich habe gesehen, wie Xander mit ihm *umgeht*. Er macht dicht, wird eiskalt, verschließt sich. Aber wenn er damit Erfolg hat – ich werde mich ganz sicher nicht deswegen mit ihm anlegen. Wie ich mit meiner Mom umgehe, ist schließlich auch nicht gerade normal.

Mein Rücken schmerzt und es tut richtig gut, auf dem Boden zu liegen. Ich schließe die Augen. Es ist friedlich hier zwischen den Wänden aus Erde, die Stille scheint sich an mich zu schmiegen. Vielleicht gelingt es mir ja an diesem Ort, den ganzen Stress zu vergessen. Vergessen, dass ich eine Siebzehnjährige bin, die das Leben einer Vierzigjährigen führt. Allein der Gedanke daran, gibt mir das Gefühl, als hätte mir plötzlich jemand zwei Tonnen Erde auf meine Brust gekippt.

»Was ist?«

Ich mache die Augen auf und sehe, wie Xander mich anstarrt. »Nichts.«

»Sieht aber anders aus. Du bist heute irgendwie nicht in Form.«

»Welche Form soll das sein?«

»Die, in der du jede Gelegenheit nutzt, um dich über mich lustig zu machen.« Er betrachtet seine Hand. »Es hätte eine Million Witze gegeben, die du hättest machen können.« Er zeigt mir wieder seine Blase.

»Ich weiß. Ich hätte mich lieber über deine zarten Händchen auslassen sollen, die keine Arbeit gewohnt sind.«

»Genau.« Er wischt ein bisschen Erde aus meinem Gesicht. »Also, was ist los? Was hast du?«

»Manchmal fühle ich mich einfach nur älter, als ich bin, das ist alles.«

»Ich mich auch. Aber deshalb machen wir das hier doch, oder? Um Spaß zu haben. Um aufzuhören, uns darüber Sorgen zu machen, was von uns erwartet wird, und um herauszufinden, was wir selbst wollen.«

Ich nicke.

»Mein Dad würde tot umfallen, wenn er mich hier sehen würde.«

»Dann hätten wir ihn mal einladen sollen, oder?«

Er lacht. »Hier würde er sich nicht einmal tot blicken lassen.«

»Tja, genau das wird sich ja wohl kaum vermeiden lassen.«

Er lacht wieder. »Du bist ... so anders, Caymen.«

»Anders als was?«

»Als jedes andere Mädchen, das ich kennengelernt habe.«

Wenn man bedenkt, dass die meisten Mädchen, die er kennengelernt hat, wahrscheinlich unfassbar viel mehr Geld haben als ich, ist das keine besondere Leistung. Bei dem Gedanken fangen meine Augen an zu brennen.

»Es ist ... erfrischend. Du gibst mir das Gefühl, normal zu sein.«

»Hm. Da hab ich aber noch gewaltig zu tun, denn von normal bist du weit entfernt.«

Er lächelt und stupst mich spielerisch an der Schulter an. Mein Herz schlägt gegen die Rippen.

»Caymen.«

Ich nehme mir noch eine Handvoll Erde, pfeffere sie ihm in den Nacken und versuche dann, so schnell wie möglich abzuhauen. Doch er schnappt mich und ich sehe seine Hand voller Erde auf mein Gesicht zukommen, als das Piepsen des Traktors laut wird, der sich von hinten nähert.

»Gerettet – von Totengräbern«, sagt er.

17.

Xander springt auf und hilft mir auf die Beine. Wir werfen unsere Spaten aus dem Loch, dann stützt er mich beim Hinausklettern und hievt sich selbst nach oben.

Als wir zurück zum Beerdigungsinstitut gehen – die Spaten auf Xanders Schulter –, sagt er: »Und hier wohnt also deine Freundin?«

Ich nicke.

Er lacht. »Du wohnst über einem Porzellan-Puppenladen, deine beste Freundin wohnt auf einem Friedhof. Du bist mehr oder weniger zwischen Gruselobjekten aufgewachsen, gibt es überhaupt noch irgendetwas, wovor du Angst hast?«

Vor dir.

Unsere Blicke treffen sich, fast, als hätte er meine Gedanken gelesen. Vielleicht stehen mir meine Gedanken auch ins Gesicht geschrieben.

Ich räuspere mich. »Hunde.«

»Bist du schon einmal von einem Hund gebissen worden?«

»Nein. Aber der Gedanke, von einem gebissen zu werden, reicht schon.«

»Interessant.«

»Ach bitte. Fang jetzt nicht an, das zu analysieren. Hunde haben scharfe Zähne. Menschen werden von ihnen gebissen.«

Er lacht.

»Was ist mit dir? Wovor hast du am meisten Angst?«

Er dreht einen der Spaten auf seiner Schulter und denkt nach. Entweder will er es mir nicht verraten oder er kennt keine Angst, denn es dauert eine Weile, bis er sagt: »Verlieren. Versagen.«

»Wobei versagen?«

»Bei allem. Manchmal fällt es mir schwer, mit irgendetwas anzufangen. Ich versuche es lieber gar nicht, aus Angst zu versagen.«

»Aber wenn du nichts riskierst, wirst du nirgendwohin kommen.«

»Das weiß ich. Und trotzdem ...«

Wir sind am Hintereingang des Beerdigungsinstituts angekommen. Unsere Spaten lehnt er an die Wand. Ich schüttele meine Haare aus und er macht dasselbe. Dann dreht er mich um und klopft mir den Rücken ab.

»Und trotzdem, was?«, hake ich nach.

»Und trotzdem kann ich mich nicht überwinden.« Er lässt seine Hand auf meinem Rücken liegen und ich schließe die Augen.

»Vielleicht solltest du mal absichtlich versagen. Richtig auf die Nase fallen. Dann fürchtest du dich nicht mehr davor.«

»Soll ich die Hunde jetzt holen oder lieber später ...?«

»Okay, okay, kapiert.« Er hat recht. Ich kann nicht von ihm verlangen, sich seinen Ängsten zu stellen, wenn ich mich nicht mit meinen auseinandersetze. Und damit meine ich nicht meine Angst vor Hunden.

»Hast du eigentlich bloß Angst vor großen Hunden oder sind kleine für dich auch ein Problem?«

»Du hast Hunde, oder? Die Sorte, die man in der Handtasche mit sich herumschleppt?«

»Nein«, sagt er verächtlich, »selbstverständlich habe ich die nicht.«

»Die Größe ist egal. Tatsächlich finde ich die kleinen manchmal schlimmer. Die beißen einem locker den Finger ab.«

»Und das von einem Mädchen, das noch nie gebissen wurde.«

»Der Gedanke, Xander, es ist der Gedanke.«

Er grinst und klopft mir dann auf die Schulter, um zu signalisieren, dass mein Rücken jetzt frei von Erde ist. »Bist du so weit? Können wir?«

»Ja. Nein, warte. Lass mich eben erst ganz schnell deine Hand versorgen. Mr Lockwood hat drinnen Verbandsmaterial.« Ich klopfe an die Tür und öffne sie dann einen Spalt. »Mr. Lockwood?« Ich trete ein. »Komm mit. Wenn ich mich richtig erinnere, gibt es hier irgendwo einen Erste-Hilfe-Kasten.«

Wir gehen einen langen Flur hinunter und ich öffne die letzte Tür auf der rechten Seite. Ich bleibe wie angewurzelt stehen, als Mr Lockwood von einer Leiche aufschaut, die vor ihm ausgestreckt auf einem Tisch liegt. »Oh, tut mir leid«, sage ich. Der Tote hat einen langen Schnitt auf seiner Brust, der mit großen Heftklammern zusammengehalten wird. Offensichtlich wurde er seziert. Sein Gesicht ist eingesunken, er muss mehrere Tage im Leichenschauhaus gelegen haben.

»Kein Problem, kommt rein.«

Im Raum ist es kalt. Mir läuft eine Gänsehaut über den Rücken. »Ich brauch bloß ein paar Sachen aus dem Erste-Hilfe-Kasten. Ein bisschen Verbandsmull und ein Desinfektionsmittel vielleicht.«

Er zeigt auf ein kleines Badezimmer nebenan. »Da drinnen.« Mr Lockwood trägt eine Art Make-up auf das Gesicht des Toten auf.

Es fällt schwer, den Geruch zu ignorieren, der im Zimmer hängt. Er ist nicht wirklich abstoßend, es riecht eher nach etwas, das konserviert wird. »Wird er offen aufgebahrt?«

»Ja. Morgen.« Ein großes Foto klebt neben Mr Lockwood

an der Wand und er vergleicht immer wieder die Leiche mit dem Bild des Lebenden.

»Mit dem haben Sie aber noch ein bisschen zu tun«, sage ich.

»Wir kommen voran.« Er hält mir einen Pinsel hin. »Möchtest du Rouge auftragen?«

»Xander, wie wär's? Eine andere Seite des Berufs lernen?« Ich drehe mich um, aber er steht schockgefroren im Türrahmen und starrt mit entsetztem Gesicht auf die Leiche. Sein Gesicht sieht fast genauso blass aus. »Vielleicht lieber nicht.«

Ich stelle mich vor ihn und es dauert eine Weile, bis er mich anschaut.

»Alles klar bei dir?«, frage ich.

»Ich hab nur nicht damit gerechnet. Mir geht's gut.«

»Sicher?«

»Ja.«

»Okay, komm mit.« Ich lotse ihn ins Badezimmer und schließe die Tür, in der Hoffnung, dass es hilft, wenn die Leiche außer Sichtweite ist. Ich halte Xanders Hand unter den laufenden Wasserhahn und wasche sie vorsichtig mit Seife ab. Sein Blick wandert immer wieder zur Tür. »Bleib, wo du bist«, sage ich und suche in den Badezimmerschränken nach dem Erste-Hilfe-Kasten. Ich finde ihn und stelle ihn neben das Waschbecken. Xander dreht den Wasserhahn und trocknet seine Hand ab.

Ich drehe den Deckel des Desinfektionsmittels auf, nehme mir dann wieder seine Hand und betupfe seine offene Wunde. »Tut das weh?«

»Geht schon.«

Sein Atem streift meine Wange, als er antwortet, und mir wird bewusst, wie dicht wir beieinanderstehen. Ich verbinde seine Hand mit Mull und schaue auf. »Hier, so gut wie neu.«

Seine Gesichtsfarbe hat einen ungesunden Grauton angenommen. »Danke«, murmelt er und rennt an mir vorbei zur Tür hinaus.

Ich bedanke mich bei Mr Lockwood und gehe hinterher. Als ich rauskomme, stützt sich Xander mit einer Hand an der Mauer ab und spuckt in die Büsche. Von der Blase bis zum Kotzen – mein Berufsinformationstag ist eine absolute Katastrophe.

»Es tut mir leid.« Ich trete an seine Seite und streichele seine Schulter. Meine Mom macht das immer, wenn ich mich übergeben muss. Es hilft nicht besonders, aber es tut gut zu wissen, dass sie da ist.

»Mir geht's gut. Was verdient man in Sachen Demütigung wohl so? Nur, weil ich mich offenbar so super dafür eigne.«

»Du hast noch nie eine Leiche gesehen, hm?«

»Nein ...« Er wischt sich den Mund am Ärmel seines Sweatshirts ab und richtet sich auf.

»Notiz für die Zukunft: Xander hat einen empfindlichen Magen. Halt dich von Berufen fern, die mit irgendetwas Ekeligem zu tun haben.«

Beim Auto angekommen, reißt er das Sweatshirt runter, wobei das Hemd darunter ein bisschen hochrutscht, und streift seine Schuhe ab. Er wirft die Sachen in den Kofferraum und wechselt in seine schicken Klamotten. Ich streife mir mein Sweatshirt ebenfalls über den Kopf und bemühe mich, mit meinen Blick nicht zu lange auf dem noch unbedeckten Hautstreifen über seiner Jeans hängen zu bleiben.

»Willst du, dass ich fahre?«, frage ich, als ich seine immer noch viel zu blasse Gesichtsfarbe bemerke.

Er zögert einen Moment.

»Traust du mir nicht zu, dein Baby heil nach Hause zu fahren?«

»Das ist es nicht ... okay, ja das ist es.«

»Unverschämtheit.«

Er steigt ins Auto.

Ich setze mich auf den Beifahrersitz. »Soll ich wirklich nicht fahren? Den Typen vom Parkservice beim Hotel hast du's erlaubt.«

»Das war ein Parkplatz und was ganz anderes. Wenn du es zu Schrott fahren würdest, könnten wir nicht mehr befreundet sein. Und was würde dann aus dir werden?«

»Hast du nicht drei davon?«

»Eigentlich vier, aber wer zählt die schon?«

Ich hab den Verdacht, dass er mich auf den Arm nimmt, aber andererseits ...

Er lässt den Motor an und biegt auf die Straße. Ich schaue auf die Uhr auf Xanders Armaturenbrett. Fünf. Kaum zu glauben, dass vier Stunden vergangen sind.

Xander fährt auf die rechte Spur und biegt ab.

»Wo willst du hin?«

»Ich dachte, wir gehen was essen. Hier in der Nähe gibt es ein französisches Restaurant, das ich gern mag.«

Offenbar geht es ihm wieder besser. »Ich kann nicht. Meine Mom hat den halben Tag ganz alleine im Geschäft festgesessen. Ich muss zurück und ihr beim Aufräumen helfen.«

»Auf eine weitere Stunde kommt's jetzt auch nicht mehr an.«

»Ich muss zurück.«

Er fährt immer noch in falscher Richtung weiter. »Na komm schon.« Er schenkt mir ein Lächeln. Ich schwör's, mit diesem Lächeln könnte man Kriege beenden.

»Okay. Aber dann nach Hause.«

»Geht klar.«

Erst als wir aus dem Auto gestiegen sind und auf das französische Schickimicki-Restaurant zusteuern, fällt mir wieder die Dreckschicht ein, die auf meiner Haut klebt. Noch immer spüre ich die Erde, die Xander mir in die Haare geschmiert hat, auf meiner Kopfhaut. Unsicher versuche ich, sie mit meinen Fingern auszukämmen, als wir hineingehen. Die wartenden Gäste im Foyer sind alle fein angezogen. Ich bin mir sicher, dass die aufgebretzelte Restaurantmanagerin uns gleich wieder wegschicken wird. Immerhin klebt Xander quer über der Stirn ein Streifen Dreck.

Aber sie lächelt Xander mit einem strahlend weißen Lächeln entgegen. »Mr Spence. Die anderen an ihrem Tisch sind bereits hier.«

»Wirklich?« Er sieht sie verwundert an. »Dann zeigen Sie uns doch bitte den Weg.«

»Hattest du schon andere Pläne?«, frage ich ihn, als wir der Restaurantmanagerin nach hinten folgen.

»Anscheinend haben sie Pläne ohne mich gemacht.«

Ich habe keine Ahnung, was das bedeuten soll, aber als wir in einem Separée ankommen, empfängt uns das Gelächter einer großen Gruppe von durchgestylten Menschen. Einer der Typen steht auf und wendet sich an die Managerin: »Sehen Sie? Haben wir Ihnen nicht gesagt, dass wir mit Xander Spence essen?«

»Ich hätte euch glauben sollen«, sagt sie und fügt dann an Xander gewandt hinzu: »Ich kümmere mich darum, dass ein Kellner vorbeikommt, um Ihre Bestellungen aufzunehmen.«

»Danke.« Xander sucht sich einen freien Platz.

»Du siehst aus, als hättest du Sozialstunden geleistet«, kommentiert jemand und zeigt dabei auf Xanders Flanellhemd und sein schmutziges Gesicht.

Xanders Selbstvertrauen tut das keinen Abbruch. Seine Haltung ist immer noch so kerzengerade wie eh und je, seine Ausstrahlung erfüllt den ganzen Raum. Zwinkernd sagt er: »Also, welcher von euch Idioten hat meinen Namen benutzt, damit ihr nicht auf einen Tisch warten musstet?«

Der Typ, der bereits steht – mit einer Brille, von der ich mir ziemlich sicher bin, dass er sie nicht zum Nulltarif bekommen hat, und einer Bräune, für die er wahrscheinlich wöchentlich bezahlt –, verneigt sich. »Das war ich.«

»Hätte ich mir ja denken können.«

»Geht auch auf deine Rechnung«, fügt der Typ hinzu.

Xander blickt sich um und sieht mich dann immer noch im Türrahmen stehen. »Alle mal herhören, das ist eine Freundin von mir, Caymen. Caymen, das hier sind Leute, die du wahrscheinlich gar nicht erst kennenlernen willst, aber die ich manchmal für meine Freunde halte.«

Mehrere Buh-Rufe werden laut und Lacher folgen.

Ich bin mir nicht sicher, ob ich wirklich bereit dazu bin, mich zwischen diese Leute zu setzen. Ich fange ja gerade erst an, mich an Xander zu gewöhnen. Als er also den Stuhl, hinter dem er steht, hervorzieht und mir mit einer Geste zu verstehen gibt, dass ich mich setzen soll, wäre ich am liebsten schreiend aus dem Restaurant gerannt.

Mein Magen verkrampft sich zu einem festen Knoten. Es ist nicht besonders hilfreich, dass eines der Mädchen mich feindselig anstarrt. Die Tatsache, dass ich mit Erde besudelt und unpassend angezogen bin, scheint an Xander völlig vorbeizugehen.

»Caymen. Komm. Setz dich.«

Ich presse die Lippen zusammen, denn die Frage »Trage ich ein Halsband?« hat mir bereits auf der Zunge gelegen. Ich bin stolz auf mich, dass ich sie rechtzeitig hinunterschlucke. Ich zeige in die Richtung, aus der wir gerade gekommen sind, und murmele »Toiletten«, ehe ich mich aus dem Staub mache. Ich bin schon fast außer Hörweite, als eine Stimme fragt: »Sammelst du jetzt Straßenköter, Xander?« Noch mehr Lachsalven folgen.

Mein Kiefer verkrampft sich noch mehr. Warum bin ich so

wütend? Das hier bestätigt doch nur, was ich über die Reichen weiß. Xander mag ja eine kleine Ausnahme sein, aber die Typen da drinnen sind die Regel. Ich ändere die Richtung und gehe stattdessen nach vorne zur Restaurantmanagerin.

»Dürfte ich mal das Telefon benutzen?«, frage ich, als sie sich mir zuwendet.

»Aber natürlich.«

Ich rufe Skye an und sie verspricht, mich abzuholen. Dann gehe ich zurück ins Restaurant. Beim Näherkommen richte ich meinen Blick auf Xander, bevor er mich sieht. Er hört jemandem zu, der auf der anderen Seite des Tisches sitzt. Ein kleines Lächeln spielt um seine Lippen, aber es ist weit davon entfernt, Weltfrieden zu bringen. Es wirkt fast wie einstudiert.

Ich ermahne mich, mich zusammenzunehmen, als ich das Separée erreiche. Da niemand von mir Notiz nimmt, tue ich es auch nicht. Ich beuge mich zu Xander. »Ich muss gehen. Mir geht's nicht besonders.« Ich fühle mich etwas mies, weil ich ihn anlüge, aber dann fällt mir wieder die »Straßenköter«-Bemerkung ein, die sein Freund gemacht hat, und mein schlechtes Gewissen verschwindet.

Er macht Anstalten aufzustehen. »Ich bring dich nach Hause.«

»Nicht nötig, ich hab Skye angerufen. Wir sehen uns.«

»Caymen ...«

»Nein, im Ernst. Bleib hier. Amüsier dich.« Ich drücke ihn nach unten und zwinge ihn, sich wieder hinzusetzen. Dann verlasse ich den Raum.

18.

Ich schließe meine Hand um den Griff der Ladentür und will sie aufziehen, aber ich stoße auf Widerstand.

»Abgeschlossen?«, fragt Skye.

Erst jetzt fällt mir auf, dass die Fenster dunkel sind. Ich drücke meine Nase gegen die Fensterscheibe. Meine Mom ist nicht da. Ich fische den Schlüssel aus meiner Hosentasche und schließe die Tür auf.

»Mom!«

Keine Antwort.

»Macht ihr samstags normalerweise nicht erst um sieben zu?«, fragt Skye.

»Vielleicht war nichts los.«

Skye sieht verwirrt aus und das zu Recht. Wir haben noch nie früher geschlossen. Sie verkneift sich jedoch einen Kommentar, geht um eine Wiege herum und lehnt sich an den Tresen.

»Ich bin gleich wieder zurück.« Nachdem ich vergeblich im Party- und im Lagerraum nachgesehen habe, gehe ich zur Kasse und öffne sie. Leer. Meine Mom muss die Kassette rausgenommen haben. Aber warum würde sie früher schließen, nur, um das Geld aus der Kasse zu nehmen? *So* spät ist es doch noch gar nicht.

Ich renne nach oben in die Wohnung.

»Mom!«

Schweigen. Das rote Blinklicht des Anrufbeantworters, den wir haben, seit ich klein bin, zeigt keinen verpassten Anruf an. Aber direkt daneben liegt eine Nachricht.

Caymen, ich habe einen Arzttermin um 17 Uhr 30. Da du

noch nicht wieder hier warst, habe ich entschieden, den Laden zu schließen und das Geld auf dem Weg zum Arzt zur Bank zu bringen. Du brauchst aber nicht wieder aufzuschließen. Es ist sowieso nicht viel los gewesen. Ich hoffe, du hattest einen schönen Tag. Mom

Ich lese die Nachricht noch einmal. An einem Blatt Papier kann man schwer ablesen, ob jemand sauer gewesen ist, als er es beschrieben hat. Ich drehe den Zettel um und fahre mit der Hand über die Rückseite, um herauszufinden, wie tief die Wörter ins Papier gedrückt sind. Dann halte ich den Zettel gegen das Licht, um zu prüfen, ob die Handschrift gehetzt oder wütend aussieht. Alles deutet darauf hin, als wäre die Nachricht von einem relativ ausgeglichenen Menschen geschrieben worden. Ich seufze, lege den Zettel wieder auf die Küchentheke und sehe mich anschließend ein bisschen verloren um.

Ich gehe wieder nach unten. Skye telefoniert gerade, also greife ich nach dem Glasreiniger unter dem Tresen und fange an zu putzen.

Nachdem Skye aufgelegt hat, sagt sie: »Henry kommt vorbei.«

Die Glocke an der Tür bimmelt.

»Genau jetzt.«

Ich lache. »Das war schnell.«

Henry winkt uns zu und schaut dann nach oben. »Warum ist es so dunkel hier drin?«

Ich zeige auf die Deckenbeleuchtung. »Das Licht ist aus.«

Skye lacht. »Ich glaube, er wollte fragen, *warum* das Licht aus ist.«

Ich bin mit den Gedanken woanders. »Ach ja, richtig. Wir haben heute früher geschlossen. Und, was habt ihr beiden jetzt vor?« Ich schaue zwischen Skye und Henry hin und her. Ganz offensichtlich hatten sie schon Pläne, bevor ich Skye einen Strich durch die Rechnung gemacht habe, weil sie mich abholen musste.

»Henry ist hergekommen, damit wir zusammen was unternehmen können.«

»Oh. Cool.«

Henry steckt den Finger in die Backe, zieht ihn heraus und macht dabei ein schnalzendes Geräusch. »Äh ... du hast heute Abend übrigens auch Tic eingeladen. Er wird gleich hier sein.«

»Was?«

Wieder schnalzt er. »Wir haben Tic gesagt, dass du ihn eingeladen hättest, um ein bisschen zu chillen.«

»Wow, wie nett von mir. Aber warum sollte ich das tun?«

Skye lächelt. »Weil du hin und weg warst, nachdem er dich geküsst hast.«

»Ist das der Grund, warum ich seit zwei Wochen nicht mehr mit ihm gesprochen habe? Weil ich so hin und weg war?«

Sie zuckt mit den Schultern.

»Sag mir, dass ihr ihm das nicht gesagt habt.«

»Beruhige dich. Komm, wir gehen nach hinten. Dann hast du auch nicht das Gefühl, dass wir hier herumstehen und auf ihn warten.« Sie zieht mich in den Lagerraum.

»Ihr habt es ihm also gesagt?« Ich lasse mich auf das Sofa im Lagerraum fallen und denke über Schadensbegrenzung nach, während Henry und Skye sich über irgendein Konzert unterhalten, das die Band in ein paar Wochen geben wird. Noch bevor mir ein brauchbarer Plan eingefallen ist, meldet sich die Ladenglocke und mein Herz setzt aus.

»Wir sind hier hinten«, ruft Skye.

Was sollte ich bloß sagen? Tic, hey. Wir haben uns geküsst? Was? Daran kann ich mich gar nicht erinnern.

Ich blicke auf, als ich Schritte höre. »Xander!« Ja, ich brülle seinen Namen, bin aber ansonsten schockgefroren. Er hat geduscht und ist wieder ganz der Alte. Wenn ich ihn so anschaue, wird mir die Schmutzschicht auf meiner Haut erst richtig bewusst. Ich reibe an meinen Arm herum. Warum habe ich nicht geduscht?

Xander nickt Skye und Henry zu und sagt dann: »Caymen, du hast das hier in meinem Auto vergessen.« Er hält mein Sweatshirt hoch. »Und ich hab dir was zu essen mitgebracht, weil du so schnell weg warst.«

Das scheint sein Motto zu sein: mit Fressalien aufkreuzen. Heiße Schokolade, Muffins und jetzt französische Küche.

Er stellt die Tüte auf den Couchtisch und packt mehrere Styroporschachteln aus. »Äh, ich hab bloß zwei Gabeln mitgebracht.«

Skye krabbelt auf den Knien heran. »Wer braucht schon Gabeln?« Sie schnappt sich ein großes Stück Brot mit Käse und stopft es sich in den Mund. »Hey. Ich bin Skye. Ich hab dich vor ein paar Wochen im Club gesehen.«

Xander nickt und mustert Skye staunend von ihren kaugummirosa Haaren bis zu ihren Armeestiefeln ohne Schnürsenkel.

»Xander, das ist meine beste Freundin Skye und ihr Freund Henry.«

»Ihr Freund«, sagt Xander.

»Na klar.« Ich erinnere mich, wie Henry mir im Laden vorgesungen hatte und Xander reingekommen war. Er hatte wohl gedacht, dass Henry mein Freund sei. Ups.

Er schüttelt den Kopf. »Schön, euch kennenzulernen, Skye und Henry.«

»Gleichfalls«, sagt Skye und greift noch mal zu. »Mmm, das ist köstlich.«

Xander setzt sich neben mich aufs Sofa und reicht mir eine Plastikgabel. »Geht's dir wieder besser?«

»Besser?« Ich brauche eine Sekunde, bis mir meine Ausrede von vorhin wieder einfällt. »Oh. Ja. Schon viel besser.«

Er zieht eine Augenbraue hoch, als hätte er mich durchschaut. »Also gut, Henry«, sagt Xander. »Eure Band. Ziemlich beeindruckend. Habt ihr schon mal was aufgenommen?«

»Nein. Wir arbeiten uns nach oben. Wir müssen erst das Geld für die Studiomiete ranschaffen.«

»Ich hab Zugang zu einem Studio, das ihr gerne jederzeit umsonst benutzen dürft.«

»Willst du mich veräppeln?«

»Ich .. äh ... veräppel niemanden. Ruf mich irgendwann an und wir machen was aus.«

Henry zieht sein Handy aus der Tasche, ganz heiß darauf, sich die Telefonnummer zu sichern, bevor das Angebot wieder zurückgezogen wird. Xander gibt ihm die Nummer.

»Wo seid ihr?«, höre ich Mason gleichzeitig mit dem Läuten der Ladenglocke rufen.

19.

Ich werfe Skye einen vorwurfsvollen Blick zu und sie beißt sich auf die Lippe.

»Hier hinten, Tic«, brüllt Henry.

Ich stehe auf und frage mich, ob ich ihn abfangen soll, bevor er nach hinten kommt, aber es ist bereits zu spät. Mason kommt in all seiner glanzvollen Frisur-und-Lippen-Glorie in den Lagerraum hereinspaziert. Er strahlt mich an. »Ich dachte, du wolltest letzte Woche kommen. Stattdessen bist du einfach verschwunden.« Er durchquert mit drei Schritten den Raum und erdrückt mich fast mit seiner Umarmung. Er riecht nach Zigaretten und Minzpastillen. »Ich hätte nicht gedacht, dass du zu den Mädchen gehörst, die einen erst küssen und dann abhauen.« Er sagt das in mein Ohr, aber mir ist klar, dass es jeder gehört hat. Dann küsst er mich auf die Wange.

Sein Timing hätte nicht schlechter sein können. Verlegen klopfe ich ihm auf die Schulter und befreie mich dann aus seiner Umarmung. Stille breitet sich im Zimmer aus. Ich werfe Xander vorsichtig einen Blick zu, um zu sehen, wie er das alles aufnimmt. Er hat sein Standardgesicht aufgesetzt. Kein Lächeln.

»Mann«, sagt Henry. »Xander meinte gerade, dass wir sein Studio benutzen können, um ein paar Songs aufzunehmen.«

Mason sieht ratlos aus. Ich trete einen Schritt zur Seite und sage: »Mason, das ist Xander. Xander, Mason.«

Xander streckt seine Hand aus.

Mason schlägt von der Seite ein. »Hey, Mann.« Dann

schaut er Xander nachdenklich an, bevor er hinzufügt: »Ich hab dich irgendwo schon mal gesehen.«

»Er war bei einem unserer Konzerte«, sagt Henry.

»Nein, das ist es nicht. Bist du irgendein Musikproduzent oder so was in der Art?«

Xander lacht kurz auf. »Nein, ich bin Caymens *Freund.«* Hat er das Wort »Freund« betont oder habe ich mir das eingebildet?

Mason schaut mich mit gerunzelter Stirn an, als müsste er seine Gedanken ordnen. Er blinzelt heftig und sagt dann: »Nein, keine Ahnung. Danke, dass du uns ins Studio lässt.«

»Kein Problem.«

Mason legt sich neben Skye auf den Fußboden und stützt sich auf dem Ellenbogen auf. Mit ihm auf dem Boden und Xander, der steif auf dem Sofa sitzt, komme ich mir vor, als würde mir hier das Wort »Gegensatz« bildreich veranschaulicht. Verschiedener als Xander und Mason kann man nicht sein. Und das Verrückte daran ist, mir wird plötzlich klar, dass Mason wahrscheinlich ganz gut zu mir passen würde. Mit Sicherheit besser als der reiche Typ, bei dem ich mir ständig den Kopf zerbrechen muss, warum er sich eigentlich mit mir abgibt. Ist es nicht traurig, dass ich nicht mal weiß, auf welche Art Jungs ich stehe? Sollte ich das nicht wissen? Langsam lasse ich mich wieder auf das Sofa sinken.

Ich weiß nicht, was ich sagen soll, um das unbehagliche Schweigen zu brechen. Denkt Xander, dass ich ihn sitzengelassen habe, um mich mit einem anderen zu treffen? Am liebsten würde ich sagen, dass ich keine Ahnung hatte, dass Mason hier auftauchen würde, aber dann würde der sich wahrscheinlich wie ein Idiot fühlen. Stattdessen entscheide ich mich dafür, gar nichts zu sagen, und nehme eine Gabel voll Hühnchen, um nicht sprechen zu müssen.

»Oh«, sagt Skye. »Schaut euch mal mein Schnäppchen der

Woche an.« Sie streckt ihre Faust aus und die Kette des Armbands an ihrem Handgelenk schwingt bei der Bewegung hin und her. »Zehn Dollar.«

Alle beugen sich vor.

Mason streicht mit seinem Zeigefinger über einen blauen Schmuckstein. »Dafür hast du zehn Dollar aus dem Fenster geworfen? Scheint nicht essbar zu sein. Mit dem Geld hätten wir unseren Kühlschrank füllen können. Stimmt doch, Henry, oder?«

»Dazu sag ich nur: Amen, Brother«, meint Henry. »Ich glaube, wir haben im Moment nur Senf im Kühlschrank.«

»Nee. Den habe ich gestern aufgegessen«, sagt Mason und wir lachen.

»Du hast ein Glas Senf gegessen?«, fragt Xander. »Und nichts dazu?«

»Ich hatte Hunger.« Wir lachen alle wieder.

»Ich hab mal eine Schüssel Mayo gegessen, als ich Hunger hatte«, sagt Henry.

»Einmal ist mein Dad drei Wochen lang nicht einkaufen gegangen«, sagt Skye, »und ich hab ein paar verschrumpelte Möhren ganz unten aus dem Gemüsefach essen müssen.«

Mason stupst meinen Fuß an. »Du hast da Dreck auf deiner Stirn.«

Xander lacht und ich wische mir über die Stirn. »Ja, wir sind heute zum Graben auf dem Friedhof gewesen.«

Skye stößt einen kleinen Schrei aus. »Oh, ich hab total vergessen, dass das heute war. Wie war's denn?«

Xander ballt seine verbundene Hand zu einer Faust und öffnet sie wieder. »Ganz interessant.«

Skye lächelt und wirft mir einen vielsagenden Blick zu.

Mason scheint ein bisschen verwirrt zu sein, aber dann fragt er mich: »Wie geht's deiner Mom?«

»Ihr geht's gut.«

Im Zimmer herrscht für ein paar Sekunden Stille, bis Xanders Handy klingelt. Ich zucke zusammen. Er entfernt sich ein paar Schritte und nimmt den Anruf mit seiner eiskalten Stimme entgegen, die er für seinen Vater reserviert zu haben scheint.

»Woher kennst du den Typen?«, fragt Mason.

»Er ist der Enkel einer Kundin.«

»Einer reichen Kundin«, fügt Skye hinzu.

Mason richtet sich auf und hockt sich auf seine Knie. »Was für Zeug futtert ihr hier eigentlich?«

»Schmeckt gut«, sagt Skye. »Schickimicki-Essen. Probier mal.«

Xander kommt wieder zurück. »Caymen, ich muss los.«

»Okay.«

»War nett, euch alle kennenzulernen.« Erst, als er schon fast an der Tür ist und mich ansieht, wird mir klar, wie unhöflich ich bin. Ich springe auf, um ihn rauszubringen. Auf der Straße stelle ich mich vor sein Auto.

»Du hast interessante Freunde«, sagt er. Das aufgesetzte Lächeln von vorhin im Restaurant erscheint wieder in seinem Gesicht. Ich mag es nicht.

»Ja, sie sind toll.« Ich zeige auf seine Hosentasche. »Wer war das?«

»Mein Dad. Notfall im Hotel.«

»Was versteht man denn unter einem Hotel-Notfall?«

»Diesmal hat irgendein Idiot beim Bügeln ein Loch in das Hemd eines Gastes gebrannt. Mein Auftrag ist es, ein Ersatzhemd aufzutreiben, wenn ich Glück hab, hier in der Stadt.« Er spricht mit seiner Geschäftsstimme: knapp und sachlich, als würde er mit einer Kollegin sprechen und nicht mit mir.

»›Wenn ich Glück hab, hier in der Stadt?‹«

»Na ja, hängt von der Marke ab. Kann sein, dass ich es in unserer florierenden Metropole nirgends auftreiben kann.

Wenn nicht, muss ich nach San Francisco oder sonst wohin. Ich werde erst mal herumtelefonieren.«

»Und warum seid ihr für irgendeinen Idioten verantwortlich, der sich ein Loch in sein Hemd brennen lässt?«

Seine Hand steckt in der Hosentasche, er spielt mit seinem Schlüssel. Ist das ein Hinweis, dass er loswill? »Weil der Idiot, der das Loch ins Hemd gebrannt hat, einer unserer Angestellten ist. Äh, war. Ich bin ziemlich sicher, dass er gekündigt wurde.«

»Gekündigt?«

Xander braucht einen Moment, bis bei ihm ankommt, warum mich das aus der Fassung bringen könnte. »Er hat das Unternehmen eben einen wichtigen Gast gekostet.«

Der Wind hat mir eine Haarsträhne ins Gesicht geweht, und als Xander seine Hand ausstreckt, um sie nach hinten zu streichen, trete ich ein paar Schritte zurück und nehme sie selbst aus dem Gesicht. »Viel Spaß bei deinem Notfall.«

Er schaut auf die Lücke, die ich zwischen uns gelassen habe, schüttelt dann den Kopf und sagt kalt: »Er hat deine Mom kennengelernt?«

»Was? Wer?«

»Der Lippenring-Typ.«

»Mason. Ja, hat er.« Bloß einmal, im Vorübergehen, aber im Moment ist es mir total egal, wenn Xander denkt, dass es mehr war. Ich bin wütend. Ich hatte gedacht, Xander wäre anders, aber der heutige Abend hat mir das Gegenteil bewiesen. Ich wollte nur, dass er anders ist.

»Deine Mom findet *ihn* okay und du machst dir Sorgen, dass sie mich nicht okay findet?«

»Masons Freunde haben mich noch nie ›Straßenköter‹ genannt. Also, ist das so schwer zu glauben?«

»Was?«

»Ich hab mitbekommen, was dein Freund gesagt hat.«

Er lacht auf, kurz und bitter. »Ach, du meinst Robert? Deswegen bist du gegangen? Du hättest noch ein bisschen länger lauschen sollen, weil er damit nämlich mein Hemd gemeint hat. Er nennt Flanell ›Hundefänger-Stoff‹.«

Meine Brust zieht sich zusammen und ich bin kurz davor, mich zu entschuldigen, aber das ist noch nicht alles, was mich heute Abend gestört hat. »Tja, wie gut, dass du's nie wieder tragen musst.«

Er zieht seinen Schlüssel aus der Tasche. »Tschau, Caymen.«

»Tschau.« Ich blicke mich nicht noch mal um, auch wenn ich das schrecklich gerne tun würde. Ich wünschte, er würde mich aufhalten. Und für diesen Wunsch könnte ich mich ohrfeigen.

Er tut es nicht.

Hinten im Lagerraum packt Henry gerade seine Gitarre ein und Skye wickelt einen Schal um ihren Hals.

Ich möchte nicht allein gelassen werden. Ich hab Bauchschmerzen. »Wo wollt ihr alle hin?«

»Henry sagt die Speisekarte nicht zu.« Skye zeigt auf das Essen auf dem Tisch. »Wir decken uns mit was Richtigem beim Minimarkt ein.«

»Mit was Richtigem wie Nachos und Corn Dogs, die schon den ganzen Tag im Laden rumliegen?«

»Ganz genau.«

Exakt drei Sekunden lang lasse ich Mountain Dew in meinen Becher strömen und gehe dann weiter zur Powerade.

»Was macht sie da?«, höre ich Mason fragen.

Skye lacht. »Das ist ihr Spezialmix. Sie hat den ganzen letzten Sommer mit diesem Experiment verbracht. Jetzt hat sie das perfekte Mixgetränk gefunden.«

»Das muss ich unbedingt probieren«, sagt Mason, der den

Tankstellenpächter im Schlepptau hat. Der Besitzer traut Teenagern nicht über den Weg. Ständig läuft er uns hinterher und zählt uns die »aktuellen Sonderangebote« auf, in dem schlecht kaschierten Versuch, es so aussehen zu lassen, als ob er uns nicht auf die Finger schauen würde. Im Moment weist er auf das Trockenfleisch im Sonderangebot hin und Mason verarscht ihn und fragt, ob der Sonderpreis auch gilt, wenn er verschiedene Sorten nimmt. Die Einzige, die das todkomisch findet, bin ich. Skye drückt sich Senf auf einen riesigen Hotdog.

Mein Getränk ist fertig und ich probiere einen Schluck. Perfekt. Skye kann sich gerne über mich lustig machen, denn dieses Experiment war absolut die Mühe wert. »Wie viel würdest du für ein Hemd ausgeben?«, frage ich unvermittelt und muss an die Hunderte von Dollar denken, die Xander bereit war, für das Ersatzhemd seines »wichtigen Gasts« zu bezahlen.

»Ich hab das hier für fünfzig Cent bei der Heilsarmee erstanden«, verkündet Mason stolz und zeigt mit einem Stück Trockenfleisch auf das Bandlogo seines T-Shirts. Der Besitzer verfolgt die Bewegung mit Adleraugen, als hätte Mason vor, das Fleisch in seinem Ärmel verschwinden zu lassen.

»Das ist super, selbst für einen Secondhandladen«, sagt Skye und ist sichtlich beeindruckt.

»Fünf Dollar für diese Jeans«, sagt Henry. »Ich hätte allerdings auch sechs dafür berappt.« Er zieht sein T-Shirt hoch, um uns seinen Hintern zu präsentieren.

Ich lache. Das hier sind die Leute, unter denen ich mich wohlfühle, und dazu gehört sogar der übertrieben misstrauische Besitzer der Tankstelle.

Mason zeigt auf etwas, blinzelt gleichzeitig und sagt so laut »Ach nee!«, dass ich zusammenzucke.

»Was ist?«, frage ich.

»Jetzt weiß ich, woher ich ihn kenne.«

Ich drehe mich langsam um und folge seinem Zeigefinger, der auf das *Starz*-Magazin im Regal mit den Zeitschriften hinter mir deutet. In einer Ecke auf der Titelseite ist ein Foto von Xander abgebildet.

20.

Ich hätte mir die Illustrierte vielleicht lieber nicht kaufen sollen. Ich bin auch so schon genug von Xander genervt. Aber ich hab's getan und jetzt sitze ich alleine auf der Couch in unserem Wohnzimmer, warte darauf, dass meine Mom nach Hause kommt, und lese den hirnrissigen Artikel noch einmal. Es steht nichts weiter drin, als dass der »Hotelprinz« letzte Woche in New York gesichtet wurde, um die Neueröffnung eines der Hotels der Familie abzuwickeln.

Kein Wunder, dass es ihn aus dem Konzept gebracht hat, dass ich anfangs keine Ahnung hatte, was für ein Unternehmen seine Familie führt. Wahrscheinlich hat er gedacht, dass ich nur so tue, als hätte ich keine Ahnung, wer er ist. Aber wir haben nun mal kein Kabelfernsehen. Ich mag vielleicht nicht genau gewusst haben, wer er ist, aber trotzdem habe ich gleich gesehen, dass er kein Normalsterblicher war. Ein Artikel, der mir das unter die Nase reibt, ändert nichts daran. Ich zerknülle die dünne Zeitschrift und bewerfe damit den flimmernden Fernseher. Zwei Sekunden später kommt meine Mutter durch die Wohnungstür.

»Hi«, sagt sie, als sie mich auf dem Sofa sieht.

»Dieser Arzttermin hat ja Ewigkeiten gedauert.« Es würde zu sehr auffallen, wenn ich die Zeitschrift jetzt aufhebe. Ich lasse sie also liegen und hoffe, dass sie sie nicht bemerkt.

»Tut mir leid. Ich hab danach noch ein bisschen was erledigt.«

Ich zeige über meine Schulter nach hinten. »Ich hab dir ein Sandwich gemacht. Es ist im Kühlschrank.«

Das Licht wird heller, als meine Serie von einer Werbepause unterbrochen wird, und mir fällt auf, dass die Augen meiner Mom rot sind. Ich setze mich auf und drehe mich zu ihr: »Alles klar bei dir?«

»Natürlich. Bin bloß müde.« Sie verschwindet in der Küche, die von meinem Sitzplatz auf dem Sofa durch eine Wand getrennt ist.

»Wirklich?«

»Ja. Mir geht's bestens.«

Ich schnappe mir die Illustrierte und stopfe sie in meine Hosentasche.

Nachdem sie eine Weile in der Küche herumgeklappert hat, ruft sie rüber: »War's schön?«

Ich gehe die viereinhalb Schritte zum Fernseher, schalte ihn aus und warte dann, dass sie sich zu mir aufs Sofa setzt. »Ja. Wir sind bei Skye gewesen und haben ein Grab geschaufelt. War ziemlich schräg.«

»Das klingt ja großartig. Ich wünschte, du hättest deinen Freund mitgebracht. Ich hätte ihn gerne kennengelernt.«

Nein, das hättest du nicht. Du hättest es schrecklich gefunden, ihn kennenzulernen. »Er hat eine Puppenphobie. Ein Kindheitstrauma.«

»Tatsächlich?«

»Nicht wirklich, Mom.«

»Ein echter Schenkelklopfer, Caymen.«

»Dein Sarkasmus wird immer besser.«

Sie lacht. »Und, ist dieser Schulfreund dein Freund?«

»Wir sind bloß befreundet.« Aber sind wir das überhaupt noch?

»Tja, wenn das alles ist, worauf du aus bist, dann pass lieber auf. Du kennst den Unterschied zwischen einem ›Schulfreund‹ und einem ›Freund‹, oder?«

Ich verdrehe meine Augen und lächele. »Jaja.«

»Ein bisschen Abstand genügt«, sagt sie. »Brich mir ja keine Herzen.«

»Du hörst dich wie Sokrates an, Mom.«

»Ja, nicht wahr?« Ich höre eine Küchenschranktür auf- und zuklappen und denke, dass sie gleich zu mir aufs Sofa kommt, aber sie sagt: »Danke für das Sandwich, Süße. Ich werde es morgen essen. Ich hab schon was gegessen, als ich unterwegs war.«

»Okay.«

»Es tut mir leid, hereinzuschneien und dann todmüde zusammenzubrechen, aber ich geh ins Bett.«

»Um acht Uhr?«

»War ein langer Tag, erst von morgens bis nachmittags im Laden und dann noch quer durch die Stadt.«

Ich springe auf und folge ihr durch den Flur. »Warte mal kurz.«

Sie dreht sich um und schaut mich an. Das Licht im Flur ist aus und wir stehen im Dunklen. »Ja?«

»Bitte sprich mit mir. Irgendetwas stimmt nicht.« Meine Mom und ich haben uns sonst immer alles erzählt. Die Kluft, die ich zwischen uns spüre, ist meine Schuld, das ist mir klar. All die Geheimnisse, die wir voreinander haben, stehen zwischen uns, aber sie muss mit mir sprechen.

Sie schaut auf ihre Hände und ihre Schultern heben und senken sich. Sie weicht meinem Blick aus, als sie sagt: »Es ist nichts. Ehrlich.«

»Bitte, Mom. *Nichts* sieht anders aus.«

»Ich hab heute versucht, ein Darlehen bei der Bank aufzunehmen. Es wurde abgelehnt.«

Ich brauche ihr die Frage eigentlich nicht zu stellen, tue es aber trotzdem: »Wozu ein Darlehen?«

Endlich schaut sie auf. Ihre Augen sind rot und verheult. »Um ein paar Rechnungen bezahlen zu können, die noch ausstehen.« Sie nimmt meine Hand. »Aber ich möchte nicht, dass du dir deswegen Sorgen machst. Das schaffen wir schon. Wir hinken halt nur ein bisschen hinterher. Das ist nicht das erste Mal. Lass uns auf ein paar gute Monate hoffen. Wir müssen einfach nur ein bisschen vorsichtiger sein.«

»Vorsichtiger sein?« Wie sollten wir noch vorsichtiger sein? Wir geben doch schon so gut wie gar nichts aus.

»Mach dir keine Sorgen, okay? Es ist alles bestens.«

Ich nicke und sie umarmt mich. Sorgen mache ich mir trotzdem.

Ich schließe meine Zimmertür und spüre den Druck in meiner Brust. Die Zeitschrift gräbt sich in meinen Oberschenkel. Ich reiße sie aus meiner Hosentasche und streiche sie glatt. »Bist du den ganzen Stress überhaupt wert, Xander?«, sage ich zu seinem zerknitterten Gesicht.

Am Montagmorgen lasse ich mir beim Anziehen Zeit. Ich habe mir das ganze Wochenende lang den Kopf zerbrochen, was ich Xander sagen soll. Ich habe keine Lust mehr auf dieses bedrückende Gefühl in meiner Brust, das sich dort eingenistet zu haben scheint.

Als ich nach unten gehe, zieht meine Mom gerade den Reißverschluss der grünen Banktasche zu, in der wir das Geld zur Bank bringen, und steckt sie in ihre Handtasche.

»Ich dachte, du hättest das Geld schon am Samstag zur Bank gebracht.«

Sie zuckt zusammen. »Hast du mir einen Schreck eingejagt.« Sie lässt ihren Blick an mir hoch- und runterwandern. »Wow, toll siehst du heute aus. Ich hab dich schon seit Ewigkeiten nicht mehr in diesem Pullover gesehen. Er betont deine Augenfarbe. Ist das alles für diesen Jungen in der Schule?«

Wenn ich meine Mom nicht so sehr lieben würde, würde

ich sie jetzt erwürgen. »Nein, Mom, ich hab dir doch gesagt, dass wir bloß befreundet sind.« Und auf meine Schule geht er auch nicht. Und ... Moment, versucht sie gerade, das Thema zu wechseln? Beinahe hätte es funktioniert. »Und was ist jetzt mit dem Geld?«

»Ich hab's Samstag nicht zur Bank gebracht.«

Sie hat das Geld nicht eingezahlt? Meine Mom ist total pingelig, was die Einzahlungen betrifft. Und hat sie gestern Abend nicht gerade gesagt, dass wir im Rückstand sind?

Sie muss meinen Blick bemerkt haben, denn sie sagt: »Ist keine große Sache. Ich bringe es gleich rüber, sobald sie aufmachen.«

»Okay.« Ich schnappe mir meinen Rucksack, streiche meinen Pullover glatt und drehe mich zur Tür. Mein Herz fängt unerwartet ein bisschen an zu flattern – zum ersten Mal wieder, seit ich mich mit Xander gestritten habe. Ich lächele und trete hinaus in die Kälte.

Xander ist nicht da.

Der Weg zur Schule fühlt sich doppelt so lang an wie sonst. Vielleicht, weil ich ständig über meine Schulter schaue, oder vielleicht, weil ich langsamer gehe, um ihm noch ein bisschen Zeit zu geben. Er taucht nicht auf.

Nach der Schule, während meine Mom oben Bestellungen in den Computer eingibt, hole ich Xanders Fotoapparat, den ich im Schreibtisch im Lagerraum versteckt habe, und mache ein paar Fotos von den Puppen. Noch nie bin ich so motiviert gewesen, die Homepage fertig zu bekommen und ins Netz zu stellen. Wir brauchen dringend zusätzliche Kunden. Als ich durch den Sucher in die leblosen Augen Aislyns starre, fällt mir ein, wie meine Mom heute Morgen mit der Banktasche in der Hand vor der Kasse stand und versucht hat, meinen Fragen auszuweichen.

Ich lege den Gurt der Kamera um meinen Hals und schleiche mich in ihr Büro. Als Erstes suche ich nach dem Bilanzbuch. Die rote Zahl ist noch höher geworden, über dreitausend Dollar. Das überrascht mich nicht; so etwas in der Art hatte sie ja bereits angedeutet. Aber jetzt mache ich mir noch mehr Sorgen. Ich ziehe die Seitenschublade auf, in der sie die Banktasche aufbewahrt, und nehme sie heraus. Der Reißverschluss ist zugezogen; ich starre sie einen Moment an und fühle ihr Gewicht in meinen Händen. Ich traue mich nicht, sie zu öffnen, um zu sehen, ob das Geld immer noch drin ist. Ich habe keine Ahnung, was es zu bedeuten hätte, wenn das Geld immer noch in der Tasche wäre. Dass meine Mom weiterhin etwas vor mir geheim hält? Machen wir's kurz und schmerzlos. Ich ziehe den Reißverschluss auf und schaue hinein. Leer. Obwohl das Geld weg ist – ich gehe davon aus, sie hat es eingezahlt –, fühle ich mich unbehaglich.

Die Ladenglocke an der Tür geht. Ich stopfe die Tasche zurück in die Schublade und renne wieder nach vorne.

Ein großer Mann mit dunklen Haaren und dunklem Bart steht im Laden direkt an der Tür. Ich brauche eine Sekunde, um ihn einzuordnen, aber dann fällt mir wieder ein, dass er vor ein paar Wochen im Laden gewesen ist und mit meiner Mom gesprochen hat.

»Ist Susan da?«, fragt er und bleibt mit seinem Blick auf der Kamera hängen, die ich um den Hals trage.

»Nein, sie ist nicht da.« Vermutlich könnte ich ihm sagen, dass sie oben ist, aber das beklemmende Gefühl, das ich im Büro meiner Mom hatte, ist schlimmer geworden.

»Kannst du ihr bitte ausrichten, dass Matthew vorbeigekommen ist?«

»Gibt es irgendetwas, womit ich Ihnen helfen kann?«

In seinen Augen funkelt es und sein Mund verzieht sich

zu einem Lächeln. »Nein.« Und damit geht er rückwärts aus der Tür hinaus. Er läuft am Ladenfenster vorbei. Ich warte ein paar Sekunden, trete dann schnell aus dem Laden und halte mich dicht an der Hauswand, damit er mich nicht sehen kann. Er steigt in einen dunkelblauen SUV, den er ein paar Läden weiter am Straßenrand geparkt hat. Ich schieße schnell ein paar Fotos, zoome das Nummernschild heran und dann sein Gesicht. Mir bleibt beinahe das Herz stehen, als er in die Kameralinse hineinguckt. Der Türgriff bohrt sich in meinen Rücken, als ich mich hastig zurückziehe. Wahrscheinlich hat er mich nicht gesehen. Ich hatte ihn ziemlich stark herangezoomt.

Im Laden nehme ich den Telefonhörer ab und bin schon kurz davor, auf die interne Nummer zu drücken, halte aber inne. Ich möchte meiner Mom am Telefon nichts von Matthew sagen. Ich möchte ihr überhaupt nichts von Matthew sagen. Es ist nicht so, dass meine Mom nie mit jemandem ausgeht. Sie verabredet sich ... ab und zu. Aber das erzählt sie mir dann immer. Also muss ich davon ausgehen, dass Matthew, wer auch immer das sein mag, nicht jemand ist, mit dem sie Dates hat. Und wenn sie ihn nicht datet, wer ist er dann?

21.

Zwei Tage später sitze ich auf meinem Bett und starre auf Xanders Kameratasche. Ich habe die Fotos auf den Computer geladen und angefangen, an der Homepage zu arbeiten. Das alles, um mich davon abzulenken, dass ich Xander seit Samstagabend nicht mehr gesehen habe. Ich gehe im Kopf noch einmal den Abend durch. Wie er das Essen aus dem französischen Restaurant vorbeigebracht hat, wie Mason aufgekreuzt ist, wie ich zurückgewichen bin, als Xander versucht hat, meine Haare zu berühren, unseren Streit. Ich hatte ihm die ganze Zeit Hinweise gegeben, dass er mich in Ruhe lassen soll, aber anscheinend waren sie erst am Samstagabend bei ihm angekommen.

Ich stupse die Tasche mit meinem Zeh an und seufze. Zwei Tage lang habe ich hin und her überlegt, ob ich die Kamera als Vorwand benutzen soll, um ihn wiederzusehen. Die klassische »Ich wollte bloß die Kamera zurückbringen«-Masche. Es gibt dabei zwei Probleme. Erstens habe ich keine Ahnung, wo er wohnt. Zweitens habe ich seine Telefonnummer nicht. Es gibt auch zwei Lösungen für dieses Problem. Erstens könnte ich Mrs Dalton anrufen und um Xanders Nummer bitten. Zweitens könnte ich ins Road's End fahren und hoffen, ihn dort zufällig zu treffen.

Lösung Nummer zwei macht das Rennen. In Gedanken male ich mir aus, wie er wie durch Zauberhand auftaucht, sobald ich im Hotel erscheine. Ich könnte sagen, dass ich sowieso in der Gegend war, um nicht wie ein Stalker rüberzukommen.

Es funktioniert allerdings nie so, wie ich es mir ausmale.

Aber erst als ich im Schickimicki-Foyer des Hotels am Tresen stehe und mit der Empfangsdame spreche, fange ich an, mich mit dem Gedanken abzufinden, dass es so nicht ablaufen wird.

»Ich habe hier eine Kamera«, wiederhole ich.

»Und wie ich Ihnen bereits gesagt habe, werde ich dafür sorgen, dass er sie auch bekommt.«

»Können Sie mir nicht einfach sagen, wann er hier sein wird oder mir seine Adresse geben? Dann kann ich sie vorbeibringen.«

Der Blick, den sie mir zuwirft, versetzt mir einen Stich ins Herz. Der Blick sagt: *Hast du irgendeine Ahnung, wie viele Mädchen schon versucht haben, an Xanders Privatadresse zu kommen?* Ich weiche vor dem Blick einen Schritt zurück.

»Sie wollen sie also nicht hierlassen?«

Ich bemühe mich, ihr einen Blick zuzuwerfen, der ihr klarmacht, dass ich ihr nicht traue, und sage: »Es ist eine teure Kamera.« Mein Blick scheint ihr nicht so viel auszumachen wie ihrer mir. Und um ehrlich zu sein: Wenn ich sie wäre, würde ich mir Xanders Adresse auch nicht geben.

Ich drehe mich um und gehe den Weg zurück, den ich gekommen bin; Xanders Kamera immer noch in meiner Hand. Dann also Möglichkeit Nummer eins. Ich werde Mrs Dalton anrufen und mir Xanders Telefonnummer geben lassen. Schließlich muss ich ihm die Kamera ja zurückgeben. Es ist wichtig.

Der Riemen der Kamera sitzt stramm, denn ich habe ihn mehrmals um mein Handgelenk gewickelt, damit die Kamera nicht runterfällt. Meine Finger werden immer weißer, je länger die Blutzufuhr abgeschnürt ist. Kurz bevor ich die Tür erreiche, bleibe ich stehen. Warum tue ich mir das an? Warum klammere ich mich so fest daran? So fest an ihn? So schwer kann das doch nicht sein.

Wenn das Ganze richtig wäre, würde ich meine Mom deswegen nicht anlügen. Ich würde mich deswegen nicht schuldig fühlen. Wenn es richtig wäre, wäre es einfacher.

Ich gehe mit gesenktem Kopf zurück zum Empfangstresen und lege die Kamera darauf. »Können Sie ihm die bitte zukommen lassen?«

Sie nickt und sieht aus, als wollte sie noch irgendetwas sagen – Danke vielleicht? –, aber dann klingelt das Telefon. Sie hebt ab und hat mich bereits vergessen. Ich hole tief Luft und gehe. Ich kann ihn, genau wie die Kamera, hinter mir lassen. Hier an diesem Ort, wo er hingehört.

Als ich nach Hause fahre, sehe ich überall kostümierte Kinder in den Straßen. Wie konnte ich bloß vergessen, dass heute Halloween ist? In der Innenstadt ist allerdings nicht mehr los als sonst. Nur wenige Menschen wohnen im Geschäftsviertel. Ich parke in einem Seitenweg und gehe durch die Hintertür. Der Laden ist dunkel, genau so, wie ich ihn verlassen hatte. Es ist kurz vor neun, und wenn ich an ihre Gewohnheiten in letzter Zeit denke, vermute ich, dass meine Mom schon im Bett liegt. Aber dann sehe ich sie auf dem Sofa sitzen und einen Film anschauen.

Sie blickt auf und lächelt. »Ich hatte schon gedacht, dass du vielleicht heute Abend auf eine Party gegangen bist und ich gar nicht mitgekriegt habe, dass du mir davon erzählt hast.«

»Nein. Irgendwie hab ich vergessen, dass heute Halloween ist.«

Sie klopft auf das Kissen neben sich.

»Was schaust du dir an?«

»Keine Ahnung, irgendeine alte Schnulze.«

Ich setze mich neben sie aufs Sofa. »Lass mich raten, die weibliche Hauptperson hat Krebs und der Mann hat nichts davon gewusst, sie aber immer geliebt.«

»Nein. Ich glaube, der kleine Junge ist krank und der Mutter wird gerade klar, wie viel Zeit sie bei der Arbeit verbracht hat.«

Ich schlüpfe zu Mom unter die Decke. Wir sagen nichts, schauen uns bloß den Film an, aber es ist gemütlich und vertraut, und als der Film zu Ende ist, geht es mir schon viel besser. Ich habe sie vermisst. Ich habe das hier vermisst.

Am nächsten Tag stoße ich fast mit dem Postboten zusammen, als ich in den Laden komme. Er nickt mir zur Begrüßung zu und ich lächele. Meine Mom steht hinter dem Tresen und geht betont langsam die Post durch. Ich frage mich, ob sie sich Zeit lässt, um den Rechnungen aus dem Weg zu gehen, die mit Geld bezahlt werden wollen, das wir nicht haben. Als sie fertig ist, schaut sie zu mir hoch. »Hey.«

»Hi.«

Sie hält die Umschläge hoch. »Bist du schon nervös?«, fragt sie.

»Ja.« Wenn sie bloß wüsste, wie sehr.

»Wann glaubst du, wirst du etwas hören?«

»Ewas hören?«

»Berkeley, Sac State, San Francisco, du weißt schon, von den Colleges?«

»Ach so.« Dazu müsste ich natürlich erst einmal die Bewerbungsunterlagen losschicken. »Noch nicht. Im April, glaube ich.« Tatsächlich weiß ich es. Ich weiß, dass die Bewerbungsfrist für die meisten Colleges schnell näher rückt. Ich hatte ihr immer noch nichts von meinem Plan erzählt, noch ein oder zwei Jahre damit zu warten.

»April? Das ist ja noch so lange hin.«

Für mich fühlt es sich an, als stünde er direkt vor der Tür.

Sie lächelt, legt den Stapel mit der Post in die Schublade und dreht sich dann zu dem für unser jämmerliches Sozialleben viel zu großen Terminkalender um, der auf der Arbeitsplatte liegt. Sie reißt das oberste Blatt ab, faltet es sauber zusammen und legt es zu den anderen in den Schrank darunter, damit zukünftige Generationen Einblick in das langweiligste Jahr haben, seit ich denken kann. »Ein neuer Monat«, sagt sie zu mir. »Zeit, unser Leben zu planen.« Sie hält den Stift hoch, bereit, mein Leben zurück in die kleinen Kästchen zu bringen, wo es hingehört. »Irgendetwas Besonderes diese Woche in der Schule?«

»Nein. Morgen schreibe ich einen wichtigen Test. Vielleicht sollte ich heute Abend mal lernen.«

Sie blockt die Zeit für mich heute Abend nach fünf. »Ich muss nächsten Mittwochabend auf das Treffen der Kleinunternehmer.«

Sie notiert es für sechs Uhr in den Kalender, ohne weitere Details.

»Wo findet es denn statt?«

»Ich bin mir nicht sicher. Wir wechseln uns mit den Läden ab.«

»Wie kommt's, dass wir noch nie Gastgeber waren?«

»Unser Laden ist viel zu klein dafür.« Sie schaut auf den fast leeren Kalender. »Sonst noch irgendetwas?«

Mein Blick bleibt auf dem Samstag hängen, der Tag, an dem der nächste unserer Berufsinformationstage stattgefunden hätte. Xander wäre an der Reihe gewesen. »Nein. Nichts.«

»Wow, was für ein aufregender Monat. Ich weiß nicht, ob wir den vollen Terminplan überhaupt bewältigen können.«

»Keine Geburtstagspartys?«

»Bis jetzt noch nicht.«

Sie legt den Stift weg und holt das Putzzeug. Den ganzen Nachmittag ertappe ich mich dabei, wie ich auf den Kalender und die »Versammlung« am Mittwochabend starre, die dort mit schwarzem Stift eingetragen ist. Warum bin ich so misstrauisch? In den letzten paar Monaten hatte ich meiner Mom nicht die Wahrheit gesagt, mit wem ich mich getroffen habe. Log sie mich vielleicht auch an? Der Name Matthew fällt mir ein und ich versuche schnell, den Gedanken wieder zu verdrängen. Aber er will mir nicht mehr aus dem Kopf.

»Mom, wer ist ...«

Die Ladenglocke an der Tür geht und unterbricht mich im Satz. Ich schaue zur Tür und eine alberne falsche Hoffnung in mir flüstert mir ein, es könnte Xander sein. Er ist es nicht. Es ist Mason.

22.

Meine Mom lächelt. »Hi. Mason, richtig?«

Sie kann sich an seinen Namen erinnern?

»Ja. Hi. Schön, Sie wiederzusehen. Ich wollte Caymen für ein oder zwei Stunden entführen, aber natürlich nur, wenn Sie nichts dagegen haben.«

»Kein Problem. Wo wollt ihr denn hin?«

»Wir haben Bandprobe und ich wollte ihre Meinung zu ein paar Songs hören.«

»Noch weiß er nicht, dass meine Meinung völlig nutzlos ist, was Musik angeht«, sage ich zu meiner Mom.

»Sie hat einen ausgezeichneten Musikgeschmack«, versichert ihm meine Mom, als ob ihn meine Meinung wirklich interessieren würde. Er geht an meiner Mom vorbei und ich sehe, wie ihr Blick auf seiner Wade hängen bleibt. Sie zeigt nach unten. »Was bedeutet das?« Er dreht den Fuß, um auf seine Tätowierung zu schauen, als hätte er vergessen, dass dort eine ist. »Das ist ein chinesisches Symbol. Es bedeutet ›Die Bereitschaft, etwas zu akzeptieren‹.«

»Wie schön das ist«, sagt meine Mom.

»Danke.« Er dreht sich zu mir. »Bist du so weit?«

»Ja. Danke, Mom. Bis später dann.«

Er legt seinen Arm um meine Schulter. Ich fange an, mich an Masons Anlehnungsbedürfnis zu gewöhnen. Im Moment brauche ich auch jemand zum Anlehnen.

Ich stupse ihn mit dem Ellenbogen an. »Du trägst Shorts im November?«

»So kalt ist es gar nicht.«

Natürlich hat er recht. An der Küste Kaliforniens unterscheidet sich der Beginn des Monats November kaum von den Anfängen der meisten Monate. »Wo probt ihr denn?«, frage ich.

Er zeigt auf einen lila Minivan.

»In einem Minivan?«

»Nein, damit fahren wir zur Probe.«

Die Seitentür des Minivans gleitet auf und Skye steigt mit einem Lächeln aus. »Ich hätte nicht gedacht, dass er es schafft, dich aus dem Laden zu kriegen.«

»Wieso nicht?«

»Weil du so pflichtbewusst bist. Aber er hat mir versichert, dass er es könne. Anscheinend habe ich den Tic-Charme unterschätzt.«

Eher hat sie meine Einsamkeit unterschätzt. Mason riecht gut und ich schmiege mich ein bisschen enger an seine Brust. »Na ja, meine Mom hatte gute Laune. Eigentlich hat sie mich quasi aus dem Laden geworfen.«

»Oh!«, sagt Mason. »Zieht euch das rein.« Er macht die Beifahrertür auf und hechtet praktisch mit einem Kopfsprung hinein, um etwas vom Boden aufzuheben. Er kommt mit einer *Starz* wieder heraus. »Noch ein Artikel. Du solltest anfangen, die zu sammeln. Dann können wir so tun, als wären wir berühmt, oder?«

Ich schnappe mir die Illustrierte und überfliege die Titelseite, bis ich Xander unter der Schlagzeile *Xander Spence und Sadie Newel am Wochenende in L. A. gesichtet* finde. Auf dem Foto hält er mit einem Mädchen mit kurzen dunklen Haaren und langen, sonnengebräunten Beinen Händchen. Mein Magen zieht sich zusammen, am liebsten möchte ich mich übergeben. Xander hatte letztes Wochenende also noch mehr vor, als nur das Hemd eines Hotelgastes zu ersetzen.

Ich schlage den Artikel auf und lese: »Xander Spence,

Sohn von Hotelkettenbesitzer Blaine Spence, wurde letztes Wochenende in Los Angeles vor dem Nachtclub *Oxygen* mit seiner langjährigen Freundin, der Schauspielerin Sadie Newel gesichtet, die die letzten sechs Monate wegen Dreharbeiten in Paris unterwegs ...«

Langjährige Freundin? Ich kann nicht weiterlesen, denn vor meinen Augen verschwimmt alles. Es kommt überhaupt nicht infrage, dass ich deswegen anfange zu heulen. Ich hatte Xander bereits gehen lassen. *Ich habe ihm die Kamera zurückgegeben,* rufe ich mir ins Gedächtnis. Damit hatte ich ihn freigegeben. Aber insgeheim, tief in mir drin, hatte ich gehofft, dass er wiederkommen würde. Ich beiße mir von innen auf die Backe und dränge die Tränen zurück. »Wow, spannender Artikel«, sage ich. »Zwei Menschen wurden gesehen, wie sie zusammen über die Straße gehen. Das sind ja mal echte Neuigkeiten.«

Sechs Monate. Sie hat die letzten sechs Monate gedreht. Ich war für ihn ein Zeitvertreib. Mein Hirn erinnert mich prompt daran, wie platonisch unsere Beziehung eigentlich gewesen ist: Nie hat er sich beim Gehen an mich geschmiegt, er hat sich Mason gegenüber demonstrativ als ein Freund von mir vorgestellt und nie waren unsere Ausflüge Dates. Es waren »Berufsinformationstage«. Diese Woche war er nicht vorbeigekommen.

Dummes Hirn. Warum hat es mich darauf nicht eher hingewiesen? Offensichtlich habe ich Xander in allen Dingen völlig falsch interpretiert. Ich komme mir so dumm vor. Er wollte wirklich bloß mit mir befreundet sein.

Ich schlucke meine Tränen hinunter. Gut. Das ist genau das, was ich brauche – einen sauberen Schlussstrich. Einen dauerhaften Schlussstrich. Ich schaue mir Sadie Newel auf dem Foto an. Sie ist schön und elegant und passt viel besser zum ihm.

Henry taucht hinter dem Minivan auf. »Bereit, unsere erste Single aufzunehmen?« Er hält sein Handy in die Höhe. »Xander sagt, dass das Studio im Moment frei ist.«

»Alles in Ordnung?«, fragt Skye leise. Ich sitze in der Mitte der Bank, eingequetscht zwischen ihr und Derrick, dem Schlagzeuger.

»Mir geht's gut. Warum?« Mit »gut« meine ich, dass ich kurz vorm Nervenzusammenbruch bin. Wir treffen uns gleich mit Xander. Ich werde ihn sehen müssen. Ganz schlechte Idee. Ich ziehe in Erwägung, mich aus dem Minivan zu stürzen, nachdem all das so richtig bei mir angekommen ist.

»Weil du eben gerade herausgefunden hast, dass der Typ, in den du verliebt bist, eine Freundin hat.« Sie zeigt auf die Illustrierte, die jemand zurück in den Minivan geworfen hat und die irgendwie unter meinem Fuß gelandet ist (aber vielleicht habe ich meinen Absatz auch absichtlich in Sadies perfekte Visage gedrückt).

»War das so offensichtlich?«

Sie zuckt mit den Schultern. »Hey, ein bisschen mehr zutrauen könntest du mir schon! Ich bin schließlich deine beste Freundin.«

»Na gut, ich bin sowieso über ihn hinweg.«

»Das ging schnell.«

»Keine Kunst. Ich habe versucht, über ihn hinwegzukommen, seit ich ihn kenne. Ich bin mir also selbst einen Schritt voraus.«

Sie tätschelt mein Knie, als denke sie, ich würde meine Augen vor der Wahrheit verschließen. Okay, okay, das tue ich auch, aber sie muss mir den Gefallen tun und mitspielen, bis all das, was ich mir gerade einrede, auch Wirklichkeit wird.

Ich hoffe, dass das Studio nicht automatisch auch ein Zusammentreffen mit Xander bedeutet. Denn ich bin im Moment noch nicht in der Lage, ihm gegenüberzutreten. Es ist ja durchaus möglich, dass er im Studio bloß angerufen und Bescheid gesagt hat, dass eine Band vorbeikommt. Es muss nicht heißen, dass er auch da ist. Jedenfalls versuche ich, mir das während der Viertelstunde Autofahrt einzureden, in der alle Bandmitglieder wild durcheinanderreden. Wir müssen einen Sicherheitsposten passieren, dann fahren wir durch ein schmiedeeisernes Tor und auf einen gepflasterten Weg. In dem Moment, als ich einen gigantischen Springbrunnen und ein Haus mit mehr Fenstern, als ich auf den ersten oder zweiten Blick zählen kann, sehe, wird mir klar, dass das Studio *doch* automatisch Xander bedeutet – beide haben die gleiche Adresse.

23.

Xander erwartet uns in der runden Einfahrt und ich versuche, mich hinter den anderen zu verstecken. Ich frage mich, wie peinlich mir mein Verhalten während der letzten Monate eigentlich sein muss. Hat er jedes Mal, wenn er vorbeigekommen ist, gespürt, wie sehr mein Herz raste? Habe ich ihn rehäugig angehimmelt? Skye ist es nicht entgangen. Ihm wahrscheinlich auch nicht. Und jetzt denkt er bestimmt, dass ich die Band gefragt habe, ob ich mitkommen darf, bloß damit ich ihn sehen kann.

»Das Studio ist hinterm Haus«, sagt Xander, als die Jungs anfangen, ihre Instrumente aus dem Minivan zu laden. Der Klang seiner Stimme treibt mir wieder Tränen in die Augen. Ich verfluche mich. Er fährt fort: »Die Entscheidung bleibt natürlich ganz bei euch, aber im Studio gibt es Instrumente, falls ihr den ganzen Kram nicht mitschleppen wollt.«

»Super«, sagt Mason und legt seine Gitarre wieder zurück. Henry schließt die Heckklappe.

»Mir nach«, sagt Xander. Es dauert einen Moment, bis er mich wahrnimmt. Ich habe mich ziemlich gut hinter Skye, Mike, dem Bassisten, und Derrick, dem Schlagzeuger, versteckt.

Er runzelt die Stirn. »Hey. Ich wusste gar nicht, dass du auch kommen würdest.«

»Ich auch nicht.« Ich weiß, dass das piepsig und falsch klingt, weil meine Kehle total zugeschnürt ist, aber ich versuche, so zu tun, als ob es mir bestens geht.

Er zögert eine Sekunde, fast, als wollte er noch etwas hinzufügen, sagt dann aber: »Okay, lasst uns gehen.« Er winkt uns, ihm zu folgen. Mir wird klar, dass er will, dass ich zu ihm aufschließe, denn er schaut einige Male über seine Schulter, während wir durch den riesigen Garten laufen, am Swimmingpool und Basketballplatz vorbei, die zum Anwesen gehören. Aber ich bleibe, wo ich bin, zwischen zwei fast Fremden, und höre ihrem Geplänkel zu. Ich werde ihm beweisen, wie sehr ich weiß, dass wir nur Freunde sind. Dass wir immer nur Freunde gewesen sind. Und darüber hinaus soll er ruhig wissen, dass ich noch andere Freunde habe. Er braucht keine Angst zu haben, dass ich mich ihm an den Hals werfe.

»Okay, Leute«, sagt er, schließt die Tür auf und legt die Schlüssel und sein Handy auf einen kleinen Tisch. »Freundet euch mit den Spielzeugen an. Ich kümmere mich um die Anlage.« Die Band stürzt sich augenblicklich auf die Instrumente, während Xander auf unserer Seite des großen Glasfensters bleibt und anfängt, an den Schiebern und Reglern herumzudrehen. Skye lässt sich auf ein Sofa hinter Xander gleiten und ich geselle mich zu ihr.

Xander schließt sowohl die Tür, die nach draußen führt, als auch die Tür ins Studio selbst, in dem die Band bereits angefangen hat zu spielen. Der Ton bricht abrupt ab. Auf dem Weg zurück zu seinem Platz lächelt er mich an und ich bin wütend auf mein Herz, das die Neuigkeiten mit seiner Freundin offenbar noch nicht mitbekommen hat, denn sein Lächeln bringt es weiterhin zum Rasen.

»Im Kühlschrank stehen Cola und andere Getränke, falls ihr Durst habt.« Er zeigt auf einen Kühlschrank aus Edelstahl in der Ecke, dreht sich dann um, hält sich ein Headset ans Ohr, drückt auf einen Knopf auf dem Schaltpult vor ihm und sagt ins Mikrofon: »Fangt ruhig an und spielt die Songs ein paarmal durch. Ich sag euch dann Bescheid, wann wir so weit sind und aufnehmen können.«

Er lässt den Knopf los, dreht sich auf seinem Schwingsessel zu uns herum und schaut uns an. Es wäre so viel einfacher, wenn Xander weniger ... weniger was wäre? Selbstbewusst? Attraktiv? Weniger flirten würde?

Ja, Letzteres wäre nett. Egal wie sehr mein Hirn mich zur Ordnung ruft – Xander lädt zum Flirten ein. Wenn er mein Freund wäre und sich mit einem anderen Mädchen treffen würde, so, wie er es mit mir getan hat, wäre ich stinksauer.

»Was?«, fragt Xander.

»Was?«

»Du starrst mich an.«

»Tue ich nicht«, sage ich.

»Tust du wohl. Tut sie doch, oder?«, fragt er Skye.

»Ja, du starrst ihn an.«

»Tja, ich versuche gerade zu bestimmen, was dein Leben eigentlich wert ist.«

»Bitte was?«

Ich zeige auf dieses unglaubliche Studio, das in seinem *Garten (!)* steht. »Wie schaffst du es nur, jeden Morgen mit dermaßen deprimierenden Zukunftsaussichten aufzustehen?«

»Tatsächlich arbeite ich mit jemandem genau an diesem Problem. Ich hoffe, sie kann mir dabei helfen herauszufinden, was die Zukunft für mich parat hält.« Dieser Satz erinnert mich daran, warum wir überhaupt angefangen haben, uns zu treffen. Wir saßen seiner Meinung nach »im selben Boot«. Vielleicht dachte er nur, dass ich ihn besser verstehen würde als die meisten. Fehlanzeige. Wir waren und sind grundverschieden.

Die Tür zum Tonstudio geht auf und Mason schießt heraus, wirft sich Skye und mir der Länge nach auf den Schoß und legt seinen Kopf gegen meinen. »Ich glaube, wir sind so weit«, sagt er zu Xander.

»Okay.« Xander wartet einen Moment. Er denkt wahrscheinlich, dass Mason aufsteht, dann deutet er mit seinem Kopf auf Masons Wade. »Cooles Tattoo.«

»Danke. Wo wir gerade dabei sind.« Mason schaut mich an, nimmt eine meiner Haarsträhnen und wickelt sie sich um seinen Finger. Ich bin dankbar für seine Aufmerksamkeit, denn so komme ich mir Xander gegenüber nicht mehr ganz so blöd vor. Siehst du: Ich verzehre mich nicht vor Gram. »Meinte deine Mom das heute ironisch oder glaubst du, dass das Tattoo ihr wirklich gefallen hat?«

»Meine Mom ist nicht der sarkastische Typ.«

Mason lacht. »Wirklich? Wie kommt's, dass du dann so gut darin bist? Ist dein Dad so sarkastisch?«

Als ob sie gespürt hätten, dass es jetzt um das schlimmstmögliche Thema geht, tauchen die restlichen Bandmitglieder im Raum auf, der sich auch so schon stickig anfühlt. Meine Brust schnürt sich zusammen und ich muss mich zurückhalten, um nicht zu sagen: »Ich hab keine Ahnung, ob mein Dad sarkastisch ist, weil ich den Mann noch nie getroffen habe.«

»Das weiß sie nicht«, sagt Skye, was die Sache natürlich kein bisschen besser macht.

»Im Ernst?«, fragt Mason. »Du kennst deinen Dad nicht? Warum nicht?«

Ich rutsche hin und her und frage mich, wie ich mit einem Scherz über das Ganze hinweggehen kann.

Xander schaut auf seine Uhr. »Leute, ich bin heute knapp dran. Lasst uns fertig werden.« Für den Bruchteil einer Sekunde trifft sich unser Blick und mir wird klar, dass er das meinetwegen gesagt hat.

Mason rollt sich vom Sofa und scheint meinen Dad genauso schnell vergessen zu haben, wie er ihn angebracht hat. Ich wünschte, ich könnte meinen Vater genauso leicht vergessen.

Die Band spielt hinter der Glasscheibe wie in einem Stummfilm, Xander trägt Kopfhörer und regelt die Einstellungen mithilfe der Schieber und Knöpfe. Ich habe keine Ahnung, was er damit reguliert, aber er weiß offensichtlich, was er tut. Skye steht auf und holt sich eine Cola aus dem Kühlschrank. »Möchtest du auch eine?«, fragt sie.

»Nein danke.«

Sie setzt sich wieder zu mir aufs Sofa. »Wie geht's dir?«

»Gut.«

»Ich kann's übrigens verstehen.«

»Was kannst du verstehen?«

»Das mit ihm. Ich kapiere, warum du ihn so magst. Er hat was.« Sie zeigt auf Xanders Rücken. Obwohl wir nicht besonders laut reden und Xander Kopfhörer aufhat, würde ich sie am liebsten zum Schweigen bringen.

»Ich hab's dir doch schon gesagt. Es ist vorbei. Seine Freundin ist Schauspielerin, Skye.«

Sie verdreht die Augen. »Schauspielerinnen sind überbewertet. Du musst um ihn kämpfen.«

Ich stehe abrupt auf, um mich ein bisschen abzureagieren. »Das ist kein Wettkampf, in dem einer bereits gewonnen hat.«

Xanders Handy klingelt auf dem Tisch neben der Tür. Offenbar kann er es nicht hören, denn er zeigt überhaupt keine Reaktion. Ich stehe weniger als zwei Meter von seinem Handy entfernt. Ich bin neugierig und werfe einen Blick auf den leuchtenden Bildschirm. Das Bild fällt mir zuerst ins Auge: ein dunkelhaariges Mädchen, das lacht. Ich brauche gar nicht erst den Namen darunter zu lesen, um zu wissen, was da steht, aber ich tue es trotzdem. Sadie. »Siehst du?«, sage ich und schaue Skye mit hochgezogenen Augenbrauen an.

»Im Ernst?«

Ich nicke und dann, während ich einen Blick auf Xanders

Rücken werfe und die Band hinter der Glasscheibe immer noch alles gibt, folge ich dem verrücktesten Impuls, den ich je hatte, schnappe mir das Handy und nehme den Anruf entgegen. »Hallo?«

Skye reißt ihren Mund dermaßen weit auf, dass ich befürchte, sie verrenkt sich ihren Kiefer.

»Hallo? ... Xander? ... Ich kann dich nicht besonders gut hören. Ich sitze im Auto.« Ihre Stimme klingt so normal. Ich kenne Sadie Newel aus ein paar Filmen und ihre Stimme klingt ganz anders als die Version aus dem Kino.

Plötzlich weiß ich nicht mehr, was ich sagen soll. »Hier ist nicht Xander. Ich hole ihn.«

»Ich kann dich nicht verstehen. Was? Mist. Hör mal, die Verbindung ist schlecht, aber ich brauche dich, du musst deinen Zauber wirken lassen. Ich ruf dich an, sobald ich im Hotel bin.« Die Leitung ist tot und ich lege das Handy auf den Tisch zurück, als würde es gleich explodieren.

Skye kichert. »Du bist echt verrückt.«

»Sie wusste nicht, dass ich dran war. Sie ruft später zurück.«

Xander dreht sich in seinem Stuhl um und ich schnappe erschrocken nach Luft. »Möchte einer von euch mal hören?«, fragt er, nimmt den Kopfhörer ab und streckt ihn uns entgegen.

»Ja.« Skye springt auf und geht nach vorne. Nachdem sie es sich auf dem Drehstuhl neben Xander bequem gemacht hat und der Band zuhört, schwingt er herum und sieht mich an.

»Warum nicht das hier?«, frage ich und setze mich wieder auf das Sofa.

»Was?«

»Warum wirst du nicht Musikproduzent? Das macht dir wirklich Spaß, oder?«

Er rollt auf dem Stuhl vor, bis sich unsere Knie berühren. »Mein Dad würde für so etwas nie mit Geld rausrücken.«

Ich starre auf unsere Knie und frage mich, ob ich ihn mithilfe der Rollen des Drehstuhls wegschubsen soll. Ich verkneife es mir. »Aber das Studio hier hat er gebaut?«

»Mein großer Bruder spielt klassische Gitarre. Um seine Kreativität auszuleben. Als Hobby. Ich habe eine Menge Zeit mit ihm hier drin verbracht und den ganzen Kram gelernt. Aber in den Augen meines Vaters ist das keine Berufslaufbahn.«

»Ich dachte, es sei dir egal, was dein Vater denkt«, sage ich.

Er kneift die Augen zusammen, als würde er über die Frage nachdenken. »Vermutlich macht es mir etwas aus, was sein Geld denkt.« Er massiert sich den Nacken. »Ohne sein Geld komme ich nicht von ihm los. Das ist ein zweischneidiges Schwert.«

Ich verstehe, was er meint: Dass er Geld braucht, um aufs College zu gehen und seine eigene Berufslaufbahn einzuschlagen. Nur dann kann er selbst Geld verdienen. Aber ich frage mich, ob Xander wirklich nur ans Geld denkt. Er scheint sich gewaltig anzustrengen, seinen Vater auf die Palme zu treiben. Vermutlich liegt ihm durchaus daran, was sein Vater denkt.

Auf der anderen Seite der Glasscheibe singt Mason mit geschlossenen Augen. Es sieht lächerlich aus.

Xander klopft mit seiner zur Faust geballten Hand auf mein Knie und lenkt meine Aufmerksamkeit wieder zurück auf sich. »Ich freu mich, dass du hier bist. Ich hab nicht damit gerechnet ...«

Ich lege den Kopf schief und warte darauf, dass er den Satz beendet.

»Nach letztem Samstag ... und du hast die Kamera ohne

ein Wort zurückgebracht …« Sein Blick bohrt sich in meinen.

»Was?«, frage ich. Ich muss wissen, warum er seine Gedanken nicht zu Ende ausspricht. Was er ungesagt lässt. Belastet es ihn, wie wir auseinandergegangen sind, genauso wie mich?

»Dieses Wochenende bin ich unterwegs, aber nächsten Samstag? Bleibt's dabei?«

Ich blinzele. Will er das wirklich? Noch mehr Berufsinformationstage?

Skye jauchzt kurz auf und erschrickt mich. »Das war ja so was von geil.« Sie springt auf.

Xander steht auch auf, geht zum Pult und drückt auf den Knopf vom Mikro. »Alles im Kasten. Gut gemacht, Jungs.« Er läuft zum Tisch rüber, steckt seine Schlüssel und sein Handy in die Hosentasche und wirft mir dann einen entschuldigenden Blick zu. »Ich hatte keine Ahnung, dass du kommen würdest. Ich hab wirklich wenig Zeit.« Er schaut auf seine Uhr. »Ich muss in zwanzig Minuten am Flughafen sein.«

»Ich bin sicher, dass wir es alleine bis zum Auto schaffen.«

»Also sehen wir uns dann nächsten Samstag?«

Am liebsten würde ich sagen: »Ich weiß ja nicht, vielleicht solltest du das erst einmal mit deiner Freundin absprechen. Sie hat eben angerufen; sollen wir sie fragen?« Aber ich halte den Mund. Denn Freundin hin oder her – ich will ihn am Samstag sehen. Anscheinend bin ich nicht über ihn hinweg, wie ich gehofft hatte, sondern weiter entfernt davon denn je. Und ich hasse mich dafür, dass ich so schwach bin.

24.

Am Montagmorgen, als ich mich von meiner Mom verabschiede und mir meinen Rucksack schnappe, klopft es an der Tür. Ich schaue hoch und sehe Xander mit zwei Bechern in der Hand davorstehen. Das Herz schlägt mir bis zum Hals. Nein, nein, nein, nein, nein. Das darf nicht sein. Er hat eine Freundin. Wenn ich bloß wüsste ... Mein Herz verdoppelt seinen Schlag, als er lächelt. Wenn sich mein Herz nicht nur einbilden würde, dass zwischen uns etwas ist, könnte ich jetzt die Tür aufmachen und meine Mutter enttäuschen.

»Wer ist das?«

Dafür ist jetzt wirklich kein guter Zeitpunkt. Meine Mom und ich verstehen uns endlich wieder richtig gut. Ich schüttele den Kopf, aber anstatt wegzugehen, hält Xander den Becher mit einem Grinsen hoch, als wollte er sagen, *mich wirst du nicht los, also lass mich rein.*

Ich verenge die Augen und lächele ein bisschen. Okay, wenn er es auf die Tour versuchen will, ich bin dabei. »Oh, sieht so aus, als sei das Mrs Daltons Enkelsohn. Er war vor ein paar Tagen hier, um eine Puppe für sie abzuholen. Ich sag ihm kurz, dass wir heute erst um neun öffnen und dass er später wiederkommen soll.«

»Aber nein, Süße. Mrs Dalton ist unsere beste Kundin. Warum lässt du ihn nicht rein und fragst, was er will.«

Oder auch nicht. Mist.

Langsam schließe ich die Tür auf. »Hi«, sage ich. Sein vertrauter Geruch empfängt mich, was meinem ohnehin schon rasenden Herzen auch nicht weiterhilft. Ich hole tief Luft.

»Wir haben noch geschlossen. Braucht deine Großmutter irgendetwas?«

Er trinkt einen Schluck und reicht mir dann den Becher. Ich winde mich. Allein schon deswegen wird meine Mom nun denken, dass er ja wohl der unverschämteste Reiche der Welt ist, der von mir erwartet, dass ich seinen Kaffeebecher halte, während er einkaufen geht.

»Ich möchte gerne deine Mom kennenlernen«, sagt er laut genug, damit sie es hören kann.

»Ja, meine Mom hat sehr viel mehr Ahnung von den Puppen als ich.« Ich drehe mich zu meiner Mutter um. »Mom, er ... äh ... tut mir leid, wie war der Name gleich? Wellington oder so ähnlich?«

Zwischen seinen Augenbrauen bildet sich eine Falte, die Verblüffung erkennen lässt, aber ich kann ihm ansehen, dass er es auch lustig findet.

»Nein, das war's nicht. Äh ...«

»Xander.«

»Richtig. Ich wusste doch, dass er irgendwie komisch klang.«

»Caymen«, sagt meine Mom. »Tut mir leid, meine Tochter hat einen trockenen Humor. Sie macht bloß Spaß.«

»Letztes Mal, als Xander hier war, hat er sich für die schlafenden Babypuppen interessiert. Hast du nicht gesagt, ihr bloßer Anblick würde dein Herz erfreuen?«

»Ich kann mich nicht erinnern, das gesagt zu haben, aber es klingt nach mir.«

Ich lache, presse dann aber schnell meine Lippen zusammen, um mich zu bremsen. »Vielleicht solltest du ihm unsere Sammlung zeigen, Mom.«

Meine Mom sieht mich mit schief gelegtem Kopf an und ist sichtlich verwirrt. Gleich wird sie mich zur Rede stellen. Sicherlich spürt sie, dass ich Xander kenne. Ich muss hier raus. Ich schüttele den vollen Becher mit heißer Schokolade in meiner Hand und tue so, als sei er leer. »Draußen ist ein Mülleimer. Ich entsorge den mal eben für dich.« Ich drehe mich wieder zu meiner Mom. »Ich komme zu spät. Wir sehen uns nach der Schule.«

»Viel Spaß, Süße.«

Ich gehe und werfe Xander aus großen Augen einen unschuldigen Blick zu. Auf dem Weg hinaus wird jedoch mein Herz schwer. Ich weiß nicht, ob es daran liegt, dass ich meine Mom eben schon wieder angelogen habe, oder ob ich wirklich möchte, dass meine Mom Xander kennenlernt. Ihn nicht nur kennenlernt, sondern ihn auch mag.

Ich bin zehn Schritte von der Schule entfernt, als zwei Hände meine Arme von hinten packen und mich zum Stehen bringen. »Du bist ein echtes Biest. Das weißt du, oder?«, flüstert Xander in mein Ohr. Er lässt mich los und ich drehe mich lächelnd um.

»Nein, du bist das Biest. Ich hab dir doch gesagt, dass ich noch nicht will, dass du meine Mom kennenlernst. Aber du konntest es ja nicht lassen.«

»Ja, das stimmt. Ich wollte dir beweisen, dass mich alle Mütter mögen. Und deine Mom ist da keine Ausnahme: Sie liebt mich.«

Mein Herz setzt einen Schlag aus. »Wirklich?«

»Ich hatte nicht damit gerechnet, dass es mich hundertfünfzig Kröten kosten würde, aber sie ist hin und weg von mir.«

Oh. Natürlich liebt sie ihn. Er ist ein Kunde. »Du hast eine Puppe gekauft?« Da er keine Tüte in der Hand hält, ziehe ich an seinem Jackenzipfel und schaue hinein.

»Ich habe sie doch nicht *bei* mir, Herzchen. Ich hab sie ins Auto gelegt.«

»Wen hast du gekauft?«

»Du erwartest doch wohl nicht im Ernst, dass ich mich daran erinnere.«

»Ich *weiß,* dass du dich erinnerst.«

»Daphne.«

»Du hast einen Schreihals gekauft?«

»Ja, ich war ein bisschen frustriert und dieses schreiende Baby hat meine Laune äußerst treffend zum Ausdruck gebracht. Ich werde die Puppe einfach meiner Oma nächstes Jahr zum Geburtstag schenken.« Er schaut an sich herab. »Hast du gedacht, ich verstecke die Puppe in meiner Jacke?«

Ich merke, dass ich mich immer noch an seiner Jacke festklammere. »Wenn dein Ego hineinpasst, ist alles möglich.« Gerade, als ich loslassen will, legt er seine warmen Hände auf meine, sodass sie auf seiner Brust zu liegen kommen.

Ich blicke auf den geöffneten Kragen seines Designerhemdes und versuche, seinen Blick zu ignorieren. Schüler laufen an uns vorbei und beeilen sich, zum Unterricht zu kommen, und ich spüre, wie sie mich anstarren.

»Ich dachte, du wärst momentan unterwegs.«

Er zuckt kurz mit der Schulter. »Ich bin wieder da.«

»Ich dachte, wir würden uns erst nächsten Samstag sehen.« Meine Stimme klingt ein bisschen außer Atem.

»Ich konnte nicht warten.«

Mein Herz pocht laut in meinen Ohren. »Was ist eigentlich an diesem Abend vor ein paar Tagen noch passiert?«

»Womit?«, fragt er leise. Oder vielleicht kann ich ihn auch nicht verstehen, wegen dieses ohrenbetäubenden Herzklopfens.

»Die Hotelkrise des Jahrhunderts. Hast du ein Ersatzhemd gefunden?«

»Ja, war nur ein Trip nach L.A. Das war alles.«

Richtig. L.A., die Stadt, in der er Sadie Newel getroffen hat. Meine gute Laune schwindet dahin. »Und das war's?«

Er nickt und ich will schon meine Hände wegziehen, als er sagt: »Kommst du mit mir mit zur Benefizgala?«

»Was?«

»Sie findet in zwei Wochen statt. Ein bisschen tanzen, ein bisschen plaudern, ein bisschen den Leuten das Geld aus der Tasche ziehen. Alles für die Wohlfahrtsorganisation meiner Mom.«

»Wieder so ein Berufsorientierungstag?«

»Nein.«

Ich schaue ihm in die Augen. Ist das nicht etwas, wohin er seine Freundin mitnehmen sollte? »Ich habe an dem Abend schon etwas vor.«

»Was denn?«

»Mich vor einer Benefizgala drücken.« Ich grinse. »Ich muss los. Ich bin echt spät dran.« Warum bewegen sich meine Füße nicht?

»Tschau, Caymen.« Er lässt meine Hände los.

Ich ziehe meine zurück, bin dann aber selbst überrascht, als ich ihn umarme. Er erwidert die Umarmung und ich halte ihn länger fest, als ich sollte. Warum kann ich Xander Spence nicht einfach abhaken, ohne mich noch einmal umzudrehen? Das zweite Klingelzeichen ertönt hinter mir.

»Ich muss los.« Ich schiebe ihn weg und mache mich auf den Weg.

»Caymen«, sagt er.

Ich drehe mich um. »Ja?«

»Der Mitarbeiter, der nicht weiß, wie man mit einem Bügeleisen umgeht?«

»Ja?«

»Er wurde nicht gekündigt. Ich weiß, dass dich das gestört hat, also habe ich ... Er wurde nicht gekündigt.«

Warum kommen mir bei dieser Nachricht fast die Tränen? »Gut. Vielleicht sollte er beim nächsten Berufsinformationstag, den ich organisiere, mitmachen, denn wir werden lernen, wie man alle deine T-Shirts bügelt.«

»Ich werde die Einladung weiterleiten.«

Am selben Nachmittag, als ich hinter der Kasse sitze und Hausaufgaben mache und meine Mom die Tresen abstaubt, kichert sie.

»Was?«, frage ich.

»Mrs Daltons Enkelsohn.«

»Xander?«

»Ja, Xander. Der war lustig heute Morgen.«

»Ach ja?«, frage ich erwartungsvoll. Vielleicht hat er ja wirklich einen guten Eindruck auf meine Mom gemacht. Vielleicht hätte sie doch nichts dagegen, wenn ich mich mit ihm treffe.

»Er wollte, glaube ich, gar nicht, dass du seinen Müll entsorgst. Und dann, nachdem du gegangen warst, hat er mir erzählt, wie toll er deinen Namen findet und dass er gerade erst letztes Jahr auf den Cayman Islands war. Er hat mich gefragt, wie oft ich hinfliege. Als ob alle auf der Welt überallhin fliegen könnten, wie und wann es ihnen passt.«

Normalerweise bin ich diejenige, die sich über die Reichen lustig macht, und sie ist diejenige, die mich zur Ordnung ruft. Jahrelang hat mich das wütend gemacht, weil ich wusste, dass sie genauso denkt wie ich. Und jetzt ist ausgerechnet Xander derjenige, den sie sich zum Lästern aussucht. In meinem Hals bildet sich ein Kloß und ich glaube nicht, dass ich damit sprechen kann. Ich versuche es trotzdem. »Er macht aber einen netten Eindruck.«

Sie zuckt mit den Schultern.

Jeder Muskel in meinem Körper zittert, bereit, Xander zu verteidigen.

»Triffst du dich heute mit Mason?«

Ihr abrupter Themenwechsel verschlägt mir die Sprache.

»Mir gefällt der Gedanke wirklich, der hinter seiner Tätowierung steckt. Im Allgemeinen bin ich ja kein großer Fan von Tätowierungen – weil sie nicht rückgängig zu machen sind –, aber mir gefällt der Sinn dahinter.«

»Die Bereitschaft, etwas zu akzeptieren?«, frage ich und warte darauf, dass sie die Ironie bemerkt, nachdem, was sie gerade vom Stapel gelassen hat.

»Ja, das ist eine schöne Botschaft. Ich bin mir sicher, dass er einer Menge von Menschen begegnet, die ihn nicht vorurteilsfrei hinnehmen. Ich bin so stolz auf dich, dass du es schaffst, darüber hinwegzusehen.«

»Über was genau, Mom? Seine Hautfarbe?«

»Was? Nein. Das hat doch nichts mit seiner Hautfarbe zu tun. Also wirklich, Caymen, was glaubst du eigentlich, wovon ich spreche?«

»Keine Ahnung; das versuche ich ja gerade herauszufinden.« Ich weiß genau, wovon sie spricht – seinem Lippenring, seiner Tätowierung, seinem Tic –, aber ich bin viel zu wütend, um nachsichtig mit ihr zu sein. Kapiert sie wirklich nicht, wie verlogen das ist, was sie von sich gibt?

»Ich mache meine Hausaufgaben oben.«

»Okay.«

Erst als ich an der Wohnungstür bin, geht mir ein Licht auf – sie glaubt, dass zwischen mir und Xander etwas läuft. Das ist der Grund, warum sie all das gesagt hat. Deshalb hat sie Xander runtergemacht und Mason in den Himmel gelobt. Vermutlich will sie mich unauffällig in die Richtung steuern, in der sie mich haben will. Das muss es sein. Am liebsten würde ich umdrehen und fragen, ob ich richtig damit liege. Aber was soll's, wenn er doch sowieso schon eine Freundin hat?

Oben komme ich auf dem Weg in mein Zimmer an der

Küchentheke vorbei und sehe eine weitere Rechnung in einem rosa Umschlag. Sofort kommt zu meiner Wut noch die Angst dazu. Und ich bin mir nicht sicher, welches Gefühl ich schlimmer finde.

25.

Ich gehe mit Skye den Kleiderständer bei der Heilsarmee durch und versuche, mir nicht zu sehr das Hirn zu zermartern.

Skye seufzt. »Vermutlich kapier ich's einfach nicht.«

»Was gibt's da zu kapieren? Er hat eine Freundin. Ende der Geschichte.« Ich habe ihn seit ein paar Tagen nicht gesehen und immer, wenn er weg ist, sehe ich klar.

»Aber so, wie er dich anschaut – das ist einfach ...« Sie unterbricht sich, vielleicht weil sie erkennt, wie wenig das jetzt weiterhilft. »Tut mir leid. Haken wir ihn ab.«

Sie hält ein Top hoch und zieht fragend die Augenbrauen hoch.

»Die Farbe passt nicht zu dir.«

Sie hängt es zurück. »Da wir gerade beim Thema Abhaken sind, was ist mit Tic? Er fährt voll auf dich ab.«

»Mason steht auf jede, die ihm über den Weg läuft.«

»Na gut, auch wenn er nur die Aufmerksamkeitsspanne eines Insekts hat, denke ich, dass mit ihm was Festeres drin wäre.« Sie hält ein weiteres Top hoch, und als ich nicke, legt sie es auf den immer größer werdenden Stapel auf ihrem Arm. »Er ist echt ein toller Typ, wenn man ihn näher kennenlernt. Sie spielen morgen im The Beach. Ist ein Riesenauftritt für sie. Du solltest kommen.«

Das sollte ich. Mason passt wirklich gut zu mir. Meine Mom mag ihn, meine beste Freundin mag ihn; ich weiß, dass ich ihn wohl auch mögen könnte, wenn da nicht noch ein anderer wäre.

Meine Hand stoppt beim schwarzen Kleid. Das Kleid, das

ich aufgestöbert hatte, als ich mit Xander hier war. Ich bin überrascht, dass es immer noch da ist. Es ist der reine Wahnsinn. Ich ziehe es heraus und streiche über den handgestickten Perlenbesatz.

Skye schnappt nach Luft. »Das ist ja unglaublich schön.«

Ich hänge es zurück und schiebe das nächste Kleidungsstück, einen potthässlichen Overall aus Elastan, vor das Kleid.

»Du spinnst wohl«, sagt Skye, kommt zu mir und zieht es wieder hervor. »Das wird jetzt gekauft.«

»Nein.«

»Doch.«

»Wozu? Wann sollte ich es denn je tragen?«

»Darum geht es doch nicht. Wenn man so einen Fund wie diesen macht, dann kauft man ihn. Das ist die Art von Kleid, um das man eine Veranstaltung herumplant.«

Ich beiße mir auf die Lippe. »Ich habe keine vierzig Dollar.«

»Ich aber. Ich kaufe es dir. Mein ›Es tut mir leid, dass du von einem reichen Typen verarscht worden bist‹-Geschenk sozusagen.«

Ich lache ein bisschen. »Ich zahle es dir zurück.«

Skye hatte recht gehabt: The Beach (ein Club, dessen Namen man wörtlich nehmen kann) ist eine ganz andere Nummer und ich bin fassungslos, wie viele Leute gekommen sind, um sich die Crusty Toads anzuhören. Wellen wogen hinter der riesigen Bühne und die salzige Luft tut ihr Übriges zur Atmosphäre. Das Konzert ist toll, aber ich lege mir bereits eine Strategie zurecht, wie ich früher verschwinden kann. Es sieht sowieso nicht danach aus, als könnten wir uns nach dem Konzert mit der Band unterhalten, mit den vielen Leuten hier, die sich um sie prügeln werden.

Skye hat ein paar grausame T-Shirts mit platt gedrückten Kröten drucken lassen und wider besseren Wissens trage ich eins.

»Noch zwei Songs, dann muss ich gehen«, brülle ich Skye zu, während Masons sanfte Honigstimme erklingt.

»Ich wusste, dass du versuchen würdest, früher abzuhauen. Deswegen habe ich schon für nach dem Konzert Pläne gemacht.«

»Pläne gemacht? Was meinst du damit?«

Sie deutet mit dem Kopf auf die Bühne. »Wir treffen uns mit den Jungs.«

Ich schaue kurz nach oben zu Mason und unsere Blicke kreuzen sich. Er singt zwei Zeilen nur für mich und ich kann gut verstehen, wieso ihm die Mädels in Scharen hinterherlaufen. Mein Herz stockt. »Okay. Ich bleibe.«

Skye kichert. »Na klar tust du das.«

Als der letzte Song vorbei ist, erwarte ich, dass Mason für eine Weile hinter der Bühne verschwindet wie beim letzten Konzert. Aber er lässt sein Mikrofon fallen, springt von der Bühne und schlängelt sich durch das Publikum, das nach ihm greift, und kommt direkt auf mich zu.

Als er bei mir ist, habe ich einen dicken Kloß in der Kehle.

»Hi.« In diesem kleinen Wort klingt so viel Leidenschaft mit, dass mir klar wird, warum er so ein guter Sänger ist.

»Hi.«

Er nimmt meine Hand und drückt sie. »Bitte geh nicht.«

»Okay.«

Dann tut er es. Er läuft zurück zur Bühne, schlüpft an der Seite vorbei, passiert die Kette kräftig gebauter Security und ist weg. Erst als er verschwunden ist, erwache ich aus meiner Erstarrung.

»Hab dir doch gesagt, dass er ganz verrückt nach dir ist.«

Ich komme wieder zu mir und sehe, dass dieser kleine

Auftritt für eine Menge Aufmerksamkeit gesorgt hat. So viele starren mich an. »Ich brauche ein Glas Wasser«, sage ich.

»Kannst du mir eine Cola mitbringen?«, fragt Skye und gibt mir einen Fünfer.

Ich stapfe barfuß durch den Sand und frage mich, warum ich meine Schuhe nicht einfach im Auto gelassen habe, anstatt sie abzugeben. Es wird Ewigkeiten dauern, sie wiederzubekommen. Ein Typ an der Bar kommt mir vage bekannt vor. Und angesichts der Tatsache, dass er mich anstarrt, als ich näher komme, muss er mich auch irgendwoher kennen. Ich kann ihn allerdings nicht einordnen. Im Kopf gehe ich alle meine Kurse in der Schule durch. Ihm muss es ähnlich gehen, aber irgendwann leuchten seine Augen auf, als er mich wiedererkennt. Jetzt hat er mir etwas voraus.

»Xanders kleine Freundin, richtig?« Seine Bemerkung trieft nur so vor Arroganz.

In dem Moment, als er es sagt, wird mir klar, dass es Robert aus dem Restaurant ist. Der, von dem ich annehme, dass er mich einen Straßenköter genannt hat. Irgendwie glaube ich, dass Xander ihm den Rücken gedeckt hat. »Ja. Hi.« Ich beuge mich über die Theke und bestelle eine Flasche Wasser und eine Cola.

Als sich der Barkeeper umdreht, um meine Bestellung zu holen, sagt Robert: »Hat Xander dich heute Abend hier reingeschleust?«

Ich verenge die Augen. Jetzt, wo Xander nicht hier ist, brauche ich ja nicht höflich zu sein. »Nein. Ich kenne die Band. Und wie bist *du* reingekommen?«

Er lacht und mustert mich kurz. »Ich kann ihn verstehen. Du hast super … Augen. Wenn Xander keinen Bock mehr auf die Unterschicht hat und ihm langweilig mit dir wird, sollten wir beide uns mal treffen.«

Ich hätte nie gedacht, dass ich den Jemandem-mit-Absicht-eine-Cola-ins-Gesicht-kippen-Instinkt besitze, aber meine Hand reagiert ganz automatisch. Allerdings reagiert auch er instinktiv. Wahrscheinlich, weil ihm sein ganzes Leben lang Leute Cola ins Gesicht schütten wollen. Seine Hand schnellt vor und greift nach meinem Handgelenk. »Keine gute Idee«, zischt er mir zu, während ein paar Tropfen Cola über den Rand laufen. »Das Hemd hier kostet mehr als deine Monatsmiete.«

»Zu dumm, dass du deine Seele verkaufen musstest, um es dir leisten zu können.«

»Alles klar hier?« Mason kommt von hinten heran und legt seine Arme um meine Taille.

Ich bin nur kurz davor, jemanden umzubringen, das ist alles. »Lass uns gehen.«

»Ich krieg dich schon noch rum«, ruft Robert hinter mir her. Ich muss mich unglaublich zusammenreißen, um nicht das Glas nach ihm zu werfen, mit Cola und allem.

»Wer war das?«, fragt Mason, als wir gehen.

»Jemand, der es nicht wert ist, je wieder einen Gedanken an ihn zu verschwenden.«

Nur kann ich nicht aufhören, an ihn zu denken. Er ist Xanders *Freund*. Benimmt sich Xander auch so, wenn ich nicht da bin? Ich koche vor Wut.

»Caymen?« Mason nimmt mir das Wasser ab und greift nach meiner Hand. »Soll ich den Typen zusammenschlagen?«

Ich klammere mich fest an seine Hand. »Nein. Nicht der Mühe wert.« Aber ich denke jetzt nicht mehr an Robert. Ich versuche vielmehr zu bestimmen, ob ich diesen Ratschlag in Sachen Xander befolgen sollte.

26.

Am nächsten Abend beschließe ich, die Homepage fertigzustellen, die in den letzten paar Wochen immer weiter fortgeschritten ist. Ich rufe die Fotos auf dem Computer auf. Dummerweise sind in dem Ordner nicht nur die Puppen, sondern auch alle Shooting-Fotos von Xander im Hotelzimmer. Selbst auf Fotos hat Xanders Lächeln etwas Besänftigendes.

Ich scrolle sie durch und stoppe bei den Bildern, auf denen ich ihn zum Lachen gebracht habe. Auf den Zeitschriftenfotos mit Sadie Newel hat er nicht mal gelächelt. Wahrscheinlich kann sie ihn gar nicht zum Lachen bringen. Ich stöhne frustriert auf. *Wen interessiert das, Caymen? Er ist mit ihr zusammen.* Ich bin versucht, die Fotos von ihm zu löschen, kann mich aber nicht dazu überwinden. Stattdessen lege ich für alle Puppenfotos einen eigenen Ordner an und öffne ihn, damit ich mir nicht mehr Xanders bernsteinfarbene Augen angucken muss.

Ich gebe Namen und Preise der jeweiligen Puppen ein.

»Ist das eine neue Bestellseite?«, fragt meine Mom, als sie in die Küche kommt.

»Nein.« Ich lächele. Ich hatte geplant, sie zu überraschen, sobald die Homepage ganz fertig ist, aber ich bin fast so weit, und ich will wiedergutmachen, dass ich mich ihr gegenüber so mies benommen habe. Ich wechsele zum Layout der Webpage. »Ich arbeite an einem Projekt für den Laden.«

Sie stellt sich hinter mich. Auf dem Bildschirm erscheint eine Fahne mit dem Schriftzug »Puppen und mehr«. Ich hatte überlegt, das »und mehr« zu streichen, aber irgendwie ist es zur Tradition geworden. Und vielleicht können wir ja wieder »mehr« führen, sobald ich die Homepage ins Netz gestellt habe. Ich gehe mit der Maus ein bisschen weiter runter, wo der Name meiner Mom und die Kontaktinformationen stehen. »Hier möchte ich noch ein Foto von dir einfügen. Vielleicht können wir eins draußen vor dem Laden machen oder irgendetwas neben dem Schaufenster.«

»Und was wird das?«, fragt sie.

»Eine Homepage, die ich für den Laden gemacht habe.« Ich breite die Arme aus und sage übertrieben animiert: »Überraschung!«

»Eine Homepage.« Ihre Stimme ist dumpf und flach.

»Das wird super, Mom. Das bringt unser Geschäft auf Touren, verschafft uns mehr Verkäufe. Das ist der nächste Schritt, um weiterzukommen.«

»Nein.« Das ist alles, was sie sagt. Dann dreht sie sich um und geht um die Theke herum in die Küche.

Ich bin verwirrt. »Nein?«

Sie nimmt sich ein Glas aus dem Schrank und füllt es mit Wasser aus dem Hahn. »Ich möchte keine Homepage.«

Auch wenn wir kein Kabelfernsehen haben oder Handys oder einfach nur einen neueren Computer, liegt das nicht daran, dass meine Mom neue Technologien für Teufelszeug hält oder so. Es liegt wirklich nur daran, dass wir es uns nicht leisten können. »Es ist wirklich günstig, Mom. Unter zwanzig Dollar pro Jahr für den Namen der Domain und ich kann sie verwalten. Selbst du könntest sie verwalten, wenn wir sie erst mal im Netz haben. Es ist ganz einfach und ...«

»Ich habe Nein gesagt, Caymen. Ich will sie nicht.«

»Warum?«

»Weil ich Nein gesagt habe.«

»Das ist keine Antwort, Mom. Damit beendet man ein Gespräch.«

»Gut, denn dieses Gespräch ist beendet.« Sie knallt das

Glas auf die Küchentheke und ich bin überrascht, dass es nicht zerspringt. Dann stapft sie aus der Küche und in ihr Zimmer.

Ich schließe die Seiten, die ich auf dem Computer geöffnet habe, und versuche, ruhig zu bleiben. Am liebsten würde ich den Computer auf den Boden werfen. Ich tue es nicht. Ich schalte ihn aus, gehe langsam nach unten und nach draußen. Dann renne ich los. Ich halte auch dann nicht an, als sich meine Wangen taub anfühlen und meine Lungen kurz vorm Bersten sind und mir die Beine wehtun.

Als ich wieder zurück im Laden bin, bin ich schweißgebadet. Ich muss mit jemandem reden. Ich hebe den Hörer ab und wähle Skyes Nummer. Sofort meldet sich der Anrufbeantworter. Nervös klopfe ich mit den Fingern gegen die Wand und beschließe, keine Nachricht zu hinterlassen.

Ich sollte Mason anrufen. Ich tue es nicht.

Ich ziehe den Ordner unter dem Tresen hervor und lasse ihn auf unseren überdimensionierten Terminkalender fallen. Ich suche Mrs Daltons Telefonnummer heraus.

Beinahe lege ich wieder auf, als ich das Klingelzeichen am anderen Ende der Leitung höre.

»Hallo?«, meldet sich Mrs Dalton.

»Hi ...« *Ich habe mich verwählt.* Ich schnappe vor Schreck nach Luft, als mir klar wird, dass es schon nach neun ist. Lag sie schon im Bett? »Es tut mir leid, dass ich noch so spät störe. Hier ist Caymen ... aus dem Puppenladen.«

»Es ist überhaupt nicht spät und ich kenne nur eine Caymen«, sagt sie. »Wie geht's dir?«

»Mir geht's gut.«

»Habe ich irgendetwas bestellt? Ich kann mich nicht erinnern, aber das heißt nicht, dass ich es nicht doch getan habe.«

»Als wenn Sie je vergessen würden, wenn Sie etwas bestellt haben«, sage ich.

»Das stimmt. Dann wolltest du dich bestimmt nur vergewissern, dass ich nicht gestorben bin? Ich mag zwar alt aussehen, bin aber erst siebenundsechzig.«

»Im Ernst? Und ich dachte, Sie wären um die vierzig.«

»Netter Versuch.«

Ich hole Luft. »Ich wollte Sie fragen, ob Sie mir eine Telefonnummer geben könnten. Ich glaube, er würde sie mir auch selber geben … äh, also was ich damit meine, ist, dass ich nicht versuche, sie mir hinter seinem Rücken zu besorgen oder so. Er hat mich sogar schon angerufen. Ich glaube nicht, dass es ihm etwas ausmachen würde, wenn ich sie hätte.«

»Hol erst einmal tief Luft, Schätzchen.«

»Tut mir leid.«

»Möchtest du Alex' Telefonnummer haben? Er kann sehr charmant sein, nicht wahr?«

»Nein. Ich meine, ja, das ist er, aber wir sind bloß befreundet.« Und im Moment brauche ich dringend einen guten Freund.

»Genau so klingt es auch.«

Ich lache. Mrs Dalton ist witzig.

»Ich hole sie dir schnell. Ich hab zwar so ein schickes Telefon, das Hunderte von Nummern speichern kann, aber ich schreibe sie mir immer noch in ein kleines rotes Büchlein.«

Ich merke, dass ich vor lauter Erwartung die Luft anhalte.

»Bereit?«, fragt sie.

Mehr als bereit. »Ja.« Ich notiere mir die Nummer auf dem Kalender. »Vielen, vielen Dank.«

»Kein Problem. Grüß ihn von mir.«

Ich lege auf und starre die Nummer eine Ewigkeit an. Ich möchte mit ihm sprechen. Ich muss mit ihm sprechen. Aber in meinem Inneren hat sich alles zusammengezogen. Ich kneife meine Augen fest zu, und als ich sie wieder öffne, wähle ich schnell die Nummer, bevor ich mir es anders überlegen kann. Es klingelt dreimal und ich habe das Gefühl, als würden zwischen jedem Ton Minuten vergehen.

Endlich hebt er ab.

27.

Hallo?« Seine vertraute Stimme löst automatisch meine Anspannung. Er hat nichts mit diesem Robert gemeinsam. Wenn er es hätte, wäre er schon in dem Moment verschwunden, als er herausgefunden hat, dass ich über einem Puppenladen wohne. Bei diesem Gedanken entspanne ich mich noch mehr.

»Alex?« Ich habe keine Ahnung, warum »Alex« aus meinem Mund kommt. Wahrscheinlich, weil Mrs Dalton ihn so genannt hat und ich den Namen neben der Nummer notiert habe.

»Caymen?«

»Ja. Hi.«

»Alex?«, fragt er.

»Tut mir leid, ist mir rausgerutscht. Ich hab mit deiner Grandma gesprochen.«

»Ach ja?«

Ich liege auf dem Fußboden hinter der Kasse und fühle mich ein bisschen wie Skye, als ich an die Decke starre. Diese Position hilft beim Denken. Kein Wunder, dass sie so viel Zeit hier verbringt.

Eine Zeit lang schweigen wir, bis er sagt: »Brauchst du irgendetwas?«

Dich. »Ich brauche meine morgendliche heiße Schokolade, denn jemand hat mich in die Sucht getrieben und mich momentan auf Entzug gesetzt.«

»Ist das deine Art, mir zu sagen, dass du mich letzte Woche vermisst hast?«

»Ich vermisse die heiße Schokolade. Du bist für mich nur

der Typ, der sie mir bringt. Manchmal vergesse ich deinen Namen und nenne dich den heißen Schokoladenjungen.«

Er lacht und ich ertappe mich bei dem Gedanken, dass ich gerne sein Gesicht sehen würde. Ich will sehen, wie seine Augen aufleuchten, wenn er lächelt.

»Und ich hab deinen Humor vermisst.«

»Verständlich.« Mein Herz schlägt mir bis in die Schläfen. »Ich hab mich nie für die Kamera bedankt.«

»Heißt das, dass du mit der Homepage fertig bist? Kann ich die Adresse haben? Ich will die Seelenfresser-Puppen auf meinem Bildschirm sehen.« Am anderen Ende der Leitung raschelt Papier. Greift er über einen Schreibtisch, um an seinen Computer zu kommen?

»Nein. Ich meine, es gibt keine Adresse. Meine Mom will keine Homepage.«

»Oh. Wieso?«

»Das weiß ich eben nicht. Ich wollte sie überraschen, ihr zeigen, was ich gemacht habe, und sie ist komplett ausgerastet. Hat total dichtgemacht, meinte, dass sie die Seite nicht haben will. Das passt überhaupt nicht zu ihr.«

»Was hast du denn auf die Seite geladen?«

»Das ist es ja. Ich hab ihr bloß das Logo und unsere Kontaktinformationen gezeigt. Und ihr gesagt, dass ich noch ein Foto von ihr danebensetzen will.«

»Ist sie kamerascheu?«

Ich stütze meine Füße an der Wand ab, meine Hand schwebt über meinem Kopf. »Nein.«

»Vielleicht will sie das nur nicht – ihr Foto und ihre Adresse im Netz. Damit machst du sie ja quasi jedem zugänglich. Ich kann verstehen, warum deine Mom wegen so etwas ausflippt – irgendwelche Fremde, die wissen, wo ihr wohnt. Kann man das nicht ohne persönliche Informationen machen?«

Ich hatte aufgehört zu atmen. Ich merke das nur, weil mir fast schwarz vor Augen wird. Ich hole Luft. Ist sie besorgt, dass irgendwelche Fremden herausfinden könnten, wo wir wohnen, oder geht es ihr um eine bestimmte Person? Meinen Vater?

»Alles in Ordnung?«

Ich antworte mit einem »Hhmm«, weil ich nicht weiß, ob ich mich auf meine Stimme verlassen kann. Mein ganzer Hals ist wie zugeschnürt. Ich habe keine Ahnung, ob Wörter überhaupt durchpassen würden.

»Bist du sicher?«

Ich schlucke. »Ja. Ich glaube, du könntest recht haben.« Wenn man bedenkt, wie sehr mein Hals wehtut, bin ich verblüfft, dass meine Stimme so normal klingt.

»Habe ich oft.«

»Glaubst du, dass er's versucht hat?« Ich brauche einen Moment, bis mir klar wird, dass ich das eben laut gesagt habe, und noch einen, bis ich begriffen habe, dass Xander etwas darauf erwidert hat. Er wartet darauf, dass ich seine Frage beantworte. »Was?«

»Wer was versucht hat?«, wiederholt er seine Frage.

Ich zwinge mich dazu, mich hinzusetzen, und stehe dann auf. Im Liegen galoppieren meine Gedanken davon. »Diese Fremden, die mit den dunklen Absichten ... Glaubst du, dass sie schon versucht haben, uns ausfindig zu machen?«

»Was für dunkle Absichten sollen das denn sein?«

Ich lehne mich an die Schränke hinter dem Tresen und male mit einem schwarzen Stift Muster um seine Telefonnummer auf dem Kalender. »Du weißt schon, das, wozu Fremde einen so brauchen ... um ihre Bonbons zu essen oder ihre verloren gegangenen Hunde zu finden.«

»Weißt du, darauf falle ich nicht rein.«

»Solltest du auch nicht. Das sind ihre Tricks, mit denen sie dich in ihr Auto locken, damit sie dich entführen können. Ich bin froh, dass du dich von so was nicht hereinlegen lässt.«

»Ich meinte damit deinen Sarkasmus. Ich weiß, dass du den manchmal benutzt, um dahinter etwas zu verstecken.«

»Du traust mir zu viel zu. Ich bin wirklich so geistlos, wie es aussieht.«

»Wohl kaum. Und die Antwort auf deine Frage ist Ja. Ja, ich glaube schon, dass dein Vater versucht hat, dich zu finden. Welcher Vater würde denn nicht seine Tochter kennenlernen wollen?«

»Der, der sich beim bloßen Gedanken an mich aus dem Staub macht.« Ich hab keine Ahnung, warum ich darüber spreche. Es hat seine Gründe, warum ich dieses Thema normalerweise meide. Es fühlt sich an, als würde man mich überall mit einer Nadel piksen und mich verletzt und ungeschützt zurücklassen.

»Wenn er dich gekannt hätte, hätte er nicht gehen können.«

Ich schließe meine Augen. Was für ein Mann geht denn einfach? Und lässt meine Mom in diesem Zustand im Stich? Ein Mann, der furchtbare Angst hatte, Angst, dass ich seine Zukunft ruiniere. Ich *habe* eine Zukunft ruiniert. Meine Mom ist der Beweis dafür. Mal im Ernst, er war doch bloß ein Junge: mit einer glorreichen Zukunft und all dem Geld, das man dazu braucht. Wahrscheinlich war er Xander sehr ähnlich. Und deshalb hat meine Mom mit Xander ihre Vergangenheit wieder vor Augen gehabt. »Hättest du gehen können?«

»Niemals.«

Fühle ich mich damit nun besser oder eher das Gegenteil?

»Das ist auch der Grund, warum ich glaube, dass er es versucht hat, Caymen. Reue vergeht nicht einfach.«

Wenn man davon ausgeht, dass er es überhaupt bereut. »Wie schwer kann es sein, mich zu finden?«

»Vielleicht hat dir deine Mom nicht erzählt, dass er es versucht hat?«

»Meine Mom würde mir so etwas nicht verheimlichen.« Während ich das sage, fällt mein Blick auf den Kalender, in dem sie sich ihre Versammlung notiert hat. Vielleicht verheimlicht sie mir ja doch etwas. Und wenn sie es tut, dann hat Xander wahrscheinlich recht. Vielleicht verheimlicht sie mir eine Menge Dinge. »Was hast du Mittwochabend vor?«

»Eigentlich nichts.«

»Berufsinformationstag. Halb sieben. Wir treffen uns hier.«

»Ich bin dran mit dem Berufsinformationstag. Ich habe doch für morgen schon etwas geplant, schon vergessen?«

»Okay, abgemacht. Morgen du. Mittwoch ich.« Ich räuspere mich. »Es sei denn, es wird zu viel. Du handelst dir doch keinen Ärger ein, wenn du dich so oft mit mir triffst, oder?« Am liebsten möchte ich noch hinzufügen: »Freundinnen können nämlich ganz schön eifersüchtig werden«, aber ich verkneife es mir, denn ich habe Angst, dass es verbittert klingen könnte. Das wäre das Letzte, was ich will.

»Nein, natürlich nicht. Ich hab dir doch schon gesagt, dass meine Eltern dich mögen.«

Daran habe ich keine Zweifel. Seine Eltern gehen ja auch nicht davon aus, dass wir zusammen sind. »Morgen Nachmittag würde mir besser passen als morgen früh.«

»Wie wär's mit zwei?«

»Klingt gut. Wir sehen uns dann morgen.«

»Caymen?«

»Ja?«

»Du brauchst nicht aufzulegen. Ich habe Zeit, falls du noch ein bisschen reden willst.«

Der Knoten in meinem Magen löst sich bei diesen Worten. Ich will schon den Mund öffnen, da höre ich am anderen Ende der Leitung eine Mädchenstimme.

»Xander, was brauchst du so lange? Bist du am Telefon?«

»Ja, tut mir leid, dass ich dich habe warten lassen. Ich bin gleich unten. Fünf Minuten noch.«

»Mit wem sprichst du denn?«

»Einer Freundin von mir.« Eine Tür wird geschlossen und dann wird seine Stimme im Hörer wieder lauter. »Tut mir leid.«

»Kein Problem. Klingt, als müsstest du los. Wir sehen uns morgen um zwei. Tschau.« Ich lege auf, bevor er mich daran hindern kann, und bin stolz, dass meine Stimme so ungezwungen klang, denn meine Kehle fühlt sich an, als hätte sie jemand im Würgegriff. Keine Telefonate mehr. Sie helfen nicht.

28.

Ich warte am Bordstein. Jede Minute, die es später als zwei Uhr wird, fühlt sich wie eine Ewigkeit an. Vielleicht hat er es sich ja anders überlegt. Was, wenn ihm Sadie Newel zu verstehen gegeben hat, dass er sich spätabends nicht mehr mit Freundinnen unterhalten, geschweige denn Berufsinformationstage mit ihnen veranstalten darf.

Um 14 Uhr 07 biegt er um die Ecke. Er parkt und steigt aus.

»Hi«, sagt er.

»Hi.« Mein Körper reagiert wie üblich in seiner Gegenwart, mein Herzschlag wird schneller, eine Gänsehaut breitet sich auf meinen Armen und auf meinem Nacken aus.

Er blickt über meine Schulter in Richtung Laden und dann wieder zu mir. »Bist du so weit?«

Ich nicke.

Er greift mir unter den Ellenbogen. »Alles in Ordnung?«

Ich schaue ihm in die Augen und hätte am liebsten gesagt: »Nein, mir geht's immer noch beschissen. Meine Mom hat vor mir Geheimnisse, in einem Monat bin ich wahrscheinlich obdachlos, mein Dad hat mich im Stich gelassen und du hast eine Freundin, von der wir beide so tun, als würde sie nicht existieren.«

Ich sage bloß: »Ja, wieso?«

Er glaubt mir wahrscheinlich nicht, denn er zieht mich an sich. Ich schließe meine Augen und atme seinen Geruch ein.

»Ich bin für dich da«, sagt er in mein Haar.

»Für wie lange?«, hätte ich gerne gefragt. »Du bist ein guter Freund«, sage ich stattdessen und winde mich aus seinen Armen.

Während der Fahrt schweigen wir, bis Xander in Richtung Flughafen abbiegt.

»Äh ...« Ich schaue einem Flugzeug hinterher, das gerade abhebt, und richte dann meinen fassungslosen Blick auf Xander. »Fliegen wir irgendwohin?«

»Du hast doch keine Flugangst, oder?«

»Ich glaube nicht.«

»Du hast noch nie in einem Flugzeug gesessen?«

»Nein.« Und vielleicht habe ich doch Angst, denn meine Handflächen werden feucht.

»Echt jetzt?« Er sieht mich einen Moment lang nachdenklich an, als würde er ein Puzzle zusammensetzen.

»Du weißt doch, dass ich meiner Mom gesagt hab, dass ich heute Abend wieder zurück bin, oder?«

»Ja. Das bist du auch.«

»Okay.«

Es hätte mich nicht überrascht, wenn Xander sich in das Cockpit des Privatjets gesetzt hätte, in den wir steigen, und die Triebwerke selbst gestartet hätte. Aber Gott sei Dank tut er es nicht. Ein Pilot wartet auf uns.

Wir nehmen zwei Sitzplätze ein, die sich gegenüberliegen. Er holt eine Flasche Wasser aus einem Schrank unter seinem Sitz, trinkt einen Schluck und reicht sie mir. Dann holt er sich eine eigene Flasche.

»Getränke, aus denen schon ein Schluck getrunken wurde? Was für ein Bordservice.«

Ich werde mit einem Lächeln belohnt, allerdings nur einem kurzen. Ich versuche, mir etwas einfallen zu lassen. Er soll noch einmal lächeln. Das lenkt mich so gut ab und außerdem habe ich sein Lächeln vermisst. Ich sollte ihm das sagen. Ich lasse es bleiben.

Er hat seine Aufmerksamkeit auf den Bildschirm seines Handys gerichtet und fängt an, eine SMS oder E-Mail oder sonst etwas zu schreiben. Ich streife meine Schuhe ab, ziehe einen Fuß hoch und lege ihn unter meinen Körper, versuche, es mir gemütlich zu machen und zu vergessen, dass ich in einem Flugzeug sitze das kurz davor ist, abzuheben.

Er rückt ein bisschen zur Seite und klopft auf den Platz neben sich. »Du kannst deine Füße ruhig hier drauflegen.«

»Du hast keine Fußphobie?«

»Gibt es so etwas?«

»Klar, das ist ein echtes Leiden. Es gibt dafür Selbsthilfegruppen, Therapeuten, das volle Programm.« Als ich meine Füße auf den Platz neben ihn lege, streife ich mit meinem Fußgelenk seinen Oberschenkel. »Und, hast du schon Hechelatmung? Einen beschleunigten Herzschlag?«

Er legt eine Hand auf meinen Fuß, während er weiter auf seinem Handy herumtippt. Unsere Blicke treffen sich und er lächelt belustigt. »Sind das die Symptome? Vielleicht habe ich doch Fußphobie.«

Warum bloß muss er so was sagen? Bevor ich ihn kennengelernt hatte, dachte ich immer, ich wüsste, wenn ein Junge mit mir flirtet. Aber er sagt solche Sätze so mühelos, dass man nur schwer sagen kann, ob eine Absicht dahintersteckt oder ob er nur bei meinen Witzen mitmacht.

Vielleicht sollte ich ihn einfach fragen, rundheraus. *Was hält deine Freundin eigentlich von mir?* Das ist eine berechtigte Frage. »Xander?«

»Ja?«

»Was ...«

Er legt sein Handy weg und widmet mir seine volle Aufmerksamkeit.

»Was spielst du da auf deinem Handy? Scrabble?« Ich bin so ein Feigling. Wenn das Thema erst einmal heraus ist, fängt er ja vielleicht mal an, mich zu behandeln, als hätte er eine Freundin.

Und das will ich nicht. Das ist das Problem.

Er lacht. »Nein. Ich hab ein paar Angebote für die Homepage gecheckt, bevor ich die Verbindung verliere. Aber tut mir leid, ich höre auf. Ich bin echt unmöglich.«

»Nein. Kein Problem.« Die Triebwerke draußen neben dem Fenster heulen auf und ich verkrampfe mich.

Er steckt sein Handy ein und umfasst mein Fußgelenk. »Am schlimmsten ist der Start. Wenn wir erst einmal in der Luft sind, spürst du quasi nichts mehr.«

»Was ist mit der Landung?«

»Okay, das Zweitschlimmste ist die Landung.«

Die Lichter in der Kabine werden dunkler, das Flugzeug kriecht vorwärts und bewegt sich auf die Startbahn zu. Xander malt mit seinem Daumen Muster um meinen Knöchel. Ich sollte eigentlich wegen des Fluges nervös sein, aber sämtliche Nervenenden in meinem Bein geraten bei seiner Berührung unter Strom. Ich sehe die Lichter an uns vorbeigleiten, die Maschine wird schneller und ich schließe meine Augen, als die Wucht des Abhebens mich in meinen Sitz drückt. Erst als der Flieger in die Waagerechte geht, entspanne ich mich.

Er lässt mein Fußgelenk los. »Siehst du. Kinderleicht.«

»Jetzt müssen wir nur noch landen.«

»Genau.«

Ich sehe mich um. »Flugzeuge haben doch Toiletten, richtig? Das ist nicht bloß in Filmen so?«

Er zeigt hinter mich. Als ich aufstehe und an ihm vorbeigehe, gerät das Flugzeug in eine Turbulenz und ich verliere das Gleichgewicht. Ich halte mich an Xanders Schulter fest.

»Ich bezahle sie gut, damit sie das genau zum richtigen Zeitpunkt machen«, sagt er. Sein Flirt-oder-nicht-das-ist-hier-die-Frage ist echt kaum auszuhalten. Ich bin nur Zentimeter davon entfernt, auf seinem Schoß zu landen. Ich müsste einfach nur ein bisschen nachhelfen und schon würde ich dort sitzen. Die Versuchung, genau das zu tun, ist wirklich stark. Er stützt mich, indem er seine Hand um meine Hüfte legt, nur hilft er mir nicht wieder hoch. Er lässt seine Hand einfach liegen und schaut mir in die Augen.

Jetzt ist meine Kehle aus anderen Gründen wie zugeschnürt. Und dann ruckt das Flugzeug wieder und es kann Einbildung gewesen sein oder meine Beine, die schwach werden, aber ich könnte schwören, dass er mich tatsächlich nach vorne gezogen hat, anstatt mich aufrecht zu halten. Denn jetzt sitze ich auf seinem Schoß und meine Hände liegen immer noch auf seinen Schultern.

»Hi«, sagt er.

»Tut mir leid.«

»Weswegen?«

»Weil du so gut flirten kannst.«

Er lacht. »Du bist diejenige auf meinem Schoß. Ich hab hier bloß unschuldig gesessen.«

»Dann war's also das Flugzeug?«

»Natürlich.«

Ich versuche aufzustehen, aber er zieht mich wieder zurück.

»Mann, der Flug ist echt wacklig heute«, sagt er.

»Komisch aber auch.« Bloß finde ich es überhaupt nicht komisch. Eine rasende Wut überkommt mich. Er hat eine Freundin und flirtet trotzdem hemmungslos. Ich will nicht sein kleines, dreckiges Geheimnis sein. Wenn er sich einbildet, dass ich das bin, dann soll er sich auf was gefasst machen. »Lass mich hoch.«

Er muss an meiner Stimme gemerkt haben, wie ernst es mir ist, denn diesmal hilft er mir hoch. Ich schließe mich lange genug in der Toilette ein, um wieder zu mir zu kommen. Nach dem heutigen Abend muss ich über Xander

Spence hinweg sein. Ich sage es immer wieder in meinem Kopf und dann noch einmal laut vor dem Spiegel. »Ich bin über Xander Spence hinweg.« Fast glaube ich es selbst, so überzeugend bin ich.

Ich kehre zu meinem Platz zurück.

»Ist dir kalt? Zu heiß? Hast du Hunger?«, fragt er.

»Nein, alles bestens.«

»Der Sitz lässt sich nach hinten klappen, falls du schlafen möchtest oder so.«

»Ist der Flug lang?«

»Nein, ungefähr eine Stunde.«

Wie weit ist das? Ich kann es nicht ausrechnen. Im Auto würden wir nicht viel weiter als bis Oakland kommen, aber in der Luft ist das etwas anderes.

»Schon irgendwelche Ideen?«

»Wozu?«

»Hast du dank deiner unglaublichen Bobachtungsgabe schon herausgefunden, wo wir hinfliegen?«

»Nein.« Es stört mich, dass er mich gut genug kennt, um zu wissen, dass ich mir darüber Gedanken gemacht habe. Ich stelle meine Rückenlehne nach hinten und tue so, als würde ich für den Rest des Fluges schlafen. Und weil ich so entschlossen bin, muss ich die Landung eben ohne seine Unterstützung überstehen.

»Das ist mein Bruder«, sagt er und zeigt auf den Mann, der uns zuwinkt, als wir aus dem Flugzeug auf das Rollfeld steigen. Ich drehe mich um und versuche, wieder ins Flugzeug zu klettern. »Hey, stopp«, sagt er und greift nach meiner Hand. »Du wirst ihn mögen.«

»Lucas.« Sie umarmen sich und klopfen sich kurz auf den Rücken. »Das ist Caymen Meyers.«

Lucas dreht sich zu mir und schüttelt mir ehrlich lächelnd

die Hand. Und da ist noch etwas, das mich einfach nur verblüfft. Befreundet oder nicht, warum tut seine Familie so, als sei das alles so normal? Als würde es ihnen nichts ausmachen, dass Xander irgendein Mädel von der Straße aufgelesen hat und sich mit ihm trifft und im Familienjet durch die Gegend fliegt? Irgendetwas stimmt da doch nicht.

Lucas und Xander haben sich jede Menge zu erzählen, als hätten sie sich monatelang nicht gesehen. Vielleicht ist das ja auch so.

»Zwingt dich Dad, zur Benefizgala nach Hause zu kommen?«, fragt Xander, als wir bei einem schwarzen SUV haltmachen, der am Straßenrand geparkt ist.

Lucas seufzt. Er sieht Xander überhaupt nicht ähnlich. Sein Haar ist blond, während Xanders braun ist. Er hat einen hellen Teint, während Xanders olivfarben ist. Aber die Ausstrahlung ist die gleiche. »Ja. Glaubst du, ich könnte ein Double beauftragen?«

»Du weißt ja, Mom ist so stolz drauf. Irgendwann hab ich mal am Frühstückstisch erwähnt, wie seltsam ich diese Veranstaltungen finde, und sie ist fast in Tränen ausgebrochen. Jetzt tue ich so, als wäre es das Aufregendste überhaupt. Das funktioniert besser.« Xander öffnet die Beifahrertür und wartet, als ginge er davon aus, dass ich vorne einsteigen würde.

Ich lächele. »Du kannst ruhig neben deinem Bruder sitzen.« Ich ziehe die hintere Tür auf und steige ein.

»Mom macht nur Stress«, sagt Lucas, als wir alle unsere Plätze eingenommen haben.

»Ich weiß.«

»Kommt Scarlett auch? Ich weiß nämlich nicht, ob ich sie dieses Jahr ertragen kann.«

»Keine Ahnung. Gestern Abend war sie da und hat nichts gesagt. Ich bin mir sicher, dass Mom versucht hat, sie zu überreden. Ich war nicht die ganze Zeit dabei.« Xander wirft mir einen Blick zu und lächelt. Mir wird klar, dass Scarlett das Mädchen gewesen sein muss, das gestern unser Telefongespräch unterbrochen hat. Nicht Sadie. »Aber mit Sicherheit wird sie bei der Gala über alles und jeden lästern. Betrachte sie als unsere persönliche Klatschpresse. Ohne sie wäre es nicht dasselbe.«

Lucas schaut über die Schulter zu mir. »Wir sollten uns nicht so das Maul zerreißen, sonst machen wir der armen Caymen noch Angst. Keine Sorge, es wird dir gefallen. Jede Menge gruselige, alte Herren, die mit dir tanzen wollen. Jede Menge Essen, das aussieht, als würde es dir gleich vom Teller krabbeln. Und die Band ist so aufregend, dass sie nicht einmal einen Sänger bemühen müssen.«

»Ich spiele in dieser Band. Freut mich, dass sie dir gefällt.«

Lucas fängt an zu stottern. »Nein. Ich meine, ja. Die Band ist super. Ich hab bloß Spaß gemacht. Tut mir leid.«

Xander lacht. »Sie veräppelt dich nur, Lucas. Sie spielt nicht in der Band.«

Lucas schüttelt den Kopf und schaut mich im Rückspiegel an. »Du hast keine Miene verzogen. Ich war mir sicher, dass du das ernst meinst.«

»Sarkasmus ist ihre große Stärke.«

Ich klopfe hinten gegen Xanders Kopfstütze. »Ich dachte, wir hätten uns auf das Wort ›brillant‹ geeinigt.«

»Ich habe nicht vor, dich auch noch zu ermutigen.«

»Und, funktioniert es?«

Lucas grinst. »Vielleicht wird die Gala ja doch nicht so langweilig, wie ich gedacht habe. Sie sitzt mit an unserem Tisch, oder?«

»Caymen ist klug. Sie weigert sich mitzugehen.«

»Was?« Lucas boxt Xander auf den Arm. »Ist das schon jemals vorgekommen? Muss ich das für die Nachwelt festhalten?« Er schaut sich um und schnappt sich schließlich sein Handy aus der Mittelkonsole und hält es wie ein Diktafon an seinen Mund. »Ein Mädchen hat Xander einen Korb gegeben. Bitte die Presse verständigen.«

»Haha«, sagt Xander.

»Und wo wir schon beim Thema sind. Zwei Wochen hintereinander? Ziemlich beeindruckend, Bro. Mich finden die zurzeit wohl zu langweilig.«

»Wovon redest du?«, fragt Xander.

»Starz.« Er verdreht mit einem Seufzer die Augen, als er Xanders irritierten Blick sieht. Wenn ich nicht genau wüsste, wovon Lucas gesprochen hat, würde ich wahrscheinlich genauso dumm gucken. »Das Magazin. Du. Die Titelseite.«

»Echt jetzt?« Er klingt mehr verärgert als überrascht.

»Ja. Sie haben aus Sadie und dir wieder ein Paar gemacht.«

»Was?« Er zeigt auf einen Minisupermarkt, der sich auf der gegenüberliegenden Seite der Ampel, an der wir stehen, befindet. »Halte dort mal.«

Lucas zuckt mit den Schultern, tut, was er sagt, und parkt den Wagen. Xander wartet kaum ab, bis er zum Stehen gekommen ist, springt aus dem Wagen und verschwindet im hell erleuchteten Markt.

29.

Während wir im Auto warten, dreht sich Lucas auf seinem Sitz zu mir um und legt seinen Arm auf die Rückenlehne. »Was sollte das denn?«

Mein Herz rast. Sein Geheimnis mit der Freundin ist ans Licht gekommen, und ich frage mich, was Xander jetzt wohl sagen oder machen wird. »Er muss sauer sein, dass sie irgendetwas über ihn und Sadie gedruckt haben.«

»Wahrscheinlich hast du recht. Ich dachte, er wüsste davon.«

»Ich auch.«

Ein paar Minuten später knallt jemand eine Ausgabe der *Starz* gegen mein Fenster und ich zucke vor Schreck zusammen.

»Hast du das gelesen?«, brüllt er durchs Fenster. Ich kann ihn kaum verstehen.

Er öffnet die Tür und quetscht sich neben mich, ohne abzuwarten, dass ich rüberrutsche. »Du hast das gelesen, oder?«

Er sitzt praktisch auf mir. Ich bewege mich zur Seite, um ihm Platz zu machen.

»Fahr los, Lucas«, sagt er und zieht die Tür hinter sich zu. Dann richtet er seinen Blick wieder auf mich. Seine Augen sprühen Funken.

»Bist du etwa sauer auf mich, weil ich einen Artikel gelesen habe?«, frage ich. »Mason hat ihn mir letzte Woche gezeigt.«

»Letzte Woche! Caymen, warum hast du nichts gesagt?«

»Was sollte ich denn sagen? ›Wow, deine Freundin sieht toll aus.‹ So großzügig bin ich nun auch wieder nicht.«

Lucas lacht und Xander wirft ihm einen Blick zu, der ihn zum Schweigen bringt.

»Aber genau das ist es ja. Sie ist nicht meine Freundin.«

»Im Artikel ...« Ich zeige auf das Magazin, das er in seiner geballten Faust hält.

»Das hier« – er schnippt gegen Sadies Gesicht auf der Titelseite – »ist ein altes Foto.« Er betrachtet es näher. »Letztes Jahr.«

»Und vor ein paar Tagen hat sie dich angerufen ...«

»Sie hat mich angerufen? Nein, hat sie nicht.«

»Hmm. Es könnte sein, dass ich abgenommen habe ... Sie hat gesagt, sie würde zurückrufen.«

Er zieht sein Handy aus der Tasche und scrollt durch ein paar Menüs. Dann stöhnt er auf, als wollte er sagen, ach, da ist sie also.

Er drückt auf den Lautsprecher seines Handys. Die Nachricht, die Sadie Newel ihm hinterlassen hat, tönt durch das Auto. »Hey Xander. Wo bist du? Hast du die Starz gesehen? Diese Idioten. Was machen wir jetzt? Du musst deinen Zauber wirken lassen, um die Sache aus der Welt zu schaffen. Versprich mir, dass dein Vater sich die Hornochsen vorknöpft.« Sie klingt wütend.

Xander legt auf, richtet dann seinen Blick langsam auf mich und zieht dabei eine Augenbraue hoch.

»Ach so«, ist alles, was mir dazu einfällt.

»Ach so?«

»Was erwartest du? Ich habe das Bild gesehen. Ich wusste, dass du an diesem Wochenende in L. A. gewesen bist. Tut mir leid, dass ich dachte, alle Journalisten seien ehrlich.«

»Was ich von dir erwarte«, sagt er und beugt sich vor, »ist, dass du mich fragst.« Sein Blick ist so intensiv, dass ich am liebsten wegschauen möchte ... oder nur hinschauen, ich kann mich nicht entscheiden.

Mein Herz schlägt schnell und ich bin so erleichtert, dass er nicht mit Sadie Newel zusammen ist, dass ich ihn beinahe umarmt hätte. Einen Scherz. Ich muss einen Scherz machen. Schnell. »Vielleicht solltest du mir eine Liste aller Schauspielerinnen geben, mit denen du zusammen gewesen bist, möglichst datiert. Dann weiß ich, ob es sich um ein altes oder ein neues Foto handelt.«

»Die Liste kann ich dir besorgen«, sagt Lucas.

Ich löse meinen Blick mit Gewalt von Xander und schaue Lucas an. »Könntest du bitte auch alle Erbinnen oder Millionärstöchter auflisten? Wirklich jede, die eine Meldung wert ist.«

»Das könnte eine Weile dauern. Sind nicht gerade wenige.«

Ich weiß, dass er nur Spaß macht, aber seine Worte treffen genau ins Schwarze, denn ich hab nicht einmal annähernd die Chance, auf dieser Liste zu landen.

Xander seufzt und lehnt sich zurück. »So lang ist die gar nicht.« Er legt seine Hand auf den Sitz zwischen uns auf meine. Ich bemühe mich, mein Grinsen nicht zu breit werden zu lassen.

Wir fahren vor den roten Backsteingebäuden eines riesigen Campus vor und ich bin verwirrt. »Wo sind wir?«

»University of Las Vegas.«

»Machst du Werbung für das College hier?«

»Nein. Du wirst schon sehen.« Es ist richtig lustig, wie aufgeregt Xander plötzlich ist, als es um meine Zukunft geht. Vielleicht sollte Xander Lebensberater werden oder so etwas in der Richtung. Gibt es diesen Beruf überhaupt?

Ich brauche den ganzen Weg über den weitläufigen Campus, bis es bei mir Klick macht. »Du gehst hier aufs College«, sage ich zu Lucas.

»Genau.«

Das überrascht mich. Nicht, das UNLV ein schlechtes College wäre. Ich war bloß davon ausgegangen, dass er auf eine der Elite-Universitäten gehen würde. Ich bin allerdings immer noch nicht darauf gekommen, weswegen wir hier sind.

Nachdem wir jede Menge ähnlich aussehender Gebäude passiert haben, gehen wir in eines hinein. Am Ende des Flurs klopft Lucas an eine Tür. Ein Mann mit Brille öffnet mit einem Lächeln. »Hallo, kommt rein.«

Mein Blick wandert durch den Raum. Mikroskope, Bunsenbrenner, Glasfläschchen, Glasbehälter, Petrischalen. Der Fachbereich für Naturwissenschaften. Der Mann – ein Laborassistent vielleicht? – sagt: »Du überlegst, Naturwissenschaften zu studieren, wenn ich das richtig verstanden habe.«

Meine Lungen fühlen sich an, als würden sie gleich platzen. »Ja.«

Er informiert mich über die verschiedenen Berufe, die man nach dem Diplom ergreifen kann. Medizin, Forensik, Forschungsanalytik und so weiter und so weiter. Fast alles, wovon er spricht, klingt für mich interessant.

»Komm mit«, sagt er und führt mich zu einem Mikroskop. »Ich wollte gerade diese Blutprobe hier analysieren. Wonach ich suche, ist die Anzahl der weißen Blutkörperchen pro Einheitsquadrat. Wenn du einfach mal einen Blick durchs Mikroskop wirfst und sie für mich zählst, kann ich sehen, ob dein Ergebnis mit meinem übereinstimmt.«

Ich befolge seine Anweisungen und teile ihm mein Ergebnis mit. Er schreibt es in einen Kasten auf einem Zettel, der neben dem Mikroskop liegt. Dann geht er zu einem Glasständer und nimmt ein Röhrchen heraus. Ich darf mit einer Kanüle hineinstechen und einen anderen Tropfen Blut auf einen Objektträger träufeln, um ihn auch noch zu analysieren. Danach holt er verschiedene in Petrischalen angelegte Bakterienkulturen hervor und erklärt mir, woher sie stammen und was sie bedeuten. Er zeigt mir auch ein paar alte Polizeiakten für Studienzwecke, anhand derer DNA und Todesursache bestimmt wurden.

Ich weiß, dass mir die Ehrfurcht ins Gesicht geschrieben steht, denn als ich zu Xander rüberschiele, hat er das breiteste Lächeln aufgesetzt, das ich je bei im gesehen habe.

»Hast du als Hauptfach Naturwissenschaften belegt, Lucas?«

»Nein, Architektur. Das ist nur einer meiner Kurse. Und Rick hier ist mein Zimmerkumpel. Er ist Dr. Fendermans Assistent.«

»Hat Dr. Fenderman uns hierhergelockt, damit er uns als zukünftige Versuchskaninchen benutzen kann?«

»Ja, der nächste Stopp der Tour sind die Käfige.«

»Cool. Testet ihr zufällig gerade irgendwelche Impfungen? Die Jungen hier könnten eine verheerende Krankheit gebrauchen, um sich vor einer Benefizgala zu drücken.«

»Mein Beileid«, sagt Rick. Sind denn alle auf der Welt, außer mir, schon auf einer Benefizgala gewesen? Rick spannt einen weiteren Objektträger ein und ich spähe durch das Mikroskop. Lucas und Rick unterhalten sich, und während ich den Objektträger in Augenschein nehme, spüre ich ein Kitzeln im Nacken.

»Und, macht's Spaß?«, fragt Xander. Ich spüre ihn jetzt dicht hinter mir und seine Körperwärme lässt mir eine Gänsehaut über den Rücken laufen.

»Ja. Das ist so fantastisch.«

»Ich hab dich noch nie so glücklich gesehen.«

Ich bin auch noch nie so glücklich gewesen. Ich schaue immer noch durch das Objektiv auf den Träger, mein Blick verschwimmt aber, weil Xanders Atem meinen Nacken streift. Mein Körper reagiert auf ihn, als könnte er nicht anders, und ich lehne mich an seine Brust.

Er legt seine Arme um meine Schultern. »Du solltest Naturwissenschaften studieren. Nicht unbedingt hier, aber es passt zu dir. Ich sehe dich schon vor mir, so süß in diesem weißen Laborkittel.«

Ich lächele. »Das ist eine gute Idee. Vielleicht in einem Jahr.« Ich werde mindestens ein Jahr aussetzen, um meiner Mom zu helfen, das steht fest.

»Caymen.« Seine Stimme klingt missbilligend, als wüsste er, was ich gerade denke. »Das wäre ein Fehler.«

»Na ja, ich hab nicht so viele Möglichkeiten, Xander.«

»Du hast so viele Möglichkeiten, wie du dir selbst zugestehst.«

Ich lache ein bisschen. Er hat so viele Möglichkeiten, wie er sich selbst zugesteht. Der Rest von uns muss sich damit begnügen, was geboten wird. »Warum liegt dir so viel daran?«, flüstere ich.

Für eine Sekunde denke ich, dass er mich nicht gehört hat, weil ich mit dem Rücken zu ihm stehe, während seine Arme immer noch um meine Schultern liegen, aber dann sagt er: »Weil du mir wichtig bist.« Ich schließe meine Augen für einen kurzen Moment und spüre seine Worte, spüre ihn.

Ich möchte es geschehen lassen, aber irgendetwas hält mich weiterhin zurück. Ich dachte, es sei seine Freundin gewesen. Aber das Problem ist ja offensichtlich aus der Welt. Es ist meine Mutter. Ich habe ihr nichts von ihm erzählt. Und deswegen fühle ich mich wahnsinnig schlecht. Sein kleines, dreckiges Geheimnis wollte ich nicht sein, aber ich habe ihn zu meinem gemacht. Ich bin froh, dass ich mit dem Rücken zu ihm stehe, denn ich merke, wie mir der Ekel ins Gesicht geschrieben steht, der Ekel vor mir selbst. Ich winde mich aus seinen Armen und schaue auf die Uhr an der Wand. »Ist es wirklich schon acht? Wir sollten uns lieber auf den Weg machen, Xander.«

»Bevor wir zurückfliegen, will ich dich unbedingt in dieses kleine mexikanische Restaurant auf dem Las Vegas Strip einladen. Ist nicht weit. Und unglaublich lecker.«

30.

Er hat dich also in ein Flugzeug gesetzt und dich zu einem College *geflogen,* damit du mal in den Fachbereich der Naturwissenschaften reinschnuppern kannst und im Gegenzug machst du ...?« Skye versucht, mich dazu zu bringen, mir etwas total Ausgefallenes für unseren nächsten Berufsinformationstag auszudenken, aber wie soll ich das denn bitte überbieten?

»Äh, eigentlich kommt er sogar schon morgen Abend vorbei, weil meine Mom da dieses Treffen der Kleinunternehmer hat ...« Ich weiß nicht, wie ich den Satz beenden soll, und nehme mir ein kleines Schmuckkästchen aus einem Regal. Der Holzdeckel ist mit Plastikschmucksteinen beklebt und damit ein perfektes Beispiel dafür, warum ich diesen Laden »Die Müllhalde« nenne.

Skye ist damit beschäftigt, alte Bücher in ein Regal einzusortieren; sie dreht mir den Rücken zu. »Das kapier ich nicht. Wie willst du daraus einen Berufsinformationstag machen? Willst du ihn zu dem Treffen mitnehmen? Ihn dabei zuschauen lassen, wie sich Kleinunternehmer in die Haare kriegen?«

»Nein.« Ich stelle das Schmuckkästchen ab. »Nein, ich glaube nämlich nicht, dass meine Mom zu der Versammlung geht. Ich glaube, sie geht mit irgendeinem Typen aus. Ein Hinter-meinem-Rücken-Date.«

Jetzt dreht sie sich um und stemmt ihre Hände in die Hüften. »Moment. Willst du damit sagen, dass du und deine Mom beide heimlich einen Freund habt?« Sie lacht.

»Nein, Xander ist nicht mein Freund.« Noch nicht. Nicht,

bis ich den Mut aufgebracht habe, es meiner Mom zu sagen. Ich habe mir dafür eine Woche gegeben.

Sie verdreht ihre Augen. »Du und Xander seid die verliebtesten platonischen Freunde, die ich kenne. Warte mal kurz.« Sie geht nach hinten und ruft Lydia, der Besitzerin des Ladens, zu: »Ich bin mit den Büchern fertig und das Schild ist umgedreht. Brauchst du mich noch für etwas?«

»Nein, schönen Feierabend. Wir sehen uns morgen.«

Skye hakt sich bei mir ein, lotst mich durch die Hintertür und nimmt die Abkürzung über den Seitenweg in den Hinterhof unseres Ladens. »Wo ist deine Mom?«, fragt sie und zeigt auf den leeren Parkplatz.

»Sie ist nach Ladenschluss noch schnell einkaufen gefahren.«

»Also gut, zurück zum Berufsinformationstag. Ich weiß immer noch nicht, was du mit Xander vorhast.«

»Ich auch nicht. Eigentlich wollte ich meiner Mom hinterherspionieren. Aber okay, blöde Idee.«

Sie lacht.

»Ich hatte noch an was anderes gedacht.« Wir gehen die Treppe zu unserer Wohnung hoch. »Ich hab letzte Woche mit Eddie gesprochen und er hat mir versprochen, dass er uns beibringt, wie man seine berühmten Muffins macht.«

Skye verzieht ihr Gesicht. »Wieso denn das?«

»Weil Xander die Muffins mag. Er mag alles, was mit Essen zu tun hat, ehrlich. Überall, wo wir hingehen, landen wir in einem seiner Lieblingsrestaurants. Ich dachte, dass er sich vielleicht mit Eddie unterhalten könnte, um zu sehen, ob ein eigenes Restaurant etwas für ihn wäre.«

»Hach«, sagt Skye. »Nicht schlecht gedacht. Und so süß.« Sobald wir in der Wohnung sind, geht sie zum Kühlschrank. »Und du tust so, als wärst du nicht in den Typen verliebt.«

Ich lächele, während sie den Inhalt des Kühlschranks inspiziert. Das Licht des Anrufbeantworters blinkt. Ich drücke auf den Knopf. »Sie haben eine neue Nachricht«, sagt die Roboterstimme, ihr folgt eine Frauenstimme. »Hi Mrs Meyers, hier spricht Tina, Praxis Dr. Saunders. Wir haben Ihre Ultraschalluntersuchung für den fünfzehnten vorgesehen. Bitte kommen Sie eine halbe Stunde früher und achten Sie darauf, dass Sie auch wie besprochen genug trinken. Falls Sie noch irgendwelche Fragen haben, rufen Sie uns bitte an.«

Ich höre, wie die Kühlschranktür hinter mir zufällt.

»Ich hab gar nicht gewusst, dass deine Mom schwanger ist.«

»Schwanger? Was?«

»Ultraschall. Den machen sie, wenn man schwanger ist.«

Mein Hirn registriert kaum die Worte, die sie gesagt hat. »Nein, ist sie nicht.«

»Ach, und warum wird bei ihr dann ein Ultraschall gemacht?«

Es muss noch andere Gründe geben, warum man bei Menschen Ultraschalluntersuchungen durchführt. »Ich weiß es nicht.«

»Ist ihr übel? Ist sie müde?«

Ich denke zurück. In letzter Zeit hat sie nicht besonders gut gegessen. Vielleicht lag das daran, dass ihr übel war. Und sie ist definitiv dauernd müde. Ich nicke.

»Also ist sie wahrscheinlich schwanger.« Sie deutet mit dem Kopf auf den Anrufbeantworter. »Außerdem haben sie sie gebeten, genug zu trinken. So können sie beim Ultraschall genauer messen.«

Ich schüttele langsam und immer wieder den Kopf.

»Aber ist doch irgendwie aufregend, oder findest du nicht? Du bekommst einen kleinen Bruder oder eine kleine Schwester.«

»Aufregend? Blödsinn. Nein, sie ist nicht schwanger. Das ist ja lächerlich. Sie hat ja nicht einmal einen ...« Mir wird bewusst, dass ich gerade ›Freund‹ sagen wollte. Es ist sehr wohl möglich, dass sie einen Freund hat. »Sie ist nicht schwanger.« Aber wenn sie nicht schwanger ist, was hat sie dann? Ein Gefühl der Angst durchflutet mich. Stimmt irgendetwas nicht mit ihr? Man macht doch einen Ultraschall nicht einfach nur so ... oder doch? Vielleicht ist das Routine, sobald man älter wird.

Skye stellt sich vor mich und streichelt meine Schulter. Ich muss ihr wie erstarrt vorkommen. »Ist wahrscheinlich nichts Schlimmes. Selbst wenn sie schwanger ist, ist das keine große Sache.«

»Sie ist nicht schwanger«, beharre ich. »Sie ist zu alt, um schwanger zu sein.«

Skye lacht. »Sie ist erst fünfunddreißig.« Ihr Handy piept. Sie holt es raus und lächelt, nachdem sie die SMS gelesen hat. »Henry. Die Band trifft sich im Scream Shout. Hast du Lust mitzukommen?«

Ich schaue auf das Licht des Anrufbeantworters, dessen Blinken erloschen ist. Dann sehe ich auf die Wohnungstür. Ich schaffe es kaum, Luft zu holen. Wann wird meine Mom nach Hause kommen? Ich muss sie fragen, was los ist. Aber wird sie es mir erzählen? Sie weigert sich jetzt schon wochenlang, mir irgendetwas zu erzählen.

Es wird schon nichts sein. Meiner Mom geht's gut. Routineuntersuchung. »Ja, ich komme gleich runter. Gib mir eine Minute.«

Sie zögert, aber macht sich dann auf den Weg nach unten. Ich kritzele schnell eine Nachricht, dass ich bei Skye übernachte, und lege sie auf die Küchentheke. Ich packe ein paar Sachen in meinen Rucksack und schließe die Tür hinter mir ab.

Wir gehen ins Scream Shout, das so gut wie menschenleer ist. Der Barkeeper zeigt auf die Tür neben der Bühne, als Skye ihn fragend anschaut. Sie marschiert quer durch den Club und steuert direkt auf die Tür zu, die in einen schwach beleuchteten Flur führt. Aus einem Hinterzimmer ertönt Musik und wir folgen dem Klang. In einem kleinen Raum sitzen die Bandmitglieder auf Sofas. Sie schauen auf, als wir hereinkommen.

Henry begrüßt Skye. *»There's my beautiful girl«,* singt er und schlägt ein paar Akkorde auf seiner Gitarre an.

Sie lächelt und schlüpft in die schmale Lücke zwischen ihm und der Sofalehne.

Mason zwinkert mir zu. »Hey Caymen.«

»Hi.« Ich pfeffere meinen Rucksack gegen die Wand, suche mir einen Platz auf dem Fußboden und tauche für eine Weile ab. Es scheint zu funktionieren, als die Jungs anfangen, mit Liedzeilen und Tonfolgen herumzuexperimentieren. Die aneinandergereihten Melodien erfüllen mich von Kopf bis Fuß.

Derrick, der Schlagzeuger, macht einen beiläufigen Song aus dem heutigen Tag. Wie er in seinem Auto gefahren ist, Radio gehört hat. Wie er beim Supermarkt war und Milch gekauft hat und so weiter und so weiter. Ich höre nicht mehr hin, bis er fragt: »Was reimt sich auf *fire hydrant?«*

Mason wird ernst und ich gehe davon aus, dass er gleich etwas sagt wie: »Sei kein Idiot. Warum singst du über einen Hydranten?« Aber stattdessen sagt er: »Keine Ahnung, *wire tyrant?«*

»Was soll das denn sein?«, fragt Henry.

»Du weißt schon, ein Draht-Tyrann. Jemand, der es auf alle Drähte dieser Welt abgesehen hat.«

Ich lache kurz auf.

»Wie wär's mit *tired rant* – müdes Geschwätz?«, fragt Skye. »Wenn du es nuschelst, reimt es sich.«

»This is our tired rant about a useless fire hydrant«, singt Henry.

Mason lacht und verbessert: *»This is our tired rant about Henry the wire tyrant.«*

»Wie kann denn Geschwätz müde sein?«, frage ich. »Ist das Wort an sich nicht schon lebendig?«

Henry spielt einen Akkord, schaut eine Weile an die Decke, während er noch ein paar weitere Akkorde anschlägt und dann singt er: *»I'm so tired of the same old rant when what I really need is a second chance.«*

Mason nickt. »Ja. Lass uns den Song ›Fire Hydrant‹ nennen.

Sie lachen alle, aber Derrick fängt an, sich auf einem Block Notizen zu machen, während die anderen etwas von zweiten Chancen und Neuanfängen in den Raum brüllen. Ich kann nicht glauben, dass ich eben gerade die Geburt eines Songs miterlebt habe, die ihren Anfang in dem Wort *hydrant* genommen hat. Es ist seltsam, wenn man sieht, wie etwas aus Nichts geschaffen wird. Ich denke dabei an mich und daran, wie Xander versucht, aus meinem Nichts von Leben etwas zu machen. Wie er es irgendwie geschafft hat. Er hat das Lächerliche etwas meines Lebens, meinen Hydranten, genommen und mir klargemacht, dass ich daraus etwas anderes machen kann. Mehr daraus machen kann.

Nach all dem, was heute passiert ist, stimmt mich dieser Gedanke glücklich. Die anderen rufen immer noch Stichworte durcheinander und ich mache mit. Sie kommen mit dem Song ziemlich voran, bis die Blödelei wieder die Oberhand gewinnt, als jemand irgendeinen Reim mit Schildkrötensuppe durch den Raum brüllt: *»And why won't you just let me eat turtle soup?«*

Skye schnappt empört nach Luft, aber alle brechen in Gelächter aus.

Um zehn lachen wir immer noch und es ist jetzt einfach nur noch albern. Skye liegt auf dem Boden halb über mir. »Ich bring dich mal lieber nach Hause, Kleines«, sagt sie. »Morgen hat unsere Minderjährige Schule.«

»Ich übernachte heute Nacht bei dir!«, brülle ich.

»Wirklich?«

»Das stand jedenfalls auf meinem Zettel, den ich meiner Mutter hinterlassen habe, also muss es wohl stimmen.«

»Hey! Pyjamaparty.«

»Wir sollten irgendein Haus mit Klopapier zumüllen«, schlage ich vor.

»Ja. Super Idee! Wessen Haus?«

»Keine Ahnung.« Dann hebe ich meine Hand, als wären wir in der Schule. »Xanders!«

Sie lacht. »Wer hat Lust, Xanders Haus mit Klopapier zuzumüllen?«

Die Jungen schauen uns nur an und stöhnen.

»Euch brauchen wir nicht.« Ich stehe auf. »Lass uns gehen.«

Skye läuft vor, und als ich schon durch die Tür bin, werde ich zurückgezogen. Ich wirbele herum und mein Gesicht trifft auf Masons Brust. Wir stehen im halbdunklen Flur.

Er küsst mich auf die Wange. »Du bist gegangen, ohne dich zu verabschieden.«

Ich weiche einen Schritt zurück und unsere Blicke treffen sich. »Ich ...«

Er blinzelt heftig. »Du und Xander, stimmt's?«

»Ich glaub schon.«

»Bist du sicher, dass ihr zusammenpasst?«

Ich weiß genau, was er damit meint, aber als Xanders Bild vor meinem inneren Auge auftaucht, nicke ich.

Er zuckt gleichgültig mit der Schulter. »Du weißt ja, wo du mich findest.« Und damit verschwindet er wieder zurück ins Zimmer.

31.

Skye und ich halten beide zwei Rollen Klopapier in der Hand und starrten auf das verschlossene Tor vor Xanders Haus. »Ist es nicht ein bisschen früh für einen Klopapierstreich?«, fragt Skye. »Es ist noch nicht einmal halb elf. Im Haus brennen noch alle Lichter.«

»Dafür kann es nie zu früh sein. Die eigentliche Frage ist doch: Wie kommen wir überhaupt rein?« Ich versuche, mich zwischen zwei Gitterstäben durch den Zaun zu quetschen, bleibe aber mit dem Oberschenkel stecken. Ich fange an zu lachen.

»Hast du jemals schon mal was Verbotenes getan?«, fragt Skye.

»Ich glaube nicht.«

»Es macht Spaß mit dir, wenn du albern bist.« Skye fasst mich unter den Achseln und versucht, mich herauszuziehen. Sie bricht vor Lachen fast zusammen. Endlich bekommt sie mich frei. Ich lande auf ihr und wir beide plumpsen auf den Boden.

»Lass uns doch einfach nur den Zaun mit Klopapier einwickeln.«

»Wird Xander das genauso komisch finden wie wir?«

Ich habe keine Ahnung. »Mit Sicherheit.«

Es ist dunkel, aber es gelingt uns, Toilettenpapier um die Gitterstäbe zu wickeln. Seit wann macht es eigentlich solchen Spaß, so kindisch zu sein? Ich brauche eine Minute, bis ich merke, dass ich beim Wickeln plötzlich besser sehe. Und noch eine Minute, bis mir klar wird, woran das liegt: Jemand leuchtet uns mit einer Taschenlampe an. Der Taschenlampenträger räuspert sich. »Meine Damen. Amüsieren Sie sich gut?«

»Ja, sehr«, sagt Skye und wir beide drehen uns um und stehen einer Art Security-Mann gegenüber, der uns missbilligend mustert.

»Wie süß. Private Security«, sagt Skye.

Er zieht die Augenbrauen zusammen. »Eine private Security, die einen direkten Draht zur Polizei hat. Na los, dann wollen wir mal kurz mit Mr Spence sprechen, ja?«

Diese Aussicht müsste eigentlich einen Schatten auf den Abend werfen, tut sie aber nicht. Vielleicht, weil all das so unwirklich ist – wie wir da mit dem Klopapier in der Hand in der Dunkelheit stehen. Wirklicher wird es erst, als wir auf Mr Spence' Veranda stehen und er uns eingehend mustert. Wieso bloß kann ich immer noch nicht aufhören zu lachen?

»Sir, was soll ich mit den beiden machen?«, fragt der Sicherheitstyp.

Mr Spence mustert mich nochmals und legt seinen Kopf schief. Ich frage mich, ob ihm wohl einfällt, dass wir uns schon einmal begegnet sind. Warum sollte es? Ich bin bloß ein Name, den er vor Wochen einmal kurz gehört hat. Als er dann sagt, »Caymen, richtig?«, bleibt mir das Lachen im Hals stecken.

Ich nicke. Natürlich erinnert er sich an mich. Ich stehe dafür, dass sein Sohn sich gegen ihn auflehnt. Ich bin das letzte Mädchen auf Erden, das Mr Spence billigen würde. Mein Name und mein Gesicht sind wahrscheinlich in seinem Gedächtnis eingraviert.

»Spielt ihr meinem Sohn etwa einen Streich?«

Ich nicke wieder.

Er lacht. »Um ehrlich zu sein: Dieser Klopapierstreich – so nennt ihr das doch? – ist noch keinem meiner Kinder passiert.« Er dreht sich zu dem Security-Typen um. »Alles in

Ordnung, Bruce.« Zu uns sagt er dann: »Warum kommt ihr beide nicht rein?«

Meine Brust zieht sich vor Schreck zusammen, während ich auf die Klopapierrollen schaue, die ich immer noch umklammert halte. »Nein, das ist nicht nötig. Wir gehen dann jetzt. Wenn Sie mir einen Müllbeutel geben, machen wir gerne alles wieder sauber.«

Er winkt ab. »Nein. Dafür haben wir Personal. Und ich bestehe darauf. Ihr müsst reinkommen.«

»Es ist schon spät. Wir ...«

»Caymen?«

Xanders Stimme setzt so was wie eine plötzliche Hitzewelle in mir in Gang. Meine Wangen werden heiß. Er kommt in Pyjamahose und T-Shirt an die Tür. Selbst sein Pyjama sieht teuer aus. Er schaut auf das Klopapier in meiner Hand und dann rüber zu Skye und ihrem Klopapier.

»Wir haben Wahrheit oder Pflicht gespielt«, platze ich heraus. »Wir durften uns nicht erwischen lassen.« Skye fängt an zu kichern und ich schließe mich ihr an.

Seine Augen funkeln und er unterdrückt ein Lachen. »Kommt rein. Tess hat vorhin heiße Schokolade gemacht. Ich glaube, es ist noch etwas übrig.«

Ich bin mir nicht sicher, ob ich wissen muss, wer Tess ist, aber ich verkneife mir die Frage. Klopapier in der Hand zu halten, ist schon entwürdigend genug für einen Abend. »Nein, aber danke. Ehrlich, wir wollten gerade gehen.«

»Ich bestehe darauf«, sagt er.

Skye prustet los. Wegen Xander, da bin ich mir ziemlich sicher, denn eben hat er genauso wie sein Dad geklungen. Aber sie hält den Mund, wahrscheinlich, weil sie mich entscheiden lassen will, wie sich das hier weiterentwickeln soll. Ich schaue zwischen Xander und seinem Vater hin und her, die mich beide erwartungsvoll ansehen, die Arme verschränkt, die Augenbrauen auf die gleiche Art zusammengezogen. Als ich sehe, wie ähnlich sie sich sind, frage ich mich, ob ich meinem Dad irgendwie ähnele. Ich sehe zwar wie meine Mom aus, bin aber überhaupt nicht wie sie.

»Na gut. Aber nur kurz. Es ist spät. Wir hatten ehrlich nicht vorgehabt zu stören.«

Die Küche ist riesig. Arbeitsplatten aus hellem Marmor. Eine monströse Kücheninsel. Der Kühlschrank ist größer als irgendein Kühlschrank, den ich je in einem Haus gesehen habe. Er sieht beinahe wie einer der Gefrierschränke in der Kühlabteilung eines Supermarktes aus.

Sein Dad folgt uns in die Küche. »Tess ist übrigens schon gegangen, aber ihr findet euch sicher alleine zurecht.«

Tess muss die Köchin sein.

»Gute Nacht. Alexander, lass es nicht zu spät werden«, sagt er und verlässt die Küche.

Xander geht zum Herd, auf dem ein Teekessel steht, und hebt ihn hoch. »Leer.«

»Ist schon okay.«

»Nein, ich hab's im Griff. Ich glaube, irgendwo muss hier dieses Pulverzeug sein.« Er sieht in den Schränken nach. Da er offensichtlich nicht lockerlassen wird, bis wir unsere heiße Schokolade haben, gehe ich zum Herd, schnappe mir den Kessel, fülle ihn mit Wasser und studiere dann die Anschaltmechanik. Skye kommt dazu, um mir zu helfen. Nachdem wir an mehreren Knäufen gedreht und auf ein paar Knöpfe gedrückt haben, haben wir es geschafft, eine der Gasflammen anzubekommen.

Xander sucht immer noch nach der heißen Schokolade. Er wirkt in seiner eigenen Küche wie ein Fremder und öffnet Schranktüren, von denen er ganz offensichtlich keine Ahnung hat, was sich dahinter befindet. Endlich reißt er mit einem lauten »Ah!« eine Dose ganz hinten aus einem Schrank.

»Hast du je in deinem Leben schon mal in diese Schränke geschaut?«, frage ich.

»Na klar.«

»Dann lass uns ein Spiel spielen. Skye wird uns ein Küchengerät nennen. Wer es zuerst findet, gewinnt.«

»Gewinnt was?«

»Er darf damit angeben.«

»Das hier ist unser Haus. Ich bin sicher, dass ich gewinnen werde.«

»Beweise es, du Luxuskind. Tess ist nicht hier, um dir dein Fläschchen zu machen.«

»Oh, dir zeig ich's!«

Ich grinse. Ich kenne mich mit Küchen aus. Und wenn eine Köchin sie eingerichtet hat, dann nach logischen und praktischen Gesichtspunkten. Kochlöffel neben dem Herd, Gläser über der Spüle. Alles klar. Ich nicke Skye zu.

Sie lächelt. »Wir fangen mit etwas Leichtem an: Pfannenwender.«

Xander rennt zur Kücheninsel und fängt an, die Schubladen zu durchwühlen. Ich gehe zum Herd und ziehe die Schubladen rechts und links davon auf. Auf Anhieb finde ich den Pfannenwender, drehe mich um und halte ihn hoch.

»Die erste Runde geht an Caymen«, sagt Skye und Xander reißt seinen Kopf hoch, um mich anzustarren. Er knurrt.

»Okay. Kommen wir zu zweitens: Müslischale.«

Ich gebe einen Laut der Entrüstung von mir. »Das ist unfair. Er weiß, wo die ist, das ist dir doch klar.« Und natürlich weiß er es. Im Schrank neben der Speisekammer.

»Gleichstand!«, ruft Skye. »Sucht mir einen Durchschlag.«

Ich lache über Xanders Gesichtsausdruck. Er sieht so aus,

als wüsste er nicht einmal, was das ist. Ich rase zur Spüle. Es muss darunter in einem der Schränke sein. Als ich meine Hand nach dem Schrank ausstrecke, umfassen zwei Hände meine Hüfte und ziehen mich zurück. Dann drängelt Xander sich an mir vorbei und reißt die Schranktür auf, die ich gerade aufmachen wollte. Ich hechte nach vorne, stelle mich neben ihn und versuche dabei, ihn mit meinem Körper wegzuschieben.

»Betrügerin«, sagt er.

»Ich? Du bist der Betrüger.« Er weicht nicht einen Zentimeter, ich schaffe es nicht, ihn wegzudrängen. Er durchsucht die Schrankfächer.

»Es sieht wie eine Schüssel mit Löchern aus«, ruft Skye ihm zu.

»Selbst meine beste Freundin stellt sich gegen mich.« Ich schlinge meine Arme um Xanders Hüften und versuche, ihn zurückzuziehen. Der Kessel auf dem Herd pfeift und Skye nimmt ihn von der Flamme.

»Ich hab's!« Xander hält den Durchschlag in die Luft. Ich springe hoch und versuche, ihn mir zu schnappen, und er hält es knapp außerhalb meiner Reichweite. Als ich versuche, seinen Arm herunterzuziehen, legt er seinen freien Arm um meine Schulter und drückt mich gewaltsam an sich. »And the winner is ... Xander!«

»Betrüger! Alle beide!«

Er räuspert sich. »Diesen Sieg verdanke ich allein meiner herausragenden Kenntnis in Sachen Küche und Küchenutensilien, die ich schon bei zahlreichen Gelegenheiten unter Beweis stellen konnte. Wenn nicht ...« Er unterbricht sich mitten im Satz. »Oh, hi Mom«, sagt er.

Ich ziehe sofort meine Hände zurück, die ich gegen Xanders Brust gestemmt habe, und versuche, mich aus seinem Griff zu winden. Er legt den Durchschlag auf die Küchentheke und hält mich mit beiden Armen fest. »Mom, das sind Caymen Meyers und ihre Freundin Skye.«

Ich drehe ihr den Kopf zu, weil mein Körper immer noch in Xanders Griff gefangen ist. Ich fürchte mich vor dem, was ich in ihrem Gesicht lesen werde. Fürchte mich, dass das der Moment sein wird, in dem ich endgültig auf Widerstand gegen diese Beziehung stoße.

Aber ihr viel zu junges Gesicht, um Xanders Mutter sein zu können, sieht sympathisch aus. Ihre Haare sind blond und ihre Augen blau. Jetzt verstehe ich, von wem Lucas sein Aussehen geerbt hat. Xander hat überhaupt nichts von seiner Mutter. Aber dann lächelt sie, vielleicht, weil ich anfange, mit Xander zu ringen, und ich merke, dass er seine beste Eigenschaft von ihr geerbt hat.

»Schön, euch kennenzulernen, ihr zwei. Caymen, ich habe schon so viel von dir gehört.«

»Hallo Mrs Spence. Ihr Sohn will mich nicht loslassen, weil er ein Betrüger ist, aber wie nett, Sie kennenzulernen.«

Xander gibt mich frei und ich bringe ein paar Schritte zwischen uns, bemüht, meinen Kicheranfall zu unterdrücken.

Mrs Spence nimmt eine Rolle Klopapier von der Küchentheke und rümpft die Nase.

»Da musst du Caymen fragen«, sagt Xander.

Na super, jetzt muss ich seiner Mutter auch noch meinen Anfall von Vandalismus erklären? »Ihr Sohn hat mich angerufen. Ein Notfall – ihm ist das Toilettenpapier ausgegangen. Ich bin sofort hergeeilt.«

Sie sieht verwirrt aus, deshalb sagt Xander: »Sie macht nur Spaß, Mom.«

»Verstehe. Der trockene Humor, von dem du mir erzählt hast.«

Himmel, wie viel haben die eigentlich über mich geredet?

»Na ja, ich bin froh, dass du meinen ernsten Jungen zum Lachen bringst.« Sie drückt meinen Arm und tätschelt dann Xanders Wange. »Ich geh ins Bett. Lass dich mal öfter blicken, Caymen.«

»Gute Nacht, Mom.« Nachdem seine Mom die Küche verlassen hat, geht Xander zu den Tassen, häuft in jede ein paar Löffel Schokoladenpulver und gießt dann heißes Wasser drüber. »Die schmeckt zwar nicht ganz so gut wie Eddies, aber ich hoffe, sie schmeckt euch trotzdem.«

»Habt ihr hier irgendwo eine Toilette?«, fragt Skye. »Oder zehn?«

Er lächelt. »Die nächste ist hinter dem Türbogen. Erste Tür rechts.«

»Danke.«

Sie verlässt die Küche und jetzt stehen nur noch Xander und ich Seite an Seite an der Küchentheke. Seine Hüfte drückt in meine Seite, als er nach dem Löffel greift. Dann streifen sich unsere Hände, als wir uns beide dieselbe Tasse nehmen wollen. Wir zucken zurück.

»Nach Ihnen«, sagen wir beide gleichzeitig und lachen dann. Er trinkt einen Schluck von der heißen Schokolade und schiebt die Tasse mir zu.

Überall berühren wir uns – Schultern, Ellenbogen, Hüften, Schenkel –, bis hin zu den Füßen. Ich kann jede kleinste Bewegung spüren, die er macht.

»Du machst mich total fertig«, sagt er atemlos.

»Tut mir leid.« Ich mache einen Schritt zur Seite, aber er packt mich am Ellenbogen und zieht mich zu sich heran. Jetzt berühren wir uns von vorne. Ich schnappe nach Luft, während die Hitze durch meinen Körper strömt. Er schiebt mich gegen die Küchentheke. Die Hand, die er in meinen Rücken drückt, fühlt sich an, als würde sie sich in meine Haut brennen.

Mit aller Macht starre ich auf den Kragen seines T-Shirts.

»Caymen?«

»Ja?«

»Du siehst aus, als hättest du entsetzliche Angst. Macht dir das hier Angst?«

»Mehr als alles andere.«

»Wieso?«

»Weil ich meine Minzpastillen nicht dabeihabe.«

»Und jetzt die wahre Antwort ...«

»Weil ich Angst habe, dass das Spiel aus ist, sobald du mich einmal hast.« Ich kann nicht glauben, dass ich das laut gesagt habe, wenn ich es nicht einmal vor mir selber zugegeben kann. Aber er hat es herausgelockt. Er lockt immer alles aus mir heraus.

Er streichelt mit seiner Hand über meine Wange und mein Herz explodiert in meiner Brust, während jedes Nervenende meines Gesichts und meiner Arme unter seiner Berührung zu Leben erwacht.

»Mir war nicht klar, dass wir hier ein Spiel spielen«, sagt er.

Ich lächele. Denselben Spruch hat er bei unserem zweiten Treffen gemacht. Ich schaue ihn an, und als hätte er genau darauf gewartet, legen sich seine Lippen auf meine. Als unsere Lippen sich berühren, habe ich das Gefühl, unter Strom zu stehen. Er küsst mich sanft, seine Lippen sind genauso warm wie seine Hände.

Gerade, als ich den Kuss erwidern will, höre ich, wie Skye sich räuspert und sagt: »Ich nehme meine heiße Schokolade einfach mit. Ich bringe dir die Tasse ein andermal zurück.«

Ich löse mich von ihm und versuche, Xander wegzuschieben, weil ich nicht unhöflich sein will, aber er weicht nicht vom Fleck. Skye lächelt mir ermunternd zu und mir wird klar, dass sie überhaupt nicht beleidigt ist.

»Ich bringe Caymen nach Hause«, sagt Xander, ohne seinen Blick von mir zu lösen. Seine Augen sprühen beinahe Funken. Wir beide lauschen, während Skye die Küche verlässt. Dann umfasst er meine Hüften und hebt mich auf die Küchentheke. Ich lege meine Arme und Beine um ihn und presse meine Lippen auf seine. Diesmal bin ich fordernder. Mein Verlangen offensichtlicher.

Er erwidert es, seine Zunge sucht nach meiner, seine Hände ziehen mich so dicht wie möglich an sich heran. Er schmeckt gut, wie salzige Schokolade. Ich taste mit meinen Händen durch den Stoff seines T-Shirts über seinen Rücken. Ich finde seine Wirbelsäule und umkreise jeden einzelnen Wirbel. Die Gefühle strömen nur so durch meinen Körper und ich bin überrascht, dass es tiefe Traurigkeit ist, die mich überwältigt, das Gefühl, das ich den ganzen Abend lang so erfolgreich unterdrückt hatte.

Ich bin kurz davor, in Tränen auszubrechen, und vergrabe meinen Kopf in seinem Nacken und hoffe, dass es mir gelingt, sie zurückzuhalten. Er erstarrt und versucht, einen Schritt zurückzutreten, wahrscheinlich, damit er mich ansehen kann, aber ich klammere mich fest an ihn. Er streichelt meinen Rücken.

»Caymen, was hast du? Es tut mir leid. War das zu schnell?« Er lässt mich von der Küchentheke gleiten.

»Nein, das ist es nicht.«

»Es tut mir so leid.«

»Nein, du hast nichts falsch gemacht. Ich hab mir wirklich den ungünstigsten Zeitpunkt ausgesucht, meine Verdrängungstaktik aufzugeben.« Ich bin mir nicht sicher, ob er verstanden hat, was ich gesagt habe, die Gefühle überwältigen mich.

»Sprich mit mir. Was ist passiert?«

»Kannst du mich einfach nur festhalten?« Ich versuche,

meine Gefühle wieder unter Kontrolle zu bekommen, bevor ich versuche, es zu erklären.

Er scheint gerade erst bemerkt zu haben, dass er aufgehört hat, mich zu umarmen, denn er holt tief Luft und legt seine Arme wieder um mich. Zwischen uns ist kein Millimeter mehr Platz. Dass er da ist, ist das Einzige, was mich vor einem Nervenzusammenbruch bewahrt, denn nun brechen die Gedanken, die ich den ganzen Abend verdrängt habe, sich ihren Weg an die Oberfläche.

Was, wenn meine Mom tatsächlich schwanger ist? Ein Baby würde unseren Ruin bedeuten. Wir können es uns nicht leisten. Und was für ein Typ ist dieser Matthew? Wird er sich aus dem Staub machen, wenn er es erfährt? Wie kann meine Mom zweimal diesen Fehler machen? Falls ich ein bisschen Hoffnung hatte, den Laden hinter mir lassen zu können und ein eigenes Leben anzufangen, würde diese Nachricht nun alles zunichte machen.

Eine einzelne Träne rollt über meine Wange und ich wische sie schnell mit dem Handrücken weg.

»Du machst mir Angst, Caymen. Was ist los?«

»Meine Mom.«

»Ist alles in Ordnung mit ihr?« Er klingt beunruhigt.

»Es kann sein, dass sie schwanger ist.«

32.

Xander flucht leise. »Mensch, Caymen, das tut mir leid.« Das ist alles, was er für eine Weile sagt. Mit seinem Finger malt er eine Linie auf meinen Rücken: von der einen auf die andere Seite, nach unten, wieder zurück und nach oben. Er wiederholt das Muster immer wieder und wieder.

»Wann hast du es erfahren?«

»Heute Abend.« Ich seufze. »Oder vielleicht ist sie es ja auch nicht. Und ich wünsche mir so sehr, dass sie es nicht ist. Aber wenn sie's nicht ist, bedeutet das, dass sie irgendetwas anderes hat und dass ich eine schreckliche Tochter bin, weil mir für den Bruchteil einer Sekunde durch den Kopf geschossen ist, dass sie von mir aus jede Krankheit haben kann – wenn sie nur nicht schwanger ist.«

Er drückt meine Schultern weg und ich hindere ihn nicht. Als sich unsere Blicke treffen, fragt er: »Kann ich irgendetwas für dich tun?«

»Du könntest dafür sorgen, dass das alles bloß ein Traum ist, aus dem ich morgen früh wieder aufwache.«

Er zupft an seiner Unterlippe. »Ich fühle mich, als hätte ich dich heute Abend ausgenutzt. Das tut mir leid. Hätte ich das gewusst, hätte ich nie ...«

»Hör auf damit«, unterbreche ich ihn. »Sag das nicht. Ich will dich schon seit Wochen küssen. Lange bevor ich das mit meiner Mom herausgefunden habe. Schon als du mich noch zur Schule gebracht hast.«

Sein Blick wandert zu meinen Lippen und dann wieder zurück auf meine Augen. »Du wolltest mich küssen?«

»›Wollte‹ ist nicht das richtige Wort. Ich *will* dich küssen.«

Ich beuge mich vor und lasse meine Lippen über seine streifen.

Er weicht ein bisschen zurück. »Ich wäre echt der letzte Arsch, wenn ich dich jetzt küssen würde. Komm schon, lass uns reden.« Er nimmt mich an die Hand und führt mich durch den Flur in ein Zimmer mit einem Heimkino und Reihen von dick gepolsterten verstellbaren Sesseln vor einer großen weißen Leinwand.

»Wow«, sage ich und drehe mich im Kreis. »Hier müssen wir uns unbedingt *The Shining* anschauen.«

Er verzieht einen Mundwinkel zu einem Grinsen, geht dann zu einem Regal mit DVDs und holt die Hülle mit Jack Nicholson darauf heraus, der sein verzerrtes Gesicht durch den Spalt einer Tür steckt.

»Du hast sie dir besorgt?«

»Hab ich. Du hast gesagt, dass wir uns den Film angucken, also habe ich ihn besorgt.«

Ich lasse mich in einen der Sessel fallen. »Okay, dann los.«

Er schüttelt den Kopf. »Nicht heute Abend. Heute Abend reden wir.« Er stellt die DVD wieder zurück und macht es sich im Sessel neben mir bequem.

»Was hast du gemacht, bevor wir hergekommen sind?«

»Lass mich das noch einmal neu formulieren: Heute Abend reden wir *über dich.*«

»Können wir es nicht langsam angehen lassen? Solche Dinge liegen mir nicht so.«

Er nickt. »Okay, bevor ihr hergekommen seid? Mal nachdenken. Ich habe an meinen Geschichtshausaufgaben gesessen.«

»Gehst du auf die Dalton Academy oder auf die Oceanside?« Beides sind Privatschulen. Ich bin sicher, dass er entweder auf die eine oder die andere geht.

»Dalton.«

»Dalton … das ist der Nachname deiner Grandma.« Noch bevor ich den Satz ausgesprochen habe, komme ich mir wie ein Idiot vor. »Wie dumm von mir. Das ist bestimmt kein Zufall.«

Er lacht. »Danke, übrigens.«

»Wofür?«

»Dass du mich daran erinnert hast, wie es sich anfühlt, wie ein normaler Mensch behandelt zu werden. Es ist lange her, dass ich jemanden getroffen habe, der nicht wusste, wer ich bin.«

Ich lege meinen Kopf schief. »Moment, wer bist du denn?«

Er zupft grinsend an meinen Haaren.

»Deine Eltern sind echt nett.«

»Stimmt, solange sie ihren Willen kriegen.«

»Oh, dann hast du also an der Homepage für deinen Dad gearbeitet?«

Er stößt einen langen Seufzer aus. »Das ist es ja. Habe ich. Ich weiß, ich weiß, ich weiß, hätte ich nicht machen sollen.«

Ich halte meine Hände hoch. »Ich hab nichts gesagt.«

»Ich hatte so viele tolle Ideen für die Homepage, um sie ein bisschen aufzupeppen und attraktiver zu machen, aber mein Dad hat sie alle abgelehnt. Er will es ›klassisch und gepflegt‹.«

»Zu eurer Klientel passt das wahrscheinlich besser.«

»Was meinst du damit?«

»Ich meine, es ist ja nicht so, dass Teenager bei euch Zimmer buchen, sondern Geschäftsleute, Leute mit viel Geld. ›Klassisch und gepflegt‹ funktioniert bei denen.«

Er schließt seine Augen für eine Sekunde und sagt dann: »Du hast recht. Warum hat er das nicht einfach gesagt?«

»Vielleicht hat er's versucht. Du hörst deinem Vater nicht besonders gut zu.«

»Weil er aus mir sein perfektes, kleines Abbild machen will und ich fühle mich, als würde ich ersticken. Ich bin nicht er.«

»Ist es nicht komisch, dass du mit deinem Dad nichts gemeinsam haben möchtest, und ich wünschte, ich wüsste nur ein kleines bisschen von meinem?«

»Tut mir leid, ich bin ein Trampel.«

Ich berühre seine Schulter. »Nein, das bist du nicht. Ich verstehe, was du damit sagen willst. Du möchtest nicht, dass dein Vater dir vorgibt, wie du zu sein hast. Ganz besonders, weil du ihm so ähnlich siehst. Aber du bist nicht er. Du wirst immer anders sein.« *Du wirst immer großartig sein.* Warum fällt es mir immer noch so schwer, diesen letzten Satz laut auszusprechen?

Er nimmt meine Hand in seine und streicht mit seinem Daumen über den Handrücken. »Dein Dad wäre so stolz auf dich. Auf das, was aus dir geworden ist.«

Meine ganze Kehle schnürt sich bei diesem Kommentar zu und meine Augen füllen sich mit Tränen. Ich halte sie zurück, bin aber überrascht, wie stark ich reagiere. Wie wichtig es für mich war, das von jemandem zu hören. »Er wohnt in New York. Er ist dort irgendein Schickimicki-Anwalt.«

»Du hast nach ihm gesucht?«

»Ich musste. Es könnte ja sein, dass ich eines Tages eine Niere brauche.«

Er lacht.

»Als ich zwölf war, habe ich einen Artikel über einen Jungen gelesen, der seinen Vater jahrelang nicht gesehen hat. Er hat Krebs bekommen. Nur das Knochenmark seines Vaters kam als Spende infrage. Das hat ihm das Leben gerettet.«

Xander starrt mich so lange an, dass ich anfange, mich unbehaglich zu fühlen. »Weißt du, du musst nicht auf dem

Sterbebett liegen, um mit deinem Vater Kontakt aufzunehmen.«

Ich reibe an meinem Unterarm. »Er hat meine Mom im Stich gelassen.«

Er nickt langsam. »Du hast das Gefühl, dass du deiner Mutter Unrecht tust, weil du ihn sehen willst?«

Ich schaue nach oben zur Decke, aber trotzdem entweicht mir noch eine Träne. »Er hat sie verlassen.«

»Was er mit ihr getan hat, muss nicht deine Beziehung zu ihm beeinflussen.«

»Er hat auch mich verlassen.«

»Es tut mir leid.« Er streicht über meine Wange. »Und was ist mit deiner Mom? Warum wäre es so schlimm, wenn sie schwanger wäre?«

»Findest du, dass ich überreagiere?«

»Das wollte ich damit nicht sagen. Wenn es meine Mom wäre, wäre ich ziemlich durcheinander, das weiß ich genau. Ich möchte dich nur nicht beeinflussen. Sag mir, was dir durch den Kopf geht.«

»Ich bin wütend und verletzt und beschämt – alles gleichzeitig. Ein einziges Gefühlschaos. Unfassbar, dass ihr das noch einmal passiert.« Ich zieh meine Knie auf den Sessel und drehe mich zur Seite, um ihn anzusehen. »Und ich fühle mich schuldig und egoistisch, weil ich mir wünsche, dass jemand gar nicht erst geboren wird. Aber ich möchte diese Veränderung nicht.«

»Du wirst damit klarkommen. Wenn du erst das Baby in den Armen hältst, wirst du nur so dahinschmelzen.«

»Nein, das werde ich nicht. Ich mag keine Kinder und Kinder mögen mich nicht. Diese Vereinbarung haben wir schon vor langer Zeit getroffen.«

Er lächelt. »Na ja, wenigstens hast du Zeit, dich daran zu gewöhnen.«

»Falls es denn stimmt.« Ich seufze und kneife meine Augen zu.

Mit seinem Daumen zieht er kleine Kreise auf meinem Handrücken. »Es ist so schön, dass du hier bist. Bei mir zu Hause. Du solltest jeden Tag kommen.«

Ich lache. »Mich genießt man am besten nur in kleinen Häppchen. Wo wir schon dabei sind, ich sollte wahrscheinlich los. Wir haben morgen Schule.«

»Kommt überhaupt nicht infrage. Du musst mindestens noch eine Stunde bleiben.« Er zieht mich zu sich in seinen Sessel. »Danke, dass du mit mir gesprochen hast. Ich weiß, wie schwer das für dich ist.«

Ich lege meine Stirn an seine. »Danke fürs Zuhören.«

»Bleibt's immer noch bei morgen Abend?«

Morgen Abend? Ach ja! Berufsinformationsabend. Meine Mom, die angeblich auf das Treffen der Kleinunternehmer will. Völlig ausgeschlossen, dass ich mir das entgehen lasse. »Es bleibt dabei.«

»Und was ist mit heute Abend?«, fragt er und hält mich fest in seinen Armen.

Die Schmetterlinge in meinem Bauch heben wieder einmal ab. »Was soll mit heute Abend sein?«

»Was wollen wir in der nächsten Stunde machen?«

Ich tue so, als ob ich nachdenken würde. »An deiner Homepage arbeiten?«

»Haha.«

Ich versuche, ein ernstes Gesicht zu machen, was mir angesichts der Tatsache, dass sich dort ein permanentes Lächeln einnisten will, schwerfällt. »Nein, im Ernst, du solltest sie fertigstellen.«

Er legt seinen Kopf schief und sieht mich prüfend an. »Meinst du das gerade ernst?«

»Nein«, sage ich an seinen Lippen.

33.

Ich öffne die Ladentür, halte dabei die Ladenglocke fest und zerre Xander hinein.

»Was zum ...?«

»Psst.« Ich horche ein paar Sekunden, um sicherzustellen, dass meine Mom nicht durch die Hintertür wieder reingekommen ist. Sie ist gerade eben gegangen ... viel später als sonst. Ich habe Xander gesagt, dass er um halb sieben kommen soll, eine ganze halbe Stunde, nachdem sie eigentlich das Haus hätte verlassen müssen, aber als der Zeiger der Uhr immer weiter vorrückte, wurde mir klar, dass es knapp werden würde. Tatsächlich macht es die Verspätung für uns aber einfacher, denn jetzt können wir ihr folgen. Eigentlich hatte ich geplant, sie zu suchen.

Als ich endlich wieder Luft hole und zu Xander hochschaue, starrt er mich an. Meine Hand liegt auf seiner Brust und ich drücke ihn neben der Tür an die Wand. Mein Atem gerät ins Stocken.

Sein Atem, der über mich gleitet, dürfte eigentlich noch gar nicht so vertraut riechen. Ich schließe die Augen. Dann spüre ich, wie seine Lippen meine streifen. Am liebsten würde ich in seinem Kuss versinken, aber ich weiß, dass wir keine Zeit haben.

»Komm.« Ich packe ihn am T-Shirt, ziehe ihn zur Hintertür und öffne sie einen Spalt. Das Luigi befindet sich einen Block weiter und ich sehe, wie meine Mom am Ende des Seitenwegs um die Ecke biegt.

»Caymen«, sagt Xander hinter mir. »Kannst du mich bitte mal einweihen?«

»Ein bisschen Detektivarbeit. Privatdetektiv oder so.« Ich greife hinten in meine Jeans und ziehe die paar Fotos heraus, die ich mit Xanders Kamera von Matthew gemacht habe. Die Qualität ist miserabel, weil unser Drucker uralt ist, aber das Bild ist scharf genug.

»Wer ist das?«

Ich schlüpfe hinaus und er folgt mir. »Ich muss alles über diesen Typen wissen.«

»Okay ... was wissen wir denn bis jetzt?«

»Nichts.«

Er räuspert sich. »Miss Wissenschaftsgenie hat keine konkreten Fakten?«

»Ich hab da so ein Gefühl.« Dass ich, falls meine Mom schwanger ist, so viel wie möglich über den potentiellen Vater wissen muss.

»Lassen sich Theorien neuerdings mit Gefühlen beweisen?«

»Halt die Klappe.«

Er lacht und greift nach meiner Hand. Ich habe nicht damit gerechnet und muss zusammengezuckt sein, denn er drückt sie und grinst. Es ist komisch, mit ihm Händchen zu halten. Ich denke an das Foto von ihm und Sadie, das ich in der Illustrierten gesehen habe, und frage mich, ob wohl irgendjemand im Schatten lauert, um ein Foto von uns zu machen.

Fast als hätte er meine Gedanken gelesen, sagt er: »Wir sind hierhergezogen, um aus dem Rampenlicht zu kommen. Los Angeles ist grauenvoll. Wir hatten dort überhaupt keine Privatsphäre.«

Ich nicke und bin mir nicht sicher, wie man darauf passend antwortet.

»Aber da das hier nicht gerade eine florierende Großstadt ist und angesichts der Tatsache, wie weit unser Unternehmen expandiert ist, reisen wir viel. Mein Vater schleppt mich zu allen möglichen Anlässen mit. Wie morgen zum Beispiel. Ich muss bis Freitag nach Florida und dann ist ja Samstag schon Benefizgala.«

Er fragt mich doch nicht um Erlaubnis ... oder? Das erzählt er mir doch bloß, weil ... ja, warum? Weil wir jetzt zusammen sind?

»Was ich damit nur fragen will – wann sehen wir uns wieder?«

»Oh. Nächste Woche?«

»Lande ich jetzt in diesem Riesenkalender?«

»Weiß ich noch nicht. Könnte alles ausgebucht sein. Ich und mein ausgefülltes Leben müssten das mal checken.«

Als wir um die Ecke biegen, erkenne ich die rot-weiße Markise vom Luigi, dem italienischen Restaurant ... und den Rücken meiner Mom, als sie die Tür hinter sich schließt. Hmmm. Das war anders geplant. Sie hätte sich mit Mr Groß, Dunkel und Unheimlich treffen sollen.

»Was jetzt?«, fragt Xander.

»Wir warten.« Ich gehe zu einer kleinen Rasenfläche an der Ecke des Blocks. Von dort können wir von innen nicht gesehen werden, haben aber einen guten Blick auf das Restaurant. Ich setze mich. »Hast du Angst, dass du dir deine Jeans ruinierst?«, frage ich, als er zögert. »Es ist nicht nass.«

»Nein ... es ist bloß ... spionieren wir deiner Mom hinterher?« Er setzt sich neben mich.

»Ja«, gebe ich kleinlaut zu.

»Caymen, ich weiß, dass du wütend bist, aber ist das wirklich der richtige Weg?«

Ich zeige auf die Fotos, die er immer noch in der Hand hält. »Ich muss mehr über ihn erfahren.«

Er wirft noch einmal einen Blick darauf. »Ist er das? Der Vater des ...« Er schafft es nicht einmal, den Satz zu Ende zu bringen. Als schäme er sich genauso wie ich. Ich frage mich, ob er überhaupt jemanden kennt, der schwanger geworden ist, ohne verheiratet zu sein.

»Ja.« Ich lehne mich zurück und stütze mich auf meinen Handflächen ab.

Er nickt kurz und schaut sich dann um. »Und wie lange sollen wir hier warten?«

Ich werfe einen Blick auf das Luigi. »Keine Ahnung.« Vielleicht trifft sie sich erst hinterher mit Matthew. Ich nehme Xander die Fotos ab und sehe sie noch einmal an.

»Du glaubst also, ich würde einen guten Detektiv abgeben?«

»Was?«

»Heute Abend. Dein ›Berufsinformationstag‹.« Er macht tatsächlich mit den Fingern Anführungszeichen in die Luft und schafft es, sie halbwegs stilvoll rüberzubringen. »Das machen wir doch heute Abend, oder? Du willst etwas finden, was für mich passen würde. Glaubst du wirklich, dass Detektivarbeit mir liegen könnte?«

»Ja. Klar.«

»Weil ich so eine hervorragende Beobachtungsgabe und einen Blick für Indizien habe und Schlussfolgerungen ziehen kann?« Er zupft ein paar Halme ab. Er sieht furchtbar gekränkt aus.

In mir blinkt ein Warnlicht auf. Ich muss den Rückwärtsgang einlegen und die Sache wieder in Ordnung bringen, indem ich zu ihm sage: »Nein, es ist nur alles meinetwegen und wegen meiner Mom. Ich brauche doch bloß deine Hilfe.« Ich mache den Mund auf, aber es ist bereits zu spät.

Er steht auf, wischt sich die Hände ab und reicht mir dann die Hand. »Ich bringe dich nach Hause.«

»Ich bleibe.«

»Okay.« Er geht los.

»Es tut mir leid«, rufe ich ihm hinterher. Er bleibt stehen. »Das ist so egoistisch von mir. Und einfallslos. Du hast all diese tollen Sachen für mich organisiert und ich hab überhaupt nichts für dich getan. Ich bin mit dir Gräberschaufeln gegangen. Du bist mit mir zur UNLV geflogen.«

Er dreht sich um und schaut mich an.

Ich zeige die Straße hoch. »Ich wollte mit dir zu Eddie's gehen. Er sollte uns beibringen, wie er seine berühmten Muffins macht, und erzählen, wie er sein Geschäft eröffnet hat und so. Ich habe überlegt, dass dir das vielleicht Spaß machen würde, weil du Essen so magst. Und ich könnte mir dich gut als Restaurantbesitzer vorstellen. Aber dann ist das hier dazwischengekommen und ...«

Er kommt zu mir zurück, nimmt mein Gesicht in die Hände und küsst mich.

Für einen Moment bleibt mir die Luft weg und dann will ich nichts anderes mehr, als ihn einatmen. Nur noch Xander Spence essen, schlafen und trinken. Ich kann nicht genug von ihm bekommen. Ich weiß nicht, wie ich ohne ihn existieren konnte, denn seine Energie fühlt sich im Moment wie die Kraft an, die mich am Leben hält.

Er löst sich ein wenig von mir und ich hole tief Luft. Ich lege mich wieder ins Gras, meine Beine können mich nicht länger tragen. Er legt sich neben mich auf die Seite und stützt sich auf dem Ellenbogen auf.

»Ich hab mir ein Kleid gekauft«, sage ich in meinem Glücksrausch.

»Äh ... wie aufregend.«

»Falls du also willst, kann ich mit dir am Samstag zur Benefizgala gehen.«

»Falls?« Er schüttelt den Kopf. »Ich fände es großartig, wenn du zur Benefizgala kommen würdest. Ich dachte nur, du wärst absolut dagegen. Ja. Bitte, komm.« Er küsst mich wieder und ich lache an seinen Lippen. Ich vergrabe meine Finger in den Haaren in seinem Nacken. Er kneift mir in die Seite und ich lache wieder.

Ich höre weder Schritte noch das Klimpern von Autoschlüsseln. Alles, was ich höre, ist, wie sich jemand räuspert. Ich setze mich zu schnell auf und das Blut schießt mir in den Kopf. Für einen Moment verschwimmt meine Sicht. Verschwommen oder nicht – ich kann immer noch das total wütende Gesicht meiner Mom erkennen, das auf uns herabstarrt.

34.

Aus irgendeinem Grund muss ich kichern. Vielleicht, weil ich mein glückliches Herzklopfen einfach nicht unter Kontrolle bekomme. Vielleicht, weil ich wegen all der Geheimnisse, die sie vor mir hat, immer noch so wütend auf meine Mom bin, dass es mich irgendwie befriedigt zu sehen, wie sauer sie auf mich ist. Oder vielleicht auch, weil ich nicht die geringste Ahnung habe, was ich sagen soll. Wie auch immer, mein Kichern klingt laut in der ansonsten vollkommenen Stille. »Hi.«

Sie mustert Xander, angefangen bei seinem frischen Haarschnitt bis hinunter zu seinen teuren Schuhen. Dann richtet sie ihren verächtlichen Blick wieder auf mich. »Wir sehen uns zu Hause.« Und mit diesen Worten rauscht sie ab. Ich kneife meine Lippen zusammen, um nicht loszulachen. Als sie um die Ecke verschwunden ist, lege ich mich wieder ins Gras und ziehe Xander zu mir herunter. Ich küsse ihn, aber er entwindet sich.

»Caymen, Moment mal.«

»Was ist?«

»Sie weiß nichts von uns?«

»Das war dir doch klar.«

»Nein. Das war mir nicht klar. Ich dachte, dass du es ihr gesagt hättest, nachdem ich mich vorgestellt habe.«

Ich fühle mich furchtbar. Das war genau das, was ich eigentlich hätte tun müssen. Wozu ich mich zwingen wollte, bevor ich die vernichtende Nachricht auf dem Anrufbeantworter gehört hatte. »Wieso dachtest du das? Ich hab doch so getan, als würde ich dich gar nicht kennen.«

»Ich dachte, du machst bloß Witze. Ich dachte ...«

Heute Abend lassen meine Fähigkeiten in der Xander-das-Gefühl-geben-etwas-Besonderes-zu-sein-Kategorie zu wünschen übrig. Ich lasse meine Hand an seinem Handgelenk hinunterwandern und drücke meine Handfläche gegen seine. »Es tut mir leid. Bestimmte Erfahrungen haben meine Mom ein bisschen zynisch werden lassen. Und ich wollte es ihr erzählen, aber dann ist all das dazwischengekommen. Ich werde es ihr sagen.«

»Ich glaube fast, das hat sich schon erledigt.«

Ich muss wieder kichern.

Er zieht einen seiner Mundwinkel hoch und grinst schief. »Hat Eddie's eigentlich noch auf? Lass uns was essen gehen.«

Xander steht an sein Auto gelehnt und leckt sich die letzten Muffinkrümel von den Fingern. »Ich wusste gar nicht, dass du mit Eddie so gut stehst. Die ganze Sache mit dem geheimen Klopfzeichen nach Ladenschluss an der Hintertür. Den Trick hättest du mir schon vor Monaten verraten können.«

»Die wenigen Privilegien, die ich habe, teile ich nicht gern.« Ich werfe die leere Tüte in einen der Papierkörbe, die entlang der Straße stehen. Als ich mich wieder zu ihm umdrehe, zieht er mich an sich. Überrascht quieke ich auf.

Er vergräbt seinen Kopf an meinem Hals.

»Ich sollte lieber los. Meine Mom wartet bestimmt sehnsüchtig darauf, dass sie mich endlich anbrüllen darf. Ich bring das mal lieber hinter mich.«

»Wird sie damit klarkommen? Mit uns?« Seine Stimme an meinem Hals klingt gedämpft.

Ich lasse meine Hand durch sein Haar wandern, ziehe Muster und lächele. »Sie wird sich schon beruhigen, sobald sie dich richtig kennengelernt hat. Ich meine, wie kann sie einen Xander Spence nicht mögen?«

»Das stimmt.« Er küsst mich noch einmal und gibt mich dann frei.

Ich gehe los; dann drehe ich mich wieder um. Er lehnt an seinem Auto, ein süßes Lächeln auf seinen Lippen. Ich stolpere, fange mich dann aber wieder und muss ein bisschen lachen. »Viel Spaß in Florida.«

Im Laden ist es dunkel, aber hinten über der Treppe brennt Licht. Ich hole tief Luft, gehe langsam nach oben. Ich bin noch nicht so weit, mich der Wut zu stellen, die ich in den Augen meiner Mom gesehen habe. Ich bin viel zu glücklich. Ich will nicht, dass meine Mom mir mein Nach-Kuss-Hochgefühl zerstört. Vielleicht schläft sie ja schon. Vielleicht ist ihre Wut verebbt. Ich lache mich selber aus. Keine Chance!

Die Wohnungstür quietscht, als ich sie öffne. Ich kann die Spannung in der Luft beinahe spüren, sie ist kurz davor zu explodieren.

Meine Mom sitzt mit kerzengeradem Rücken am Küchentisch. Die Küche liegt im Halbdunkel, nur die Lampen unter den Schränken geben etwas Licht. Ich knipse das Deckenlicht an.

»Wie lange schon?«, ist das Erste, was sie sagt.

»Ein paar Monate.«

»Ist das der Junge, mit dem du dich immer getroffen hast?«

»Ja.«

»Was ist mit Mason? Ich dachte, du und Mason ...«

Ich schüttele den Kopf. »Wir sind bloß befreundet.«

Sie steht auf und schaut mich an. »Wo hast du ihn kennengelernt?«

Ich weiß, dass sie nicht von Mason spricht. Sie ist wieder bei Xander. »Hier.«

»Ihr habt euch *hier* kennengelernt?« Sie zeigt auf den Fußboden. Vielleicht ist jetzt nicht der ideale Zeitpunkt, einen Witz zu machen, denn ihr ganzes Gesicht ist verzerrt.

»Du weißt, dass die Daltons ...« Sie schafft es nicht einmal, das Wort auszusprechen.

»... in Geld schwimmen? Ja, das weiß ich.«

»Caymen ...« Sie stößt einen langen Seufzer aus.

»Wo liegt das Problem? Wir mögen uns.«

»Menschen wie er geben sich nicht lange mit Menschen wie uns ab.«

Ich seufze. »Mom, bitte. Wir leben nicht mehr im achtzehnten Jahrhundert.«

Ihr kurzes Auflachen klingt unecht. »Je reicher man ist, desto langsamer vergeht die Zeit.«

Ich schnappe gespielt nach Luft. »Meinst du damit, dass er für immer siebzehn bleibt?«

»Caymen, das ist nicht witzig.« Sie fährt sich mit der Hand übers Gesicht. »Was wird Mrs Dalton bloß denken?«

Ich starre auf ihre Hand, die sie jetzt zur Faust geballt hat, und meine Euphorie verfliegt endgültig. »Was hat das mit Mrs Dalton zu tun?«

»Du hast ihren Enkelsohn bei uns im Laden kennengelernt. Jetzt hält sie uns bestimmt für unprofessionell.«

»Ich glaube, Mrs Dalton mag mich.«

»Sie mag dich als das Mädchen, das sie bedient, und nicht als das Mädchen, das mit ihrem Enkelsohn zusammen ist.«

Die Worte bleiben mir im Hals stecken und ich blinzele kurz. Es ist, als hätte meine Mom eben gesagt: »Für Xanders Familie bist du nicht gut genug und weißt du, was? Sie haben recht.«

»Du wusstest genau, dass ich euer Treffen nicht gut gefunden hätte. Und deswegen hast du mich von Anfang an darüber belogen, wer er ist.«

Ich kann es nicht fassen, dass meine Mom, die so viele Geheimnisse vor mir hat, die Frechheit besitzt, auch nur den Mund aufzumachen. »Mom, du machst dich total lächerlich. Wir haben Spaß zusammen. Kannst du nicht einfach glücklich für uns sein?«

»Spaß. Genau das ist es für ihn. Kapierst du das nicht? Du bist einfach nur ein kleiner Nervenkitzel für ihn, etwas anderes, bis er so weit ist, eine echte Beziehung einzugehen.«

»Moment, glaubst du etwa, dass ich von ihm erwarte, dass er um meine Hand anhält? Ich wollte noch mindestens drei Wochen warten, bevor ich das Thema anschneide.«

Sie ignoriert meinen Sarkasmus. »Er hat seinen Spaß. Wie aufregend: sich mit dem Mädchen, das über dem Puppenladen wohnt, zu verabreden. Ein Abenteuer. Aber er nimmt es nicht ernst. Er wird dir das Herz brechen.«

»Wow, kein Wunder, dass mein Dad nie vorbeigekommen ist, um mich zu besuchen.«

»Dein Vater wollte dich nie sehen! Darauf will ich doch hinaus, Caymen. Begreifst du das denn nicht? Er hat uns im Stich gelassen.«

Ich atme heftig. Meine Brust hebt und senkt sich ruckartig und trotzdem fühlt es sich so an, als bekäme ich keine Luft. »Na, super. Glaubst du, dass ich ihn erpressen kann? Bei seiner Arbeit aufkreuzen und ›Daddy‹ brüllen? Wie Will Ferrell in *Buddy – der Weihnachtself?«*

»Caymen, Witze helfen uns jetzt auch nicht weiter.«

Ich habe das Gefühl, als würde jemand mein Herz mit seiner Faust umschließen und zerquetschen. *»Buddy* ist nicht zum Lachen. Dieser Film ist ein Klassiker.«

Meine Mom stößt einen tiefen Seufzer aus. »Ich bin für dich da, wenn du darüber sprechen möchtest, wie du dich wirklich fühlst. Und ich kann dich nicht daran hindern, dich mit Xander zu treffen. Aber wenn du etwas auf mein Urteil gibst oder dich meine Meinung überhaupt noch interessiert, dann wirst du es nicht tun.«

Sie will gar nicht wissen, wie ich mich wirklich fühle. Sie will bloß, dass ich mich nicht mehr mit Xander treffe. »Ich habe deine Meinung zur Kenntnis genommen.« Ich verlasse die Küche in der Hoffnung, dass ich bald wieder atmen kann.

35.

Am Samstag warte ich vor dem Laden. Meine Mom und ich haben die ganze Woche kaum einen Blick gewechselt und ich möchte nicht, dass sie die Gelegenheit nutzt, mir noch einmal all ihre schrecklichen Ansichten über Xander an den Kopf zu werfen, also lasse ich es erst gar nicht dazu kommen. Ich trete unbehaglich auf meinen hohen Absätzen von einem Bein aufs andere (die hochhackigen Schuhe gehören übrigens Skye). Ich trage Schuhe mit Absätzen eigentlich nicht oft. Aber es gibt Opfer, die ich bereit bin, für Xander zu bringen, und anscheinend kann ich »Schuhe mit hohen Absätzen« auf die immer länger werdende Liste setzen ... gleich nach »Beziehung mit der Mutter«.

Xander fährt in einem schwarzen Sportwagen vor und ich beiße mir auf die Lippe. Ich hatte das im Scherz gemeint, von wegen, dass er mehr als ein Auto hat. Warum muss er eigentlich so gut in ein paar der Schubladen passen, während er sich über die anderen einfach hinwegsetzt? Als hätte er es darauf abgesehen, die oberflächliche Meinung meiner Mom zu bestätigen, sodass sie sich tatsächlich Mühe geben muss, um hinter die Fassade zu schauen und festzustellen, dass sie sich geirrt hat. Die Mühe wird sie sich nicht machen.

Er steigt aus dem Auto und mein Herz klopft so heftig, dass ich weiß, dass ich Xander immer noch mag, sehr sogar. Er sieht umwerfend im Anzug aus. Sein Haar trägt er heute Abend nach hinten gegelt, was ihn älter aussehen lässt, als er ist. Sein Trip nach Florida hat ihm eine gesunde Gesichtsfarbe verliehen.

»Ich hab dich vermisst«, sagt er.

»Ich dich auch.«

»Du siehst toll aus.«

Obwohl mir das Kleid gut passt und sich genau an den richtigen Stellen an meinen Körper schmiegt, fühle ich mich ein bisschen unsicher darin. Und die Tatsache, dass ich es in einem Secondhandladen gekauft habe, macht die Sache nicht besser. Die Kleider heute Abend werden doppelt so schick sein und hundertmal teurer. »Ich komme mir wie eine Betrügerin vor.«

»Wieso? Bist du auf solchen Veranstaltungen nicht schon so oft gewesen, dass es für den Rest deines Lebens reicht?«

»Ja klar, Millionen Mal.« Ich boxe ihn auf den Arm.

»Na ja, du hast Glück. Mein Mom zwingt mich hinzugehen.«

»Richtig so, dass sie dich zwingt. Es wäre ein Verbrechen, dich im Anzug der Welt vorzuenthalten.«

Er zupft am unteren Rand seiner Anzugjacke. »Gefällt's dir?«

»Ja. Sehr sogar.«

Er legt seinen Arm um meine Taille und zieht mich an sich. Eine Flut von Gerüchen umfängt mich, von Zahnpasta bis hin zum Aftershave. Meine hohen Absätze lassen mich ein wenig stolpern, aber ich lehne mich an ihn und finde mein Gleichgewicht wieder. Ich umarme ihn und für eine Sekunde überkommt mich die Angst, meine Mom könnte uns durchs Fenster beobachten, aber sein Geruch und der Druck seiner Arme erinnern mich daran, wofür ich hier kämpfe. Das hier. Ihn. Es ist ein schönes Gefühl, von ihm umarmt zu werden. Alles, was meine Mom über ihn und mich gesagt hat, scheint in seinen Armen zu verschwinden.

Er küsst mich auf die Wange. »Du riechst gut.«

»Du auch.«

Er schielt über meine Schulter in Richtung Laden. »Gehen wir noch rein?«

»Nein ... nein.« Ich ziehe ihn fester an mich. Ich wünschte, ich könnte ihn mit hineinnehmen. Ich wünschte, dass meine Mom ihn kennenlernen, ihn akzeptieren würde so wie Mason.

»Okay.« Er bringt mich auf die andere Seite des Wagens, öffnet die Beifahrertür und hilft mir beim Einsteigen.

Nachdem er sich auf die Fahrerseite hat gleiten lassen, startet er den Motor und schaut mich prüfend an. »Was ist los, Babe?« Xander nimmt meine Hand und legt sie auf sein Knie.

»Ist das jetzt mein neuer Kosename? Babe?«

Er setzt rückwärts aus der Parklücke und fährt los. »Gefällt er dir nicht?«

»Ist schon okay. Er erinnert mich allerdings an das Schweinchen.«

»Möchtest du vielleicht einen Antrag auf Änderung stellen?«

»Ich finde *Süße* nicht schlecht, hauptsächlich, weil ich nicht süß bin, und das bringt mich zum Lachen.«

»Wie wär's mit Zuckerpüppchen?«

»Ha! Nur, wenn du willst, dass ich vor Schreck zusammenzucke.«

»Okay, wie wär's mit Themenwechslerin? Das passt gut zu dir.« Er drückt meine Hand. »Also: Netter Versuch, aber was ist los ... Zuckerpüppchen?«

Ich seufze. »Meine Mom und ich hatten einen Riesenkrach.«

»Meinetwegen?«

»Wie arrogant. Bild dir ja nicht ein, dass sich ständig alles um dich dreht.«

»Worum ging es dann?«

»Um dich.«

Er lächelt. Ich liebe sein Lächeln. Ich möchte nicht über meine Mom reden. Ich möchte über sein Lächeln reden oder übers Küssen. Ich würde mich gerne übers Küssen unterhalten.

»Was genau mag deine Mom denn nicht an mir?«

»Hauptsächlich, dass du reich bist. Wenn du diesen einen Umstand ändern könntest, würde das mein Leben sehr viel einfacher machen.«

»Ich werde mich bemühen.«

»Danke. Ausgesprochen zuvorkommend.«

»Sie will also etwas anderes für dich?«

»Was meinst du damit?«

»Etwas anderes als ihre eigene Vergangenheit?«

»Genau. Sie will nicht, dass ich mich mit einem reichen Typen einlasse, schwanger werde und mir der reiche Typ dann davonläuft.«

»Und daran ist sein Geld schuld?«

»Ich weiß, total lächerlich.«

»Hat dieser Teil ihres Lebens die ganze Geschichte mit dem Über-dem-Puppenladen-Wohnen ins Rollen gebracht?«

Ich muss daran denken, wie die Eltern meines Vaters meiner Mutter das Geld gegeben haben, damit sie das Geschäft aufmachen konnte. »Um ehrlich zu sein, ja.«

»Äh, Moment, hast du dein ganzes Leben dort oben gewohnt?«

»Ja.«

»Wow, sie ist echt krass.«

Was ist *krass* an der Tatsache, über einem Puppenladen zu wohnen? »In mancher Hinsicht, vermutlich.«

»Ich dachte, meine Mom wäre krass, aber deine räumt den Pokal so was von ab.«

Der Festsaal im Hotel ist der schönste Raum, den ich je im

Leben gesehen habe: große Kronleuchter, gemusterter Parkettboden, prächtige Vorhänge, die von der Decke bis zum Boden reichen. Xander lotst mich zu einem Tisch im vorderen Bereich des Saals und ich hole tief Luft. Was war gleich noch einmal der hirnrissige Ratschlag gewesen, den Henry mir gegeben hatte, bevor ich mich mit Mason verabredet habe? Ach ja, ich selbst sein. Ich bin mir nicht sicher, ob das hier funktionieren wird. Vielleicht sollte heute Abend lieber jemand anderes für mich das Kommando übernehmen.

Dann entdecke ich Mrs Dalton und würde am liebsten davonrennen und mich verstecken. Zu jedem anderen Zeitpunkt und in jeder anderen Situation hätte sie mir meine Befangenheit genommen, aber nach dem, was meine Mom gesagt hat, fühlt sich meine Hand in Xanders heiß an, als würde jemand einen Scheinwerfer auf uns richten.

Ich starre zu lange in ihre Richtung, unsere Blicke treffen sich. Schweißperlen bilden sich auf meiner Stirn und ich wische sie weg. Sie lächelt und winkt uns zu.

»Ich glaube, wir werden herangewunken.« Er zwinkert mir bei dem Satz zu. Ich hätte gerne mit einem Scherz gekontert, aber ich bin zu nervös.

»Caymen«, sagt Mrs Dalton. »Ich wusste gar nicht, dass du kommst. Wie schön, dich hier zu sehen. Freut mich, dass Alex seinen Charme hat wirken lassen.«

»Das war ein hartes Stück Arbeit, Grammy. Dieses Mädchen ist schwer zu überzeugen.« Er küsst meine Hand.

»Die meisten Dinge, die es wert sind, sind nicht so leicht zu haben.«

Vielleicht liegt es an mir, aber das klingt nicht wie die Antwort von jemandem, der wütend auf den Enkelsohn ist, weil er mit der Dienstbotin zusammen ist.

»Wehe, wenn du sie nicht anständig behandelst.« Sie richtet einen erhobenen Zeigefinger auf Xander.

»Solltest du das nicht lieber zu ihr sagen? Ich bin schließlich dein Enkelsohn.« Er beugt sich vor und küsst sie auf die Wange und flüstert ihr etwas zu, das sie zum Lachen bringt.

»Was hast du zu ihr gesagt?«, frage ich, nachdem wir weitergegangen sind.

»Ich hab ihr gesagt, dass du durchaus selbst in der Lage bist, auf dich aufzupassen, und dass du keine zusätzlichen Leibwächter brauchst.«

»Das stimmt.«

»Von mir wird erwartet, dass ich mich ein bisschen unter die Leute mische, bevor wir uns setzen. Aber ich will stattdessen mit dir tanzen und dann suchen wir uns einen Tisch.«

»Nein.«

»Du willst nicht mit mir tanzen?«

»Nein, ich meine, doch, ich will, aber such dir nicht heute Abend aus, um den bösen Sohn zu spielen. Sonst macht mich deine Mom noch dafür verantwortlich.«

Er lacht. »Nein, wird sie nicht. Meine Mom hat vor Kurzem erwähnt, wie viel verantwortungsbewusster ich doch geworden sei. Sie schreibt das dir zu.«

»Mir war gar nicht klar, dass ich so einen guten Einfluss auf dich habe, wenn man bedenkt, dass ich in letzter Zeit die Königin der Verantwortungslosigkeit bin.« Laut meiner eigenen Mutter.

»Na komm, sie spielen gerade unseren Song.«

Ich horche auf. Eine Band in der Ecke spielt irgendetwas Klassisches, und wie Lucas bereits erwähnt hatte, gibt es keinen Sänger. »Das soll unser Song sein?«

»Tja, das ist doch unsere Band, schon vergessen? Also ist auch jeder Song, den sie spielen, unserer.«

»Auch wieder wahr.« Mit den hohen Absätzen habe ich die perfekte Größe, um seinen Nacken zu küssen. Ich knöpfe die drei Knöpfe seiner Anzugjacke auf und lasse meine Hände unter der Jacke über seinen Rücken gleiten, während wir uns zusammen mit den anderen Paaren im Rhythmus der Musik wiegen.

Er fängt an, einen albernen Liedtext zu dichten, den er mir schief ins Ohr singt.

»Du solltest dir ein Mikro schnappen. Die Band braucht dich!«

»Was? Ziehst du etwa Tics sanfte Stimme vor?«

»Ja.«

Er lacht. »Ich auch.«

Eine Frauenstimme unterbricht unser Geplänkel. »Hallo Caymen, nett, dich wiederzusehen.«

Xander stoppt und dreht sich um. »Mutter.« Er umarmt sie.

Dann überrumpelt sie mich, indem sie mich auch in die Arme nimmt. Ihre blonden Haare sind gestylt, die Augenbrauen perfekt geschwungen und sie muss sich irgendetwas unter die Haut haben spritzen lassen, weil sie so glatt aussieht. »Es ist ja so schön, meinen Sohn so oft lächeln zu sehen. Das Lächeln steht ihm gut, findest du nicht?«

»Ich nenne es seine Geheimwaffe.«

Xander runzelt die Stirn. »Echt jetzt?«

»Meistens im Kopf, aber manchmal auch hinter deinem Rücken.« Ich werfe Mrs Spence einen Blick von der Seite zu. Ich bin so wie immer, hoffentlich schreckt mein Sarkasmus sie nicht ab. Ein Lächeln gleitet über ihr Gesicht, das gibt mir Sicherheit.

Xander zieht mich an seine Seite. »Na, das erklärt ja einiges.«

»Ich bin nur kurz vorbeigekommen, um euch zu begrüßen. Ich kann allerdings nicht lange bleiben. Irgendjemand muss ja alles im Blick behalten.« Dann streicht sie mit ihrer Hand über meine Schulter. »Aber wir können uns später unterhalten, nur du und ich. Ich fände es schön, dich näher kennenzulernen.«

Ich nicke und lächele, auch wenn ich am liebsten sagen würde: »Das klingt nach Folter.«

Als sie geht, nimmt Xander meine Hand und zieht mich wieder an sich und wir wiegen uns mit der Musik. »Also, ich erwarte jetzt nicht, dass du dir alle Namen merkst, aber ich zeige dir mal eben kurz alle Mitglieder meiner Familie.«

Damit fängt er an, mir nicht nur die Namen zu nennen, sondern er erzählt zu jedem auch noch eine unsinnige Geschichte. »Und das«, sagt er und zeigt quer durch den Saal, »ist meine Cousine Scarlett.«

»Ach ja, die Puppe.« Ich lege meinen Kopf schief. »Ja, sie sieht der Puppe tatsächlich sehr ähnlich.«

»Sag ich doch.« Er lacht, und als wüsste Scarlett, dass wir über sie reden, schaut sie nicht nur auf, sondern kommt auch auf uns zu.

»Scarlett.«

Sie begrüßt Xander mit einem schlaff aussehenden Händedruck und Luftküsschen, die sie neben seine Wange drückt.

»Das ist Caymen.«

»Hallo. Ich hab schon so viel von dir gehört.«

Ich schaue Xander von der Seite an. Redet er ständig über mich? Und was antwortet man auf so was? »Klingt ganz danach, als müsste Xander mal mehr aus dem Haus kommen, wenn ich das einzige Thema bin.«

Scarlett lächelt genauso breit wie ihr Puppendouble und kneift dann Xander in den Bizeps. »Hast du schon gesehen, wen dein Bruder heute Abend mitgebracht hat?«

»Nein, wir sind noch nicht hinten gewesen.« Xander reckt den Hals und versucht ganz offensichtlich, das Date seines Bruders in Augenschein zu nehmen.

»Lass es, solange es sich vermeiden lässt. Totaler Aschenputtelkomplex.«

Xander lacht. »Echt jetzt? Lucas?«

»Überrascht mich nicht im Geringsten, bei der Uni.« Sie rümpft die Nase.

Hat Xander denn niemandem in seiner Familie erzählt, dass ich bettelarm bin? Aber wenn das stimmt, würde er dann jetzt nicht versuchen, die Bemerkung seiner Cousine zu überspielen, anstatt so zu klingen, als würde er ihr zustimmen?

»Wie auch immer, schön, dich kennenzulernen, Caymen, aber Bradley ist gerade eben gekommen und ich muss gehen.«

Wir schauen ihr hinterher und ich warte darauf, dass Xander jetzt, wo sie nicht mehr da ist, ihre Bemerkung ausbügelt. Vielleicht sagt, dass seine Cousine eine hochnäsige Ziege ist (was ja ganz offensichtlich stimmt). Aber er tut es nicht. Er reicht mir seinen Arm und sagt: »Komm, wir setzen uns.«

Er lotst mich direkt auf Lucas zu und ich sage: »Hat Scarlett nicht gesagt, dass wir sie meiden sollen?«

»Wir können ihnen doch nicht den ganzen Abend aus dem Weg gehen. Es gibt Tischkärtchen und ich habe Hunger.«

»Caymen«, sagt Lucas, steht auf und zieht mich mit einem Arm an sich. »Ich hätte nicht gedacht, dass du heute Abend kommst. Hattest du vor, es doch mal mit Langeweile zu versuchen?«

»Ja, na gut ...« Ich weiß nicht einmal, was ich darauf erwidern soll. Ich bin immer noch völlig fassungslos, was Xander und Scarlett gerade eben von sich gegeben haben.

Er zeigt auf ein Mädchen zu seiner Rechten. »Das hier ist Leah.« Leah steht nicht auf, aber lächelt mich an.

»Freut mich, dich kennenzulernen.«

Xander zieht einen Stuhl für mich vor und ich lasse mich wie betäubt darauf fallen.

»Wo bleibt Samuel?«, fragt Xander und schaut sich um. Vor den übrigen beiden leeren Plätzen stehen noch zwei Namenskärtchen.

»Er ist auf dem Weg.«

Samuel kommt kurze Zeit später – weniger als fünf Minuten danach – und wie Lucas und Xander auf dem Flughafen umarmen sich auch Xander und Samuel, als hätten sie sich seit Ewigkeiten nicht mehr gesehen. Lucas gesellt sich dazu. Danach stellt Samuel uns sein Date vor und wir tauschen Höflichkeiten aus.

»Samuel«, sagt Xander und legt seine Hand auf mein Kreuz. »Das ist Caymen Meyers.«

»Die Caymen Meyers?« Er lächelt über das ganze Gesicht und es verblüfft mich, wie unterschiedlich die Brüder aussehen. Xander hat definitiv das dunkle Aussehen seines Dads geerbt, während die beiden anderen nach seiner Mom kommen.

»Ich hab schon viel von dir gehört«, sagt Samuel.

»Das tut mir leid.«

Wir setzen uns alle. Samuel hält sein leeres Glas hoch und gibt einem vorbeigehenden Kellner ein Zeichen, der dann kommt und das Glas füllt. »Caymen, du bist also mit den Meyers der SCM Pharmazeutika verwandt?«

Ich will gerade verneinen, aber Xander ist schneller. »Das sind ihre Großeltern. Sie sind heute Abend auf der Gästeliste.« Er schaut sich um. »Bis jetzt sind sie noch nicht da, aber sobald sie kommen, werde ich Caymen zwingen, mich vorzustellen.«

Samuel fährt fort: »Mein Dad hält große Stücke auf deinen Großvater. Er sagt, dass jeder, dem es gelingt, einen solchen Profit aus stinknormalen Ladenketten zu erwirtschaften, genial sein muss. Ich wäre gern so clever wie er.«

Ich bin zu perplex, um denken zu können. Ist das der Grund, warum Xanders Familie überhaupt keine Probleme mit mir hat? Hat er vorgegeben, ich sei reich?

36.

Ich habe keine Großeltern.«

Lucas und Xander lachen. Dann sagt Lucas: »Sie bringt diese Sprüche, ohne die Miene zu verziehen. Woher weißt du, ob sie einen Scherz macht oder nicht, Xander?«

»Sie macht immer Scherze.«

Samuel lächelt und dann sagt er: »Bis Xander mich aufgeklärt hat, wusste ich gar nicht, dass die Meyers Verwandtschaft hier in der Gegend haben.«

Xander nickt. »Das war mir auch nicht klar. Aber Grammy hat es mir erzählt.«

Nichts davon ergibt irgendeinen Sinn. Mrs Dalton muss verwirrt sein. Wie kommt sie darauf, dass ich mit diesen megareichen Meyers verwandt bin? Bloß, weil wir denselben Nachnamen haben?

Ich schlucke mühsam und lasse meinen Blick über die Tische neben uns gleiten. Dann fasse ich die Tür ins Auge und starre die Leute an, die hereinkommen. Eigentlich sollte das ja ein Witz gewesen sein, von wegen, dass ich keine Großeltern habe. Ich habe Großeltern, auf beiden Seiten. Ich kenne sie bloß nicht. Die Eltern meiner Mom haben sie auf die Straße gesetzt, als sie mit mir schwanger war, und die Eltern meines Dads haben sie mit Schweigegeld abgefunden, damit sie den Mund hält. Ich habe die konservativsten und stursten Großeltern, die man sich vorstellen kann. Meyers ist der Nachname meiner Mutter, aber den gibt's häufig. Meine Mom kann unmöglich mit den Meyers der SCM Pharmazeutika verwandt sein. Das ist bloß ein Zufall. Ich werfe Mrs Dalton quer durch den Saal einen Blick zu. Die liebe Mrs Dalton lächelt mir zu.

Am Tisch sind alle Blicke auf mich gerichtet und mir wird bewusst, dass irgendjemand eine Frage gestellt haben muss. Jemand drückt mit seiner Hand mein Knie und ich zucke zusammen. Ich schaue runter, mein Blick gleitet an Xanders Schulter entlang bis zu seinen Augen. »Alles in Ordnung?«, fragt er.

»Nein ... ja ... ich muss nur mal kurz auf die Toilette.«

»Dort durch die Tür, sie sind auf der rechten Seite.« Er steht auf, zeigt mir die Richtung und küsst mich dann auf die Wange. »Und hau ja nicht durchs Fenster ab oder so. Wir kommen gleich zu dem superlangweiligen Teil. Den willst du auf keinen Fall verpassen.«

Ich versuche zu lachen, aber es gelingt mir nicht. Die Toiletten sind ein willkommener Ort zum Durchatmen. Ich schließe mich in einer der Kabinen ein und versuche das, was da eben passiert ist, in einen vernünftigen Zusammenhang zu bringen. Xander denkt, dass ich reich bin. Er denkt, dass ich aus einer reichen Familie komme. Das ist der Grund, warum sein Dad kein Problem mit mir hatte, als er meinen Namen gehört hat, und seine Brüder sich so benehmen, als wäre ich ihnen ebenbürtig. Ein Schluchzer entfährt mir und ich ersticke ihn mit der Hand.

»Reiche Typen sind blöd«, sage ich und zwinge mich, wütend zu werden, weil ich mir es im Moment nicht leisten kann, verletzt zu sein. Ich muss irgendwie in Würde hier rauskommen.

Ich will die Toilette verlassen und dabei knallt mir beinahe die Tür ins Gesicht, so schnell geht sie auf, ich schaffe es kaum, zur Seite zu springen.

»Tut mir leid«, sagt das Mädchen und rauscht an mir vorbei. Sie dreht den Wasserhahn an und fängt an, einen Fleck auf ihrer weißen Bluse zu bearbeiten. Als ich ihren schwarzen Rock sehe, wird mir klar, dass sie zu den Bedienungen gehören muss. Sie sieht aus, als sei sie den Tränen nahe.

»Alles in Ordnung?«

»Jemand hat mir Rotwein auf die Bluse gekippt und ich glaube nicht, dass ich den Fleck rausbekomme.« Sie reibt energischer und streckt ihre Hand dann zum Flüssigseifenspender aus. »Mein Chef wird mich zwingen, nach Hause zu gehen.«

»Warte. Nimm nicht die Seife. Hier, ich habe da was.« Ich greife in meine Handtasche und ziehe eine kleine Flasche mit Wasserstoffperoxid heraus. Die Puppen in unserem Laden bekommen nur selten Flecken, aber ab und zu richtet ein kleines Kid mit klebrigen Fingern oder jemand mit einem Becher Kaffee Schaden an. Und dieses Zeug ist ein Wundermittel. Ich träufele ein bisschen auf die Bluse der Frau und tupfe die Stelle dann mit einem Handtuch trocken, das ich mir vom Waschbecken nehme.

»Sieh dir das an. Wie durch Zauberhand.«

Sie inspiziert die Bluse und fällt mir dann um den Hals, um mich dann gleich wieder, rot geworden, von sich zu schieben. Wahrscheinlich ist ihr klar geworden, dass man Gäste nicht anfallen sollte. »Es tut mir leid. Ich wollte nur ... Vielen, vielen Dank.«

»Es war bloß ein Fleckenentferner.«

»Ja, aber ich weiß das wirklich zu schätzen.«

»Keine Ursache.«

Sie wirft noch einen letzten Blick auf ihre saubere Bluse. »Dann gehe ich wohl lieber mal wieder zurück.«

»Ja, besser ist das.«

Sie verschwindet und ich lehne mich an die geflieste Wand. Ihre kleine Krise hat mich zwar für einen Moment abgelenkt, aber was mich draußen vor der Tür erwartet, hat sie nicht ungeschehen machen können.

Ich muss hier raus. Ich schaffe es nicht, Xander die Wahrheit ins Gesicht zu sagen. Ich gehe zurück in den Ballsaal und stolpere dabei im Flur beinahe über eine Frau mit Headset, die ein Klemmbrett in der Hand hält.

Ich will schon an ihr vorbeigehen, stoppe dann aber. »Gehören Sie zum Planungskomitee?«

Sie lächelt, wie sie es offenbar in Gegenwart der Gäste tun muss, aber ich kann deutlich den Stress in ihrem Blick erkennen. Wahrscheinlich denkt sie, dass ich mich beschweren will. »Ja. Kann ich Ihnen helfen?«

»Xander Spence meinte, meine Großeltern seien hier, aber ich kann sie nicht finden. Könnten Sie mir sagen, an welchem Tisch sie sitzen? Meyers.« Ich zeige auf ihr Klemmbrett, als wüsste sie nicht selbst, wo sich die Sitzordnung befindet.

»Selbstverständlich.« Sie blättert durch die Seiten, fährt mit dem Finger über eine Seite und sagt dann: »Ah, hier sind sie. Tisch dreißig. Ich zeig's Ihnen.«

»Vielen Dank.«

Ich habe das Gefühl, als würde ich unter Wasser laufen. Meine Beine bewegen sich in Zeitlupe; mein Kopf pocht. Sobald wir im Saal sind, gehe ich rückwärts auf die nächste Wand zu und sie stellt sich neben mich.

»Dort drüben sitzen sie. Die Frau im türkisen Top. Können Sie sie sehen?«

Ich folge der Richtung ihres Fingers bis zur Dame in Türkis. »Ja, da ist sie ja. Danke.«

»Kein Problem.« Die Frau vom Komitee entfernt sich schnell, wahrscheinlich reagiert sie auf die Stimme, die in ihrem Headset brüllt.

Sie wenden mir den Rücken zu. Die Frau in Türkis hat schulterlange dunkle Haare und die des Mannes neben ihr sind vornehm grau. Ich halte mich am Rande des Saals, taste mich langsam vor und warte auf den Moment, in dem ich ihre Gesichter sehen kann. Endlich habe ich sie vor mir. Ich warte darauf, dass mir ein Licht aufgeht, so etwas wie ein Wiedererkennen, irgendein Gefühl, aber nichts passiert. Der Druck auf meiner Schulter wird ein kleines bisschen weniger.

Die Frau schaut hoch und unsere Blicke treffen sich. Und das, was ich in ihrem Gesicht lese, verstärkt den Druck auf meinen Schultern sofort wieder, und zwar um zusätzlich zwei weitere Tonnen: Sie erkennt mich. Ihr Mund formt das Wort »Susan.« Das kann ich von der Stelle, an der ich stehe, quer durch den Saal sehen. Mein Gesicht wird heiß, als ich den Namen meiner Mom auf ihren Lippen lese.

Mrs Dalton ist doch nicht plötzlich senil geworden. Diese Meyers sind meine Großeltern.

Die Frau greift nach dem Unterarm ihres Mannes und er schaut sie verwirrt an. Was danach kommt, warte ich nicht ab. Ich mache auf dem Absatz kehrt und stürze schnurstracks auf die Tür zu – und laufe dabei Xander direkt in die Arme.

»Da bist du ja. Sie haben gerade die Vorspeise serviert. Kaviar und Cracker mit irgendeiner Art griechischem Salat. Magst du Kaviar?«

»Keine Ahnung. Hab ich noch nie probiert.« Was er vorhin gesagt hat – von wegen meine Mom sei krass und die Sache mit dem »Über-dem-Laden-Wohnen« –, fällt mir wieder ein. Er denkt, dass meine Mom das mit Absicht gemacht hat. Um mir zu zeigen, wie die andere Hälfte lebt. Und erst jetzt wird mir klar, dass sie das in gewisser Hinsicht auch getan hat. Meine Mom ist reich aufgewachsen. Das ist der Grund, warum sie so viel mehr darüber weiß, als sie eigentlich sollte. Meine Mom ...

Sie hat mich angelogen. Mein Leben ist eine Lüge. Nein.

Ihr Leben ist eine Lüge. Meins ist die Wahrheit. Wir sind pleite. Wir leben von der Hand in den Mund. Ein Brotkrümel zu viel, den wir essen, könnte den Ruin unseres Ladens bedeuten.

»Was ist los? Was habe ich falsch gemacht?«, fragt Xander.

Mein Blick muss wohl tödlich sein, so außer mir bin ich vor Zorn. »Du mochtest mich nur, weil du dachtest ...« Ich kann den Satz nicht einmal beenden. Ich bin viel zu wütend. Nicht nur auf ihn. Auf alles. Auf meine Mom, die Situation, die Großeltern, die ich nicht einmal kenne. »Ich muss gehen.«

Ich wirbele genau zum richtigen Zeitpunkt herum, um in ein weiteres vertrautes Gesicht zu blicken. In eines, das ich lieber gar nicht erst sehen möchte. Roberts. Bei seinem Anblick wünschte ich, ich hätte ihm beim letzten Mal doch die Cola ins Gesicht geschüttet.

Xander packt mich am Arm. »Warte. Lass uns reden.«

»Ich glaube, ich habe deinen Namen nie richtig mitbekommen«, sagt Robert.

»Ich habe ihn dir nie gesagt«, knurre ich.

»Wo ist denn dein Freund heute Abend? Mason, richtig? Er ist echt ein guter Sänger.«

Xanders Griff wird fester. »Robert, das ist jetzt kein guter Zeitpunkt.«

»Ich hab sie bloß letzte Woche bei einem Konzert gesehen. Mir war nicht klar, dass sie und Mason zusammen sind.«

»Sind wir nicht«, sage ich.

»Was meinst du damit?«, fragt Xander und lässt meinen Arm los.

»Die haben wild herumgeknutscht.«

»Nein. Haben wir nicht.« Aus dem Augenwinkel heraus sehe ich, wie meine Großmutter auf uns zusteuert. Sie wird gleich hier sein. »Ich muss los.«

»Caymen.« Xanders Blick sieht verletzt aus, aber ich bin genauso verletzt. Zu verletzt, um denken zu können. Zu verletzt, um mich gegen Robert, das Arschloch, verteidigen zu können. Ich will einfach nur abhauen.

Und das tue ich.

37.

Die unterschiedlichsten Gefühle toben in mir und versuchen, die Oberhand zu bekommen. Da ist die wahnsinnige Wut auf meine Mom, weil sie mich mein ganzes Leben lang angelogen hat. Aber gleichzeitig möchte ich mit meinem frisch gebrochenen Herzen am liebsten zu meiner Mom rennen, mich in ihre Arme werfen, ihr recht geben in all dem, was sie über reiche Jungs gesagt hat, und mich von ihr trösten lassen.

Wie erstarrt sitzt sie hinter der Kasse, als hätte sie auf mich gewartet. Bis auf ein paar beleuchtete Regale sind alle Lichter aus. Ihr Gesichtsausdruck ist fast genauso leblos wie der der Puppen, die sie umgeben.

»Es tut mir leid«, sagt sie. »Das war unfair von mir.«

»Sie waren heute Abend dort«, krächze ich. Mein Hals tut immer noch weh.

»Wer?«

»Deine Eltern.«

Erst ist es der Schock, dann die tiefe Erschütterung, die ihr Gesicht in sich zusammenfallen lässt. Ihr Kopf sinkt auf den Tresen. Ich bin zu sehr damit beschäftigt, mich selbst zu bedauern, um Mitleid mit ihr zu haben. Ich rausche an ihr vorbei, die Treppe hoch und in mein Zimmer. Ich ziehe die Tür hinter mir zu.

Ich habe viele ramponierte Puppen in meinem Leben gesehen. Einigen fehlte nur ein Finger, andere hatten ausgerenkte Glieder oder gesprungene Schädel. Nichts davon lässt sich damit vergleichen, wie ich mich im Moment fühle. Es ist meine eigene Schuld. Ich hatte schon immer gewusst, dass er einer völlig anderen Lebensform angehört. Wie bin ich nur auf die Idee gekommen, dass ich dazugehören könnte?

Ich streife meine Klamotten ab, schlüpfe in eine Jogginghose, rolle mich dann auf meinem Bett zusammen und lasse endlich den Tränen freien Lauf, die sich in mir angestaut haben.

Es klopft leise an meiner Tür, aber ich ignoriere es. Was meine Mutter nicht davon abhält hereinzukommen. Warum auch? Ganz offensichtlich fehlt ihr ja jeglicher Respekt für meine Gefühle. Ich dränge die Tränen wieder zurück und versuche, meine Atmung unter Kontrolle zu bringen. Sie setzt sich neben mich aufs Bett.

»Es gibt keine gute Erklärung dafür, warum ich dir verschwiegen habe, wer meine Eltern sind. Vermutlich hatte ich Angst, dass du dann ein Leben wie ihres führen wolltest. Dass ich dir nicht genug bieten könnte und dass du dich an sie wenden würdest für all die Dinge, die ich dir nicht bieten kann.«

Wenn sie mich in Ruhe gelassen hätte, hätte ich nichts mehr darüber gesagt, aber jetzt bin ich kurz davor, all meine Wut herauszuschleudern. »Warum hast du den Kontakt mit ihnen abgebrochen?« Ich rappele mich auf und setze mich hin. »Was haben sie dir getan?«

»Caymen, nein. Sie haben mich rausgeworfen. Mich auf die Straße gesetzt. In dem Punkt habe ich dir immer die Wahrheit gesagt. Aber inzwischen tut es mir leid. Das tut es wirklich. Ich hätte offener sein können. Ich war wütend auf meine Eltern und verletzt und stolz. Ich habe ihnen keine Chance gegeben, irgendetwas wiedergutzumachen, selbst wenn sie es gewollt hätten. Ich bin einfach abgehauen.«

»Und mir hast du ein furchtbar schlechtes Gewissen gemacht, weil ich Xander vor dir verheimlich habe. Du hast mir das Gefühl gegeben, nichts wert zu sein. Als würden Mrs Dalton und ihre Familie mich hassen.«

»Das tut mir sehr leid.«

»Mrs Dalton weiß, wer du bist? Das verstehe ich nicht.«

»Sie kennt die Geschichte, aber mir war nicht klar, dass sie auch meine Eltern kennt. Sie muss mein Geheimnis die ganze Zeit für sich behalten haben.«

»Ich weiß überhaupt nicht, ob ich dir je wieder vertrauen kann. Ich bin so wütend.«

»Das verstehe ich. Ich hoffe, dass es dir eines Tages gelingen wird, aber ich verstehe es.«

»Und Xander. Er ist nicht perfekt, aber er war nett und hat mich gut behandelt und du wolltest ihm nicht einmal eine Chance geben. Er ist nicht mein Vater. Und ich bin nicht du. Ich habe nicht vor, schwanger zu werden und durchzubrennen.«

Sie nickt. »Ich weiß.« Meine Mom fasst sich an ihren Bauch und atmet heftig ein.

»Was hast du?«

»Nichts, mir geht's gut. Ich muss mich bloß ...« Sie steht auf, schwankt ein bisschen und stützt sich dann an der Wand ab.

Ich stehe ebenfalls auf. »Du siehst wirklich nicht gut aus.«

»Ich sollte ins Bett.« Sie stolpert vorwärts und greift nach der Lehne meines Schreibtischstuhls.

»Mom. Irgendetwas stimmt mit dir nicht.«

Sie fasst sich wieder an den Bauch und eilt aus meinem Zimmer.

Ich folge ihr ins Badezimmer und sie schafft es gerade noch rechtzeitig bis zum Waschbecken, bevor sie sich übergibt. Das Waschbecken ist jetzt knallrot. »Mom! Ist das Blut?«

Sie wischt sich über den Mund und schmiert dabei Blut auf ihr Handgelenk. Dann hustet sie.

»Ist dir das schon mal passiert?«

Sie schüttelt den Kopf.

»Okay, wir fahren ins Krankenhaus. Und zwar sofort.«

Ich gehe im Flur auf und ab und warte darauf, dass der Arzt mir sagt, was los ist. Ich bin seit zwei Stunden hier. Als er endlich rauskommt, habe ich das Gefühl, gleich zusammenzubrechen. Er schaut sich um – ich frage mich, worauf er wartet – und sagt: »Bloß du?«

»Bloß ich?« Ich verstehe seine Frage nicht.

»Bist du mit irgendjemandem zusammen hier?«

»Ach so. Nein. Bloß ich.« Ich fühle mich schrecklich. Vielleicht hätte ich Matthew anrufen sollen. Er sollte auch hier sein. Er hat das Recht, informiert zu werden. Ich nehme mir vor, mir seine Nummer rauszusuchen und ihn anzurufen, sobald ich mit dem Arzt gesprochen habe. »Bitte sagen Sie mir, wie es meiner Mom geht.«

»Ihr geht es besser. Wir machen ein paar Untersuchungen und versuchen, verschiedene Ursachen auszuschließen. Wir haben ihr etwas gegeben, damit sie besser schlafen kann.«

»Und, äh ...« Ich weiß nicht, wie ich es ausdrücken soll. »Ist mit dem Baby alles okay?«

»Baby?« Er macht große Augen und schaut auf sein Klemmbrett. »Hat sie dir gesagt, dass sie schwanger ist?«

»Nein. Ich dachte bloß, dass es sein könnte.«

»Nein. Sie ist nicht schwanger. Aber wir machen noch ein paar zusätzliche Tests, um sicherzugehen.«

Ich schäme mich, weil ich ein klitzekleines bisschen erleichtert bin. Allerdings schäme ich mich nicht lange, denn wenn diese Möglichkeit so gut wie vom Tisch ist, dann bedeutet das, dass sie etwas Ernsteres hat, so viel ist klar. Die Sorge, die jetzt die Oberhand nimmt, lässt keinen Platz mehr für ein schlechtes Gewissen. »Ist sie ernsthaft krank?«, frage ich mit erstickter Stimme.

»Ja, und wir versuchen herauszufinden, was die Ursache sein könnte. Einige der schlimmeren Krankheiten haben wir bereits ausgeschlossen, das ist schon einmal gut.« Er tätschelt mir die Schulter, als ob das seine Worte besser machen würde. »Bald werden wir mehr wissen.«

»Darf ich sie sehen?«

»Sie schläft und im Moment sollte sie sich ausruhen. Ich verspreche dir, dass wir dich sofort verständigen, sobald sie aufwacht.« Er schweigt einen Moment und sieht sich um. »Eigentlich solltest du um diese Zeit wirklich nicht allein hier sein.«

Aber ich bin allein. Meine Mutter ist alles, was ich habe. »Ich habe kein Handy.«

»Kannst du mir dann die Nummer geben, unter der wir dich erreichen können?«

Schon oft in meinem Leben habe ich mich geärgert, dass ich kein Handy habe wie *alle* anderen in meinem Alter. Aber in diesem Moment, als ich mich einfach nur auf einem der Steinzeit-Sofas im Wartebereich zusammenkauern möchte, ist es das erste Mal, dass ich das Gefühl habe, ohne eins geht es um Leben und Tod. Vielleicht sollte ich zu Skye fahren. Aber was ist, wenn sie nicht da ist? Skyes Haus ist zehn Minuten weiter entfernt vom Krankenhaus als der Laden. Zehn Minuten weiter vom Krankenhaus entfernt kommt nicht infrage. Ich gebe ihm die Nummer vom Laden und gehe.

Ich fahre sofort nach Hause, laufe nach oben und setze mich neben das Telefon.

Nein, das funktioniert so nicht. Ich muss mich mit irgendetwas beschäftigen. Im Laden gibt es immer etwas zu tun. In all den Jahren, die ich hier schon wohne, habe ich noch nie um ein Uhr morgens Regale geputzt. Als ich mich dem Fenster zuwende, erstrahlt bereits eine ganze Regalwand in neuem Glanz und ich schwitze. Ich nehme mir die nächste Wand vor. Ungefähr auf der Hälfte der zweiten Regalwand finde ich ein Namensschild ohne Puppe. Carrie. Ich durchsuche die Regale, aber sie ist nicht da. Meine Mom muss sie heute verkauft haben. Sie hat vergessen, das Namensschild für die nächste Bestellung in die Schublade zu legen.

Allerdings brauchen wir Carrie eigentlich nicht extra zu bestellen. Sie ist beliebt: Wir haben immer mindestens zwei Ersatzpuppen für sie auf Lager. Sie ist ein schlafendes Baby, ein Neugeborenes mit friedlichem Gesichtsausdruck. Alle lieben diese Puppe. Selbst ich finde sie ganz süß, was ein kleines Wunder ist, wenn man bedenkt, was für Angst mir Puppen sonst einjagen.

Ich gehe nach hinten. Drei Schachteln mit der Aufschrift »Carrie« stehen nebeneinander im zweiten Regalfach. Das Fach ist niedrig genug, um es problemlos erreichen zu können; ich ziehe eine der Schachteln also einfach heraus. Sofort weiß ich aufgrund ihres Gewichts, dass sie leer ist, aber ich öffne sie trotzdem, was meinen Verdacht bestätigt. Ich ziehe die nächste Schachtel hervor. Leer. Ich ziehe alle Schachteln heraus, egal welcher Name darauf steht. Kurz darauf ist der Fußboden mit Styroporkügelchen übersät, aber keine einzige Puppe weit und breit.

Jetzt weiß ich, wie lange es dauert, eine ganze Regalwand voller Schachteln auszuräumen und sie zu durchsuchen. Fünfundvierzig Minuten. Ich lasse mich auf den Fußboden sinken und lege meine Stirn auf die Knie. Eigentlich dachte ich immer, dass ich meiner Mutter viel abgenommen hätte. Ich arbeitete mehr im Laden, als ich musste, versuchte, alles am Laufen zu halten, aber es ist mehr als offensichtlich, dass meine Mom die gesamte Last auf ihren Schultern getragen hat.

Warum hat sie sich von niemandem helfen lassen?

Ich bin da genauso.

Ich schnappe mir das schnurlose Telefon aus dem Regal und wähle.

Es klingelt viermal. »Hallo?«, antwortet eine verschlafene Stimme.

»Ich brauche dich.«

38.

Als Skye in den Lagerraum kommt, schnappt sie nach Luft. »Was ist passiert?«

»Ich hab's vermasselt.«

Sie setzt sich auf das Sofa und klopft auf das Polster neben sich. Ich krieche an ihre Seite und lege meinen Kopf auf ihren Schoß. Ihre Finger spielen mit meinen Haaren, sie flicht eine Strähne, um sie wieder zu öffnen.

»Ich bin ein furchtbarer Mensch. Ich dachte, eher würde ich sterben, als damit klarzukommen, dass meine Mom schwanger ist. Jetzt fühle ich mich, als würde ich wirklich sterben.«

»Erzähl weiter.«

»Meine Mom ist krank. Sie liegt im Krankenhaus. Sie haben mir nicht erlaubt, dortzubleiben.«

»Sie ist also nicht schwanger?«

»Nein.«

»Was hat es dann mit diesem Matthew auf sich?«

»Keine Ahnung. Vielleicht daten sie ja nur. Ich sollte ihn anrufen, oder?« Mein Kopf tut weh. »Ich hab seine Nummer nicht.«

»Mach dir deswegen keine Sorgen. Deine Mom kommt wieder in Ordnung. Morgen kann sie Matthew selber anrufen.«

Ich nicke.

Sie streicht mir ein paarmal übers Haar. »Wo ist eigentlich Xander? Ist er unterwegs, um dir was zu essen zu holen oder so?«

Ich kneife meine Augen zusammen und möchte nicht an

den anderen Teil des schrecklichen Abends denken müssen. »Es ist aus. Für immer.«

»Was? Wieso?«

»Er dachte, ich wäre reich, Skye. Das ist der einzige Grund, warum er mich mochte.«

Sie hustet und ändert ihre Sitzposition auf dem Sofa. »Äh ... nimm's mir nicht übel, aber er ist doch *hier* gewesen, oder? Wie sollte er auf den Gedanken gekommen sein, dass du reich bist?«

»Weil er meine Großeltern kennt. Die Eltern meiner Mom. Und anscheinend gehören sie zu den reichsten Menschen in Kalifornien.«

»Was?«

»Sie waren heute Abend da, auf der Benefizgala.«

»Wow. Das ist ja völlig verrückt.«

Ich richte mich auf und setze mich hin. »Ja, oder? Das ist völlig verrückt! Eigentlich sollte ich wahnsinnig wütend sein. Auf meine Mom. Auf Xander.«

»Du bist wütend auf Xander, weil deine Großeltern reich sind?«

»Nein. Weil das der einzige Grund war, warum er mich mochte.«

»Hat er das so gesagt?«

»Okay, nein. Aber ...« Ich fahre mit meiner Hand übers Gesicht. »Aber woher sollen wir das wissen? Selbst wenn er behauptet, dass es keinen Unterschied gemacht hätte, werden wir das nie wirklich feststellen können. Er *hat* es ja gewusst und jetzt können wir gar nichts mehr beweisen.«

Skye nimmt meine Hand in ihre. »Nicht für alles muss es Beweise geben. Vielleicht solltest du ihm einfach nur vertrauen.«

»Und was ist mit meiner Mom? Soll ich ihr auch vertrauen? Sie hat mich mein ganzes Leben lang angelogen. Ich bin wütend. Und ich fühle mich schuldig, dass ich wütend bin, weil sie krank ist.« Ich lasse mich zurück aufs Sofa fallen und starre an die Decke.

»Das kann ich verstehen. Ich wäre auch wütend. Aber findest du nicht, dass sie wissen sollten, wie krank sie ist?«

»Wer?«

»Ihre Eltern.«

Ich nicke. Sie hat recht. »Kannst du morgen Xander anrufen und dir ihre Telefonnummer und Adresse geben lassen?«

»Du willst nicht mit ihm sprechen?«

Ich presse meine Handflächen auf die Augen. »Nein. Und sag ihm bitte nicht, was mit meiner Mom passiert ist. Das Letzte, was ich jetzt gebrauchen kann, sind sein Mitleid und seine Schuldgefühle.«

»Ja, natürlich mach ich das für dich.« Sie rutscht auf den Fußboden und legt ihren Kopf neben mich aufs Sofa. »Versuch doch einfach, ein bisschen zu schlafen. Ich hüte solange das Telefon für dich.«

»Ich kann nicht schlafen.«

»Möchtest du, dass Henry vorbeikommt? Er könnte dir auf der Gitarre was vorspielen. Dich vielleicht für eine Weile ablenken.«

»Es ist halb vier morgens. Glaubst du nicht, dass er schläft?«

Sie schaut auf ihr Handy, das ihr die Uhrzeit bestätigt. »Wahrscheinlich nicht. Er ist eine Nachteule.«

»Meiner Meinung nach endet die Nacht um zwei. Er muss also eine Frühaufsteher-Eule sein.«

»Warum sollte die Nacht um zwei zu Ende sein?«

»Keine Ahnung. Länger als zwei schaffe ich normalerweise nicht aufzubleiben – also muss die Nacht zu diesem Zeitpunkt enden.«

Sie lacht und schickt eine SMS ab. »Wenn er zurückschreibt, ist er wach, wenn nicht, schläft er.«

»Wow, das ist ja eine ziemlich ausgeklügelte Methode herauszufinden, ob jemand wach ist oder schläft.«

Sie gibt mir einen spielerischen Klaps auf den Kopf. »Wie schön, dass du deinen Sarkasmus nicht verloren hast.«

Irgendwann am frühen Morgen beschließe ich, dass Henry ein netter Kerl ist. Ich bin froh, dass Skye über seine spitze Nase hinwegsehen konnte. Während er Gitarre spielt, schlafe ich ein.

Als ich meine Augen öffne, sehe ich Skye auf der anderen Seite des Zimmers am Telefon. Von einer Sekunde auf die andere bin ich hellwach, springe vom Sofa auf und falle beinahe über Henry, der auf dem Fußboden schläft. Sie sieht mich kommen, wedelt mit der Hand und schüttelt den Kopf. Dann formt sie stumm mit dem Mund »Xander«. Augenblicklich drehe ich mich wieder um und lasse mich auf das Sofa sinken. Hoffentlich schafft sie es, die Nummer meiner Großeltern ohne große Schwierigkeiten zu bekommen; und dann kann er mich endgültig aus seinem Leben streichen.

»Nein«, sagt Skye. »Sie schläft.«

Wie spät ist es überhaupt? Ich strecke meinen Arm nach unten und drehe die Armbanduhr an Henrys Handgelenk, bis ich sie lesen kann. Halb elf. Wow. Ich habe mindestens fünf Stunden geschlafen. Wie kommt es dann, dass es sich immer noch anfühlt, als hätte mir jemand mit einer Keule ins Gesicht geschlagen? Und warum ist Skye immer noch am Telefon? Wie lange kann es dauern, eine Telefonnummer und eine Adresse aufzuschreiben?

»Xander, bitte«, höre ich sie sagen. Sie ist viel zu nett. Ich hätte die Nummer schon längst. Vielleicht sollte ich, während ich warte, im Krankenhaus anrufen. Ich suche nach dem Telefon, aber dann wird mir klar, dass Skye es in der Hand hat. Warum hat sie nicht ihr Handy genommen? Was ist, wenn das Krankenhaus versucht, uns in diesem Moment zu erreichen? Meine Wut auf Xander kehrt mit voller Wucht zurück.

»Nein«, sagt Skye mit einem Seufzer. Ich bin kurz davor, aufzustehen und ihr das Telefon wegzunehmen, als sie Danke sagt und etwas auf den Zettel schreibt, den sie in der Hand hält. »Ja. Na klar. Ich werd's ihr ausrichten.« Sie legt das Telefon auf.

»Was sollst du mir ausrichten?«

»Dass er mit dir sprechen will.«

»Gut zu wissen. Ich aber nicht mit ihm.«

»Ich weiß.« Sie reicht mir den Zettel, hockt sich dann neben Henry und streichelt ihm über die Wange. »Henry, wach auf.«

Ich gebe seinem Bein einen kleinen Stoß und er fährt mit einem Ruck hoch. »Manchmal muss man eben ein bisschen Gewalt anwenden, Skye.«

Sie verdreht die Augen, aber lächelt dabei. Und ich würde sie um nichts auf der Welt ändern wollen.

Eine Stunde später stehe ich in der Eingangshalle des Krankenhauses und warte darauf, dass mir jemand weiterhilft. Niemand hatte sich bei mir gemeldet, aber nachdem Skye zur Arbeit musste und ich die Eltern meiner Mom angerufen und sie informiert hatte, habe ich es zu Hause nicht länger ausgehalten. Endlich legt die Empfangsdame den Hörer auf und sagt: »Zimmer dreihundertfünf. Nimm den Fahrstuhl und fahr in den dritten Stock. Dort wird dich jemand in die Station lassen.«

»Danke.«

Ich bin nervös. Ich möchte einfach nur meine Mom sehen.

Dann wird es mir bestimmt besser gehen. Der größte Teil meiner Wut hat sich in Sorge verwandelt, aber die Wut ist immer noch da und ich möchte, dass sie verschwindet. In dem Moment, als ich in ihrem Zimmer stehe und ihr Gesicht sehe, blass aber friedlich, stoße ich einen Seufzer der Erleichterung aus. Ich ziehe einen Stuhl an ihr Bett und zwinge mich, ihre Hand zu nehmen. »Hey Mom«, flüstere ich. Sie rührt sich nicht.

Ich weiß nicht, wie lange ich an ihrem Bett gesessen und ihre Hand gehalten habe (Eine Stunde? Zwei?), aber irgendwann kommt der Arzt herein und gibt mir ein Zeichen, mit ihm auf den Flur zu kommen.

»Es tut mir leid, dass ich dich gestern Abend nicht zu ihr lassen konnte, aber die Räume unten, wo sie gestern lag, sind Mehrbettzimmer und Besuch ist da schwierig. Aber wir konnten sie später hier nach oben verlegen.«

»Was fehlt ihr denn nun?«

»Wir warten immer noch auf ein paar Untersuchungsergebnisse. Ist deine Mom in letzter Zeit häufig müde gewesen?«

»Ja.«

Er nickt, als habe er das erwartet. »Ich habe einen leisen Verdacht, wo das Problem liegen könnte, aber wir tun jetzt Folgendes: Wir werden eine Kamera in ihren Magen einführen, damit wir uns einen besseren Überblick verschaffen können. Die Ultraschalluntersuchung hat nicht viel ergeben und ich muss mir das näher ansehen.«

»Okay. Ist das gefährlich?«

»Nein. Die Untersuchung ist ein Routineeingriff, die uns hoffentlich ein paar Antworten geben wird.«

»Weiß sie davon?«

»Bis jetzt ist sie noch nicht aufgewacht.« Mir muss die Angst im Gesicht gestanden haben, denn er fügt hinzu:

»Was kein Grund zur Beunruhigung ist. Wir haben ihr etwas gegeben, damit sie besser schlafen kann. Die Wirkung sollte bald nachlassen. Dann sprechen wir mit ihr und du kannst mit ihr sprechen, und wenn sie einverstanden ist, setzen wir die Untersuchung gleich für morgen früh an.«

»Darf ich jetzt hierbleiben?«

»Sicher. Wie ich schon sagte, jetzt, wo sie in einem Einzelzimmer liegt, kannst du gerne bleiben. Du kannst sogar hier schlafen, wenn du möchtest.«

»Ja. Danke.«

Ich will gerade wieder in Moms Zimmer zurückgehen, als ich meine Großeltern um die Ecke kommen sehe. Warum ist meine Mom noch nicht wach, damit sie das jetzt in die Hand nehmen kann? Diese Leute sind mir völlig fremd. Ich reibe mir verlegen über die Arme und winke dann kurz.

»Caymen, richtig?«, sagt (Mrs Meyers? Grandma?) die Frau.

»Ja. Hi, ich bin Caymen.«

Sie hält für einen Moment ihre Hand vor den Mund und schnappt kurz nach Luft. »Du siehst genauso aus wie deine Mutter im selben Alter.« Sie tätschelt meine Wange. »Außer den Augen. Die hast du von deinem Vater. Du bist so schön.«

Ich trete von einem Fuß auf den anderen.

Der Mann murrt sie von der Seite an, dann streckt er seine Hand aus: »Hi, ich bin Fremder Nummer eins und das hier ist Fremde Nummer zwei. Na, fühlst du dich auch schön unbehaglich?«

Ich grinse ihn schief an.

»Das Einzige, womit du sie in Verlegenheit bringst, ist dein seltsamer Sinn für Humor, Sean. Er macht nur Spaß, Schätzchen.«

»Ich weiß.« Kann Sinn für Humor genetisch veranlagt

sein? Ich zeige auf die Tür. »Sie ist bis jetzt noch nicht aufgewacht, aber ihr könnt sie gerne sehen.«

Die Frau holt ein paarmal tief Luft, nur um dann schnell und flach weiterzuatmen.

»Soll ich dir eine Sauerstoffflasche besorgen, Vivian, oder schaffst du es auch ohne? Ich bin mir sicher, dass hier irgendwo eine Flasche herumliegt.«

Sie schlägt ihm auf die Brust. »Jetzt gib mir doch mal einen Moment. Ich habe meine Tochter siebzehn Jahre lang nicht gesehen und jetzt liegt sie in einem Krankenhausbett. Das muss ich erst mal verdauen.«

»Der Arzt glaubt, dass er weiß, was ihr fehlt, und meinte, dass sie …«, ich wollte gerade »wieder in Ordnung kommt« sagen, aber dann fällt mir ein, dass er das gar nicht gesagt hat. Vielleicht kommt sie nicht wieder in Ordnung.

»Caymen«, sagt Sean. »Kannst du mir kurz mal zeigen, wo ich diesen Arzt finden kann? Ich will ihm ein paar Fragen stellen.«

»Klar. Oh, das da drüben ist er. Er spricht gerade mit der Schwester.«

»Danke. Geht ihr zwei doch schon mal ohne mich rein. Ich komme dann gleich nach.«

Er geht. Vivian steht vor der Zimmertür und atmet wieder so komisch. »Du solltest lieber alleine gehen. Ich warte kurz hier draußen«, sage ich zu ihr.

Sie nickt, rührt sich aber nicht. Ich halte ihr die Tür auf, und das setzt sie in Bewegung. Wird meine Mom böse sein, wenn sie aufwacht und ihre Mutter neben sich sitzen sieht? So wie sie gestern Abend im Laden in sich zusammengesunken ist, als ich von ihren Eltern erzählt habe, habe ich das Gefühl, dass sie diesen Augenblick schon lange herbeigesehnt hat.

Mein Blick wandert den Flur entlang zu Sean, der gerade

mit dem Arzt spricht. Ich bin froh, dass ich jemanden an meiner Seite habe, der sich um diese wichtigen Dinge kümmert. Wenn Sean so schlau ist, wie Xander und seine Brüder ihn beschrieben haben, dann weiß ich, dass er das hier locker in die Hand nehmen kann.

Meine Großeltern sind reich. Wie schräg das ist.

Kurz darauf ist Sean wieder an meiner Seite. »Und, was glaubst du, wie lange braucht meine Frau, um siebzehn Jahre Funkstille aufzuarbeiten?«, fragt er und schaut auf seine Uhr. »Haben die letzten zehn Minuten gereicht?«

Ich lächele. »Meine Mom schläft – da sind bestimmt ein paar mehr Minuten nötig.«

Er atmet zischend durch die Zähne ein. »Vivian ist zwar verdammt gut darin, Selbstgespräche zu führen.« Er dreht sich zu mir. »Aber wahrscheinlich brauchen sie noch ein bisschen Zeit. Hast du schon etwas gegessen?«

»Möchtest du nicht zu ihr? Du hast sie siebzehn Jahre lang nicht gesehen.«

»Ich habe auch *dich* siebzehn Jahre lang nicht gesehen.«

Meine Augen fangen an zu brennen und mein Großvater verschwimmt vor mir, aber mir gelingt es, die Tränen wegzublinzeln.

»Ich hab da wohl einiges aufzuholen, oder? Werden zehn Minuten reichen?«

»Ich hatte an fünf gedacht, aber mal sehen, wie du dich machst.«

Er lächelt. »Na, du bist eindeutig meine Enkeltochter.«

39.

Den restlichen Tag verbringt meine Mom im Wechselbad der Gefühle – vom puren Glück zur tränenreichen Wut, dann wieder zurück zum Glück. Dieses Auf und Ab gefällt dem Arzt ganz und gar nicht. Am Nachmittag wirft er uns alle raus, obwohl er mir versprochen hatte, dass ich die Nacht bei ihr verbringen dürfte. Meine Mom widerspricht allerdings nicht und mir wird klar, dass sie wahrscheinlich Ruhe braucht.

»Das ist ja gut gelaufen«, sagt Sean im Flur.

Vivian wirft ihm einen Blick zu. »Caymen, wir leben mehrere Stunden von hier entfernt. Meinst du, wir könnten bei euch wohnen, solange sich deine Mom erholt?«

»Wir können uns auch ein Hotelzimmer nehmen, wenn das zu viele Umstände macht«, fügt Sean schnell hinzu.

»Unsere Wohnung ist winzig. Ich weiß nicht, ob das bequem für euch ist. Bestimmt seid ihr viel mehr Platz gewohnt.«

Sean ringt die Hände. »Sie denkt, wir sind verwöhnt, Viv. Das können wir nicht auf uns sitzen lassen.«

»Stopp«, sagt Vivian. »Uns ist beides recht, Schätzchen. Was wäre dir denn lieber?«

Mir wäre es lieber, wenn sie in ein Hotel gingen, aber das würde unhöflich klingen. Vielleicht tut mir ja ein bisschen Gesellschaft auch gut? »Ihr könnt bei uns wohnen, kein Problem.«

Als wir in Richtung Parkplatz gehen, räuspert sich Sean. »Hm, Xander Spence also? Für meinen Geschmack ist er ja ein bisschen zu gut aussehend, aber immerhin aus gutem Stall.«

»Gott sei Dank fragt niemand nach deinem Geschmack«, mischt sich Vivian ein. »Er scheint ein wirklich netter Junge zu sein.«

»Wir sind nicht zusammen.«

»Oh. Wir dachten bloß, wegen gestern Abend ...«

»Es ist etwas passiert, aber es ist okay.« So ist das also, wenn man Großeltern hat? Noch mehr Leute, die einem Ratschläge in Sachen Beziehungen geben?

Vivian legt einen Arm um mich. »Ich wollte es ja nicht laut sagen, aber für meinen Geschmack ist er auch ein bisschen zu gut aussehend, Schätzchen.«

Mein automatischer Xander-um-jeden-Preis-verteidigen-Reflex schaltet sich ein und ich höre mich sagen: »Wenn man ihn erst einmal näher kennt ...« Ich unterbreche mich. Ich brauche Xander nicht mehr zu verteidigen.

Vivian drückt meine Schulter. »Es ist ganz schön viel passiert in den letzten vierundzwanzig Stunden, hm?«

»Ja.«

Ich kann ihnen sofort ansehen, dass sie die Wohnung klein finden. Besonders, als Sean die Tür zur Garderobe im Flur aufzieht und sie mit einem Ruck wieder schließt, weil er gedacht hatte, dass sie in einen weiteren Teil der Wohnung führt.

»Für uns ist das mehr als genug und ihr wisst ja, dass wir unten noch den Laden haben. Wenn's uns hier oben also zu eng wird, haben wir noch jede Menge Platz.«

Ich kenne sie nicht, aber es scheint, als hätte Vivian Schuldgefühle, dass wir so leben. Aber was ich gesagt habe, meine ich auch: Sicher, unsere Wohnung ist klein, ganz besonders, wenn man es mit dem vergleicht, was andere haben, aber als Kind habe ich mich nie benachteiligt gefühlt. Ich war immer glücklich. Anscheinend habe ich erst in letzter Zeit angefangen zu bemerken, was ich nicht habe.

Vivian besteht darauf, einkaufen zu gehen, und kommt mit mehr Lebensmitteln nach Hause, als wir in einem ganzen Monat essen können. Sie versucht, alles so gut wie möglich zu verstauen. Dann beginnt die gefürchtete Fragerei.

»Also, du gehst in die Zwölfte, richtig?«

Ich nicke.

»Und was willst du nächstes Jahr studieren?«, fragt Sean ganz unschuldig, während er das Etikett einer Dose Mais studiert, die Vivian gekauft hat. Es ist ziemlich offensichtlich, dass er meinem Blick ausweicht, denn was sonst soll bitte schön in einer Dose Mais sein außer Mais? Ahnt er irgendwie, dass das ein heikles Thema für mich ist?

»Ich bin ...«, fange ich an, »ich bin mir nicht sicher«, will ich sagen, aber ich kann es nicht. Nicht, dass mir die Tatsache peinlich ist oder weil ich im Laden aushelfen muss. Nachdem ich gestern Nacht all die leeren Schachteln hinten im Laden entdeckt habe, ist mir klar geworden, dass ich keine große Hilfe gewesen bin. Meine Mom muss selber überlegen, wie es mit dem Laden weitergehen soll, und wenn ich ihr dabei auf der Pelle hocke, wird das nicht helfen. Ich muss nach vorne schauen. »Ich werde Naturwissenschaften studieren. Wo, weiß ich noch nicht.«

»Was hast du denn mit einem Naturwissenschaftsabschluss vor? Interessierst du dich für Medizin?«

»Nein, ich glaube Forensik würde mich interessieren. Aber ich weiß es noch nicht genau.«

»Das ist eine gute Wahl fürs Grundstudium. Mit der Basis liegen dir viele Möglichkeiten offen.«

Ich nicke. »Ja, das stimmt.«

Das Telefon klingelt und ich nehme schnell ab, weil ich hoffe, es könnte meine Mom oder der Arzt sein. Aber es ist ein Mann. »Ist Susan da?«

»Nein. Sie ist nicht hier. Soll ich ihr etwas ausrichten?«

»Können Sie ihr bitte sagen, dass Matthew angerufen hat?«

»Matthew. Nein. Ich meine, ja, das kann ich, aber sie liegt im Krankenhaus.«

Ich fühle mich überrumpelt, als er höhnisch auflacht. »Ist das diesmal ihre Ausrede?«

»Wie bitte?«

»Hören Sie, richten Sie Ihrer Mutter aus, dass ich aufhören werde, sie anzurufen, sobald sie ihre Rechnungen bezahlt.«

»Sind Sie ein Schuldeneintreiber?«

Sean schaut mich an.

»Sie soll mich anrufen.«

Sean gibt mir ein Zeichen, dass ich ihm das Telefon geben soll, und ich tue es. Er geht durch die Tür und zieht sie hinter sich zu. Ich bin so froh, Unterstützung zu haben.

40.

Meine Mom klammert sich an meine Hand.

»Der Arzt hat gesagt, dass das eine reine Routineuntersuchung ist, Mom. Es gibt keinen Grund, nervös zu sein.«

»Aber du hast den ganzen Morgen noch keine einzige ironische Bemerkung gemacht. Du hältst es für was Ernstes.«

Ich lache. »Ich bin bloß zu müde, um sarkastisch zu sein. Außerdem bin ich damit neben deinem Dad nicht mehr sonderlich originell.«

Sie lächelt. »Magst du sie?«

»Ja.« Das ist alles, was ich sagen kann. Jetzt ist kein geeigneter Zeitpunkt, um mit ihr noch einmal durchzukauen, dass sie mich nicht mein ganzes Leben lang hätte belügen dürfen. Meine Großeltern sind definitiv nicht die Monster, wie sie sie immer dargestellt hatte. Nur mit Mühe schaffe ich es, meine Wut runterzuschlucken.

»Ich weiß«, sagt sie. Offenbar kann sie meine Gedanken lesen. »Ich habe sie dir vorenthalten. Ich habe diese Entscheidung für mich selbst getroffen, hatte aber kein Recht, sie auch für dich zu treffen. Das tut mir leid.«

Ich drücke ihre Hand. »Wir holen das auf, sobald es dir wieder besser geht. Also hör jetzt endlich auf, hier einen auf krank zu machen. Um deine Eltern zurückzubekommen, hätte etwas weniger Drama auch gereicht.«

Sie lächelt. »Ich werde wohl doch nicht sterben.«

»Ich hab dich lieb, Mom.«

»Ich dich auch, Kleines.«

Sean und Vivian hatten bereits vorhin mit meiner Mom gesprochen. Ich fahre mit dem Fahrstuhl nach unten, um mich zu meinen Großeltern in den Wartebereich zu setzen. Als ich um die Ecke biege, sehe ich, dass sie nicht allein sind. Ich erkenne Xanders Rücken sofort, nicht zuletzt wegen seiner typisch kerzengeraden Haltung. Wenn Vivian nicht aufgeschaut hätte, als ich hereingekommen bin, hätte ich mich heimlich wieder nach draußen schleichen können. Aber er dreht sich um, weil er ihren Blick gesehen hat. Mein Herz gerät aus dem Takt. Ich drehe mich trotzdem um, gehe durch die Eingangshalle des Krankenhauses und nach draußen in die Kälte. Die kahlen Bäume, die den Parkplatz säumen, wirken schwarz vor dem hellen Himmel.

»Caymen!«, ruft er. »Warte. Bitte.«

Ich bleibe auf einem vertrockneten Rasenstreifen stehen und schaue ihn an. »Was?«

»Ich hab beinahe vergessen, wie sehr einen dieser starre Blick von dir verunsichern kann.«

Ich warte auf eine Erklärung von ihm, warum er hier ist.

»Okay. Ich nehme mal an, ich habe das Wort.« Er holt tief Luft. »Hier bin ich und gebe zu: Ich hab versagt. Hier bin ich und setze alles auf eine Karte, obwohl ich weiß, dass ich alles verlieren könnte. Und ich hab schreckliche Angst davor.«

Ich schlucke mühsam und kämpfe gegen den Drang an, ihn zu trösten.

»Aber wie du schon sagtest, wer nichts riskiert, wird nirgendwohin kommen.« Er schaut auf den Rasen und dann wieder hoch, fast, als hätte er eine Rede vorbereitet und würde jetzt erst richtig loslegen. »Es tut mir so leid. Dieser Abend. Der Abend mit der Gala. Ich war dumm. Ich wusste nicht, dass du deine Großeltern nicht kennst. Und was Robert dann gesagt hat ...«

»Robert?« Die Erinnerung an Robert an jenem Abend trifft mich wie ein Schlag. Ich hatte ihn in all dem Chaos völlig vergessen. »Ich habe nicht ... Mason und ich sind nie zusammen gewesen ...«

»Ich weiß. Skye hat es mir erklärt. Jedenfalls war ich darauf überhaupt nicht gefasst und ich dachte, das sei der Grund, warum du abgehauen bist. Weil du dich ertappt gefühlt hast. Aber Robert ist ein Arschloch. Ich hab keine Ahnung, warum ich ihm auch nur eine Sekunde geglaubt habe. Ich hätte dir hinterherlaufen und sicherstellen sollen, dass alles in Ordnung mit dir ist. Dass alles in Ordnung *mit uns* ist.«

Es stimmt. Robert ist ein Arschloch.

Er schaut auf seine Hände, dann fährt er sich durchs Haar. So unsicher habe ich ihn noch nie erlebt. »Ich kann verstehen, dass du unter Schock gestanden haben musst, als du deinen Großeltern, die du noch nie gesehen hast, so plötzlich gegenüberstandest. Aber warum hast du mich seitdem nie zurückgerufen?«

»Du warst nur mit mir zusammen, weil ich reich bin.«

»Was?«

»Und du kannst es so oft abstreiten, wie du willst, aber wir werden nie wissen, ob du die Wahrheit sagst. Weil du es nicht ungeschehen machen kannst – du hast es gewusst.«

»Das mit deinen Großeltern habe ich vor weniger als einem Monat erfahren. Meine Großmutter hat es mir erzählt. Anfangs hatte ich keine Ahnung.«

»Du kannst es nicht ungeschehen machen«, sage ich wieder.

»Aber ...« Er zieht die Nase kraus und wirft dann einen frustrierten Blick in den Himmel.

»Was aber?«

»Nimm es mir bitte nicht übel, wenn ich das jetzt sage, aber ... du bist nicht reich. Ich habe gesehen, wie du lebst. Als ich das mit deinen Großeltern erfahren habe, habe ich erst gedacht, deine Mutter wollte dich so erziehen, dass du begreifst, wie die meisten leben. Damit du zu schätzen lernst, was du hast. Als mir aber klar wurde, dass du deine Großeltern überhaupt nicht kanntest, als ich herausgefunden habe, dass du sie bei der Gala zum ersten Mal in deinem Leben gesehen hast, da wusste ich, dass ihr kein Geld habt. Caymen. Du bist arm. Und ich mag dich trotzdem. Sehr sogar.«

Ich muss lachen und er lächelt. Auf die Art, wie er langsam näher kommt, kann ich ihm ansehen, dass er bereit für einen Neuanfang ist. Ich aber bin noch nicht ganz so weit. Für mich sind da immer noch ein paar Fragen offen. »Aber deine Cousine. Das mit dem Aschenputtelkomplex. Du hast überhaupt nicht reagiert.«

»Meine Cousine ist ein verzogenes Biest und ich habe gelernt, dass es besser ist, nicht mit ihr zu streiten. Aber du hast recht. An diesem Abend habe ich jede Menge Fehler gemacht. Ich hätte mich für die Freundin meines Bruders einsetzen sollen. Und für dich. Ich hätte Robert zusammenschlagen sollen, sodass er sich nie wieder getraut hätte, meinen Namen zu sagen, geschweige denn, ihn zu benutzen, um sich Vorteile zu verschaffen. Ich hätte dich nicht gehen lassen dürfen. Ich hätte dich nach Hause fahren sollen. Ich hätte diese ganze Wohltätigkeitssache zum Teufel schicken sollen.«

»Schick Wohltätigkeit niemals zum Teufel.«

Plötzlich hält er inne und wird ganz ruhig. Ich kann nicht klar denken. Ich war mir sicher gewesen, dass er seine Rede gerade zu irgendeinem sehr überzeugenden Abschluss bringen wollte, etwas, was ich unbedingt hören möchte. Etwas, das mich dazu gebracht hätte zu sagen: »Es ist alles gut. Die Liebe gewinnt immer.« Stattdessen jedoch grinst er mich mit seinem typischen Lächeln an und beißt sich dabei auf die Unterlippe und beinahe stürze ich mich in seine Arme. Zum ersten Mal, seit ich ihm vorgestern Abend den Rücken gekehrt habe, fühlt sich mein Herz wieder an, als wäre es nicht zerbrochen.

»Warum grinst du, als hättest du im Lotto gewonnen oder so?«

»Weil du sarkastisch gewesen bist. *Schick Wohltätigkeit niemals zum Teufel.* Du bist nur sarkastisch, wenn du gute Laune hast. Und wenn du gute Laune hast, dann kann deine Wut auf mich gar nicht so groß sein.«

»Du und meine Mom. Ihr bildet euch ein, dass ihr euch mit meinen Witzen richtig gut auskennt, hm?«

»Ja.«

»Ich bin immer sarkastisch, Xander, egal ob ich gute Laune habe oder nicht. Dazu brauchst du keine großartigen Theorien über mich aufzustellen.«

Er lacht laut auf. »Weißt du, wie sehr ich dich vermisst habe?«

Ich schließe die Augen und atme tief ein. Da ist er. Der Satz, mit dem ich ihm alles vergeben kann. »Woher wusstest du, dass ich hier bin? Wie hast du herausgefunden, dass meine Mom im Krankenhaus liegt?« Ich halte die Luft an. Wie wichtig mir das ist, merke ich jetzt erst. Hat er beschlossen, nach mir zu suchen, nachdem er herausgefunden hat, dass meine Mom krank ist, oder schon vorher?

Bitte, es soll vorher gewesen sein.

»Na ja, als ich gestern im Laden angerufen habe und Skye nicht zugelassen hat, dass ich mit dir spreche ...«

»Ich dachte, Skye hätte dich angerufen«, unterbreche ich ihn.

»Nein, ich hab angerufen und Skye hat abgenommen, aber sie wollte bloß wissen, wie ihr deine Großeltern erreicht. Ich habe sie angefleht, mich mit dir sprechen zu lassen, aber sie hat sich geweigert. Also bin ich zum Laden gefahren, aber der war geschlossen. Da wurde ich nervös. Ich hab den Laden noch nie tagsüber geschlossen gesehen. Also bin ich in das Antiquitätengeschäft nebenan, um nach Skye zu suchen und herauszufinden, was los ist. Sie war nicht da, aber die Besitzerin, die ich übrigens für ein bisschen verrückt halte ...«

»Wir benutzen das Wort ›verschroben‹, aber beides passt.«

»Sie hat mir von deiner Mom erzählt. Sie war sich nicht sicher, in welchem Krankenhaus sie liegt. Ich hab's also erst einmal im Community versucht und bin dann hierhergefahren.« Er kommt einen Schritt auf mich zu und setzt schon wieder seine Geheimwaffe – sein Lächeln – ein. »Können wir uns jetzt endlich umarmen?«, fragt er, wartet aber nicht auf meine Antwort, sondern zieht mich einfach an sich. Ich wehre mich nicht und schlinge meine Arme um seine Taille. Ohne einen Laut rollen mir die Tränen über das Gesicht und ich entspanne mich in seinen Armen. Ich habe ihn gebraucht.

»Ich liebe dich«, flüstere ich.

»Was war das? Ich glaube, ich hab dich nicht verstanden.«

»Übertreib's nicht.«

»Ich liebe dich auch«, sagt er. Er legt seine Wange an meine. »So sehr.«

41.

Er löst sich zuerst aus der Umarmung, aber ich klammere mich an seinem Hemd fest. »Wie geht's deiner Mom? Ist sie wirklich schwanger?«

»Nein.«

»Das ist doch gut ... oder?«

»Nein. Ich war egoistisch. Ein Baby wäre eine gute Nachricht gewesen. Das hier ist schrecklich. Sie versuchen herauszufinden, was ihr fehlt.«

Er streicht eine Haarsträhne hinter mein Ohr und wischt mir mit einem Daumen eine Träne von meiner Wange. Noch einmal versucht er, sich von mir zu lösen, aber ich packe den Stoff seines Hemdes noch fester. Er grinst und gibt es auf und legt seine Arme um mich. »Das kriegen wir schon hin. Mein Vater kennt ein paar der besten Ärzte der Welt und ...«

An dieser Stelle lasse ich ihn los und trete einen Schritt zurück. »Nein. Es ist nicht deine Aufgabe, das Problem zu lösen. Deine Eltern sollen nicht noch denken, dass ich nur mit dir zusammen bin, weil meine Mom krank ist und ich deine Hilfe haben wollte. Das wäre das Letzte. Sean und Vivian haben die Sache im Griff und alles wird gut«, sage ich, obwohl ich selbst nicht weiß, ob ich das glauben soll.

»Was kann ich dann tun? Wo übernachten deine Großeltern? Leute für ein oder zwei Nächte unterzubringen, ist ja sozusagen meine Profession ...«

Ich lächele.

»Habt ihr Hunger? Wann habt ihr das letzte Mal gegessen? Vielleicht kann ich euch allen was zu Essen holen?«

Ich greife nach seiner Hand. »Xander.«

»Ja?«

»Bitte geh nicht. Wenn der Arzt rauskommt … kannst du dann bitte … bitte einfach nur für mich da sein?«

»Natürlich.« Er drückt meine Hand und wir gehen wieder hinein.

Sean zieht eine Augenbraue in die Höhe, als er uns sieht, und denkt wahrscheinlich: Waren wir uns nicht alle einig, dass dieser Junge viel zu gut aussehend ist?

»War der Arzt schon da?«, frage ich.

»Nein.«

»Das hier ist übrigens Xander«, sage ich und hebe seine Hand ein bisschen hoch. »Das hier sind die Meyers … aber vermutlich habt ihr euch schon auf der Benefizgala kennengelernt.«

Seans kritischer Blick wandert zwischen Xander und mir hin und her und es sieht fast so aus, als müsse er sich zurückhalten, um nicht irgendeine großväterliche Ermahnung vom Stapel zu lassen. Ich frage mich, ob es ihm schwerfällt, seine Meinung für sich zu behalten. Vielleicht hat er ja in den letzten zwanzig Jahren das eine oder andere über Teenager gelernt. Ganz offensichtlich hatte er von so was keine Ahnung, als meine Mom noch bei ihnen wohnte.

Schließlich sagt Vivian: »Xander, wir haben unsere Enkeltochter gerade erst kennengelernt, pass also bitte gut auf sie auf.«

»Selbstverständlich werde ich das.«

»Caymen«, sagt mein Großvater und nimmt Vivians Hand in seine, »ich werde dieser Dame hier etwas zu essen besorgen. Soll ich dir irgendetwas mitbringen?«

»Nein, ich hab keinen Hunger.« Ich suche mir einen Sitzplatz in der Ecke und Xander setzt sich neben mich. Ein Fernseher, der in der Ecke hängt, zeigt die Nachrichten, aber der Ton ist so leise gestellt, dass sie niemand hören kann.

Sean und Vivan gehen gemeinsam nach draußen. Ich schaue ihnen hinterher. Wie kann es sein, dass es den einen Tag nur meine Mom und mich gibt, und am nächsten sind es drei Menschen, die so sehr um mich bemüht sind?

Ein Schreck fährt mir durch die Glieder. Ist das von Gott gewollt – will er sicherstellen, dass ich nicht alleine zurückbleibe, wenn meiner Mutter was passiert? Ich schaue zur Decke. »Ich brauche meine Mutter«, sage ich stumm. »Bitte nimm sie mir nicht weg.«

»Caymen?« Xander greift nach meiner Hand. »Alles in Ordnung?«

»Ich hab bloß Angst.«

»Ich weiß. Ich auch.« Er streckt seine Beine aus und lehnt seinen Kopf an die Wand. Dann führt er meine Hand an seine Lippen und lässt sie dort liegen.

Ich lege den Kopf an seine Schulter. »Okay, der Detektivjob ist vom Tisch, obwohl ich zugeben muss, dass du ein viel besserer Beobachter bist als ich.«

»Nur, wenn man mich dazu zwingt.«

Ich streiche mit meinem Finger über eine Ader auf seinem Unterarm. »Und Musikproduzieren kommt auch nicht infrage? Henry würde dich für immer und ewig lieben.«

Er lächelt. »Es würde mir Spaß machen, aber Musikproduzieren kostet Geld. Wenn du die Meinung eines absoluten Amateurs hören willst, ich finde, die Crusty Toads sind richtig gut. Sie werden ihren Weg schon machen … Aber können wir wohl noch mal über das Logo reden? Wer hat das Ding überhaupt entworfen?«

»Ja, oder? Das ist echt schlimm. Aber vielleicht ist es so schlimm, dass es schon wieder gut ist?«

Er presst die Lippen aufeinander. »Ich weiß ja nicht.«

»Na gut, also keine Musikproduktion. Das bringt uns wieder zurück zur Gastronomie. Du liebst alles, was mit Essen zu tun hat.«

»Das stimmt.«

»Wirst du böse, wenn ich etwas sage?«

»Warum sollte ich böse werden?«

»Weil du es vielleicht nicht hören willst.«

Er seufzt. »Okay. Schieß los.«

»Ich glaube, dein Dad könnte recht haben. Ich glaube auch, dass du viele Talente hast. Und du bist jemand, der sich mit ganz unterschiedlichen Problemen auf einmal befassen kann. Außerdem bist du immer so entspannt und freundlich. Vielleicht ist das Hotel wirklich deine Zukunft. Es passt zu dir.« Ich halte die Luft an und warte darauf, dass er sich verteidigt, mir sagt, dass ich ihn bei Weitem nicht so gut kenne wie er mich.

Er hebt seine Schultern und lässt sie dann wieder sinken. »Stimmt. Das wollte ich nicht hören.«

»Tut mir leid.«

»Aber vielleicht hast du recht. Für jemanden, den das kein bisschen interessiert, denke ich zu oft an das Hotel.«

»Caymen?«

Mein Kopf schnellt in Richtung der Stimme und ich bin sofort auf meinen Füßen, als ich den Arzt sehe. »Ja? Wie geht es ihr?«

»Alles verlief gut. Und meine vermutliche Diagnose hat sich bestätigt. Sie hat blutende Magengeschwüre.«

»Was bedeutet das? Das klingt ernst.«

»Das ist es auch. Und es ist gut, dass wir es erkannt haben. Es ist eine Krankheit, die sich behandeln lässt, aber sie wird Zeit brauchen, um sich zu erholen. Zeit in einer möglichst stressfreien Umgebung.«

»Okay.« Vielleicht Zeit in einer anderen Umgebung als dem Laden. Ich hole Luft. »Kann ich zu ihr?«

»Ja. Sie hat nach dir gefragt, als sie wieder zu sich kam.«

Der Arzt dreht sich um und ich gehe ihm hinterher. Als Xander uns nicht folgt, schaue ich mich um.

»Ich warte hier«, sagt er. »Ich sage deinen Großeltern Bescheid, wenn sie wiederkommen.«

»Nein. Bitte, komm mit. Meine Mom wird dich sehen wollen.« Ich hatte meiner Mom erzählt, was auf der Benefizgala zwischen Xander und mir passiert ist. Das schien meine Mom trauriger gemacht zu haben, als man das von jemandem erwarten würde, der Xander nicht ausstehen kann. Ich hatte keine Worte, um sie zu trösten, aber jetzt, wo wir wieder zusammen sind, wird sie das hoffentlich glücklich machen.

»Caymen, ich komme schon klar.«

Ich gehe zurück, greife nach seiner Hand und ziehe ihn mit mir. »Hier geht es nicht um dich.«

Er lacht.

Ich gehe alleine ins Zimmer und lasse Xander im Flur warten. Meine Mom streckt ihre Hand nach mir aus und ich setze mich an ihr Bett.

»Das bedeutet wohl, ich bin ein einziges nervöses Wrack.«

»Nicht du, nur dein Magen.«

»Es tut mir leid.«

»Das braucht es nicht. Ich wünschte, du hättest etwas gesagt. Hättest mich mehr helfen lassen.«

Sie lacht, aber es klingt halbherzig. »Mehr? Caymen, du hast mehr getan, als ich dich hätte bitten dürfen.«

Ich starre auf die Kanüle in ihrem Arm. Sie ist von lauter blauen Flecken umgeben.

»Der Laden steckt ...«

»... in großen Schwierigkeiten? Ja, ich weiß.«

»Ich arbeite daran, Lösungen zu finden. Vielleicht sollte man es mit einem Online-Shop versuchen. Aber Caymen, das lass bitte meine Sorge sein. Nicht deine. Ich dachte ja, dass ich dir den Laden eines Tages überlassen würde, aber deine Leidenschaft ist er nicht gerade, oder?«

Ich lache und lege dann meinen Kopf neben ihren aufs Bett. »Ich weiß, wie wichtig er dir ist. Deswegen habe ich mir so viel Mühe gegeben.«

Sie streicht mir über die Haare. »Du bist eine wunderbare Tochter. Du tust viel nur für mich, oder?«

»So, wie es sich für eine Familie gehört.«

»Caymen, wenn du dich mit ihm treffen willst, dann kannst du das gerne tun.«

Mein Blick fährt zu ihr herum. »Was? Mit wem?«

»Deinem Vater. Es liegt ganz an dir. Du verletzt mich nicht damit.«

Ich nicke. Ich bin mir immer noch nicht sicher, was ich von meinem Vater will, aber es ist ein gutes Gefühl, frei entscheiden zu können.

»Na gut, wenn der Puppenladen nicht dein Traum ist, was ist es dann?«

»College. Irgendwas mit Naturwissenschaften.«

»Das klingt perfekt.«

»Xander ist hier. Im Flur.«

»Ich wusste, dass er zurückkommen würde. Wer kann es auch aushalten, so lange von dir getrennt zu sein? Hol ihn rein. Ich muss mich bei ihm entschuldigen.«

Ich lächele. Ihr fester Griff um meine Hand erinnert mich daran, wie stark sie ist. Ich erwidere ihren Handdruck und gehe dann auf den Flur.

»Geht's ihr gut?«

Ich umarme Xander und vergrabe mein Gesicht an seinem Hals. »Wie kann ich nur so wahnsinnig glücklich sein, wenn meine Mom im Krankenhaus liegt und ihr Laden vor dem Ruin steht?«

»Weil du weißt, dass alles wieder gut wird. Wie die Ruhe nach dem Sturm. Alles hat sich gelegt, und obwohl er viele Dinge zerstört hat, weißt du, dass das Schlimmste vorüber ist.«

»Hübscher Vergleich.«

»Danke.«

»Und, bist du bereit für das Nach-dem-Sturm-Gespräch mit meiner Mom?«

»Aus einem unerfindlichen Grund bin ich diesmal nicht so selbstsicher wie beim ersten Mal.«

»Du wirst es schon meistern. Alle Moms lieben dich, schon vergessen?«

Er geht in die Knie, legt seine Arme um meine Taille, steht auf und hebt mich hoch. Meine Füße berühren kaum noch den Boden. »Solange ihre Tochter mich liebt, kann mir nichts und niemand etwas anhaben.«

»Auch nicht ›Redrum‹? Weil wir nämlich hinterher zu dir nach Hause fahren und uns *The Shining* anschauen.«

»Ist das wirklich so eine gute Idee, wenn meine Zukunft ja nun das Hotel-Business ist?« Ich kann sein Lächeln an meiner Wange spüren.

»Keine Sorge, du darfst dir die Augen zuhalten. Ich werde mich nicht über dich lustig machen ... jedenfalls nicht zu sehr.«